KB042981

선단기

선단기 5

초판 1쇄 인쇄일 2020년 12월 17일 | **초판 1쇄 발행일** 2020년 12월 23일

지은이 조휘 | **펴낸이** 곽동현 | **담당편집 팀장** 이범수
편집부 정요한 최훈영 조혜진

펴낸곳 (주)조은세상 | **출판등록** 제2002-23호
주소 서울특별시 동작구 동작대로1길 27 5층
TEL 02)587-2966 | FAX 02)587-2922
E-mail bukdu@comics21c.co.kr

조휘ⓒ2020
ISBN 979-11-6591-489-9 | ISBN 979-11-6591-272-7(set)
값 8,000원

선단기

5

조휘 신무협 장편소설

NEO ORIENTAL FANTASY STORY

조휘 신무협 장편소설

NEO ORIENTAL FANTASY STORY

CONTENTS

1장. 기연의 대가

1장. 기연의 대가

고오오오!

태종오합진의 오색 장벽에 둘러싸인 일월봉 고공.

두 패로 나뉜 장선 수사 수십 명이 엄청난 기세를 뿜어내며 대치 중이었다.

그들이 뿜어내는 기세가 어찌나 가공하던지 대치하는 공간마저 구겨진 종이처럼 일그러질 지경이었다.

둘 중 일월봉을 등진 쪽은 일월교의 장선들이었고 그들을 둥글게 포위한 쪽은 일월교를 제외한 칠교보의 장선들이었다.

한데 조금만 주의 깊게 살펴봐도 양측의 전력 차가 생각보다 크다는 사실을 금방 눈치챌 수 있었다.

일월교는 교주 상대회를 포함하더라도 동원한 장선이 고작 열 명에 불과했다.

그러나 상대는 칠교보 보주 태일소와 수태교 교주 양어언, 두 명을 제외하더라도 동원한 장선이 30명이 넘었다.

현재까지 칠교보와 일월교, 양측이 동원한 장선 숫자만 놓고 보면 이번 대결은 사실 해 보나 마나 한 승부에 가까웠다.

한데 상대회는 그런 사실을 전혀 모르는 사람 같았다.

그의 자신만만한 태도가 오히려 적을 혼란스럽게 만들 정도였다.

잠시 후, 평소처럼 거만한 표정을 지으며 날아온 상대회가 태일소, 양어언 두 수사를 향해 적당히 예를 올리며 말했다.

"태 보주님과 양 교주님, 두 분이 바쁜 시간을 쪼개 친히 일월봉에 들러 주셨음에도 불구하고 이 상모(相某)가 나이가 들었는지 눈과 귀가 어두워져 제때 마중을 나가지 못했습니다.

부디 이 상모의 결례를 너그러이 용서해 주시기 바랍니다."

수천 명의 제자가 죽은 지금과 같은 상황에서 손해를 입은 쪽의 수장이 한 말치고는 꽤 기괴한 발언임이 틀림없었다.

한데 태일소는 상대회의 그런 기괴한 태도가 마음에 걸려 공격하라는 명령을 쉽게 내리지 못했다.

원래 태일소 정도면 이것이 허세인지, 아닌지 정도는 단박에 파악할 수 있었다.

한데 상대회의 태도는 절대 허세 따위가 아니었다.

더구나 그가 일월봉에 입성하고 나서야 일월교가 기다렸다는 듯이 태종오합진을 발동한 사실이 내내 마음에 걸리던 차였다.

불안감을 느끼긴 옆에 있는 양어언도 마찬가지인 모양이었다.

양어언은 주위를 둘러보고 나서 태일소에게 뇌음을 보냈다.

"돌아가는 상황이 왠지 심상치가 않군요."

태일소는 그녀를 안심시키기 위해 별일 아닌 것처럼 대꾸했다.

"걱정할 필요 없소, 양 교주. 놈이 뭔가 한 수를 숨겨 놨다는데엔 동의하지만, 우리 둘이 힘을 합치면 별문제 없을 거요."

"본녀도 그랬으면 좋겠군요."

양어언의 대답을 들은 태일소는 바로 공격 명령을 내렸다.

상대회의 광대놀음에 끌려다니다간 죽도 밥도 안 될 터였다.

두생교와 수태교를 주축으로 한 칠교보 장선들이 일월교 장선 아홉 명을 둥글게 포위한 상태에서 법보를 꺼내 공격에 들어갔다.

일월교 장선들도 바로 반격에 나섰다.

다만, 그들은 시간을 끌 생각인지 진법을 펼쳐 막는 데 집중했다.

그사이, 태일소와 양어언도 독문 공법을 펼쳐 상대희를 공격할 채비에 나섰다.

우선 태일소는 주저 없이 800년 동안 수련해 온 독문 공법 도선팔비신살(屠仙八臂神殺)을 펼쳤다.

그 즉시, 10장까지 불어난 태일소의 몸에서 핏물이 뚝뚝 떨어지는 팔 여섯 개가 뼈 부러지는 소리를 내며 쑥 튀어나왔다.

여덟 개로 불어난 태일소의 팔에 들린 법보들은 검, 도, 창, 활과 같은 공격형 법보부터, 방패, 우산과 같은 방어형 법보까지 아주 다양했다.

여덟 개의 법보는 생김새와 색깔이 제각각이었다.

그러나 법보 하나하나가 모두 엄청난 기세를 뿜어낸단 점에서는 똑같았다.

아마 태일소가 800년 동안 수련하며 모은 법보 중에서 가장 좋은 법보만 고른 듯했다.

그사이, 칠흑 같던 검은 머리카락이 눈처럼 새하얗게 변한 양어언은 지독한 냉기를 쏟아 내 주변을 칼날 같은 눈 폭풍이 몰아치는 극한의 빙지(氷地)로 만들었다.

바로 지금의 양어언을 있게 해 준 독문 공법인 소월청해공의 재림이었다.

준비를 마친 태일소가 의미심장한 질문을 던졌다.

"숨겨 둔 한 수가 있으면 당장 꺼내시오. 아끼다가 숨겨 둔

수를 써 보지도 못하고 죽으면 그보다 아쉬운 일은 없지 않겠소?"

"보주님의 조언대로 해야겠군요."

여전히 여유를 잃지 않던 상대회가 고개를 슬쩍 돌리는 순간, 고공에 있던 깃털 구름 속에서 수사 네 명이 튀어나왔다.

새로 나타난 이들의 면면을 확인하기 무섭게 양어언은 겁에 질린 듯 비틀거렸고 태일소는 얼굴이 시체처럼 창백해졌다.

새로 나타난 수사 네 명 중 가장 앞에서 날아오는 수사는 비단 도포를 걸친 청수한 인상의 중년 수사였다.

중년 수사는 마치 유람 나온 사람처럼 뒷짐 쥔 자세 그대로 날아왔다.

또, 몸이 구릿빛 근육으로 뒤덮인 철탑 같은 대머리 거한이 흉흉한 살기를 뿜으며 중년 수사 오른쪽에서 날아오고 있었고 그 반대편에서는 화사한 분위기를 풍기는 절세미녀가 날아오고 있었다.

그리고 음침한 인상의 염소수염 수사 한 명이 세 수사와 조금 떨어져서 그들을 따르는 중이었다.

경악한 태일소가 그중 중년 수사를 지목하며 소리쳤다.

"융 수사(融修士), 그대는 각 종파의 내분에는 절대 관여하지 않는다는 구화련 창설 당시의 맹약을 위반하려는 것이오?"

융 수사라 불린 중년 수사가 옥 부채로 바람을 부치며 웃었다.

"허허, 빈도의 담이 아무리 크다고 해도 그 정도는 아니외다."

"구화련의 맹약을 어길 심산이 아니라면 본좌가 본보의 반도를 처단할 수 있게 잠시 물러서 주시겠소? 내 반도를 처단하고 나서 세 분을 청보궁으로 모셔 극진히 대접해 드리겠소."

융 수사라 불린 중년 수사가 안타깝단 표정으로 부채를 접었다.

"고마우신 말씀이나 아쉽게도 빈도는 청을 따를 수 없겠소이다."

태일소가 답답함을 숨기지 못하며 물었다.

"그럼 대체 어쩌자는 거요?"

그때, 갑자기 융 수사라 불린 중년 수사의 눈에 빛이 번쩍였다.

"내 태 보주와 모르는 사이도 아니니 솔직하게 말씀드리겠소. 빈도와 광 수사(光修士), 경 수사(慶修士)는 칠교보에 가서 보물을 회수해 오라는 련주님의 밀명을 받고 왔소. 그러나 귀음도의 안교도우(安交道友)는 이곳에 와서 만났을 뿐, 그가 무슨 목적으로 왔는지는 빈도 역시 알지 못하는 바이오."

허를 찔린 태일소가 애써 태연한 척하며 물었다.

"칠교보의 대체 어떤 보물이 련주님의 호기심을 불러일으켰는지 알 수 있겠소? 만약, 본좌가 아는 보물이면 그게 무엇이든 즉시 가져다가 세 수사 앞에 기꺼이 바치도록 하겠소."

태일소가 이토록 조심하는 이유는 세 수사의 정체가 만만치 않기 때문이었다.

융 수사라 불린 중년 수사는 구화련 련주가 태상 관주로 있는 일심관의 당대 관주 융풍(融風)이었다.

또, 철탑 같은 대머리 거한은 구화련 서열 2위인 이곡도(二谷島)의 부도주 광세록이었고 화사한 분위기를 풍기는 절세미녀는 서열 3위인 삼녀궁(三女宮)의 부궁주 경요(慶謠)였다.

셋 다 장선 후기의 초강자인 데다, 폐관 수련에 들어간 지 오래인 도주나, 궁주를 대신해 이곡도와 삼녀궁을 다스렸기 때문에 일심관, 이곡도, 삼녀궁의 대표가 온 상황과 같았다.

그때, 성질 급한 광세록이 맹수처럼 크르렁거리며 소리쳤다.

"태가 놈아, 네놈 수중에 무규신갑이 있다는 사실을 우리가 모를 줄 알고 오리발을 내미는 것이냐? 자라 새끼를 닮은 네놈의 목을 잘라내기 전에 어서 썩 무규신갑을 바치거라."

광세록의 말을 들고 흠칫한 양어언이 얼른 뇌음을 보내 물었다.

"광가의 말이 모두 사실입니까? 정말 무규신갑을 얻은 거예요?"

"저들의 거짓말에 넘어가지 마시오, 양 교주. 놈들은 우리 둘을 이간질해 상대회가 어부지리를 취하게 만들려는 속셈이오."

양어언은 눈을 가늘게 뜨며 대꾸했다.

"지금은 태 보주의 말을 믿어 보도록 하지요."

"고맙소, 양 교주. 내 이 은혜는 죽어도 잊지 않으리다."

"한데 이제 어쩌실 거예요? 저들을 상대로는 승산이 없어
요."

"일단, 안교 저놈은 잠시 제외하는 게 좋겠소. 저놈은 교활
하기 짝이 없어 승부가 가려지기 전까진 끼어들지 않을 거요."

"그래도 저들은 장선 후기만 용풍, 광세록, 경요, 상대희
네 명이에요. 상대희와 경요는 몰라도 용풍과 광세록은 우리
가 1대1로 싸워도 승부를 알 수 없는 강자들이고요. 태 보주
의 성격상 치밀한 준비 없이 이번 일을 추진하진 않았을 것
같은데 만약 숨겨 둔 한 수가 있다면 지금 써야 할 거예요."

"본좌도 그러려던 참이오."

두 수사는 상의 끝에 먼저 저들 중 가장 약한 상대인 상대
희를 협공해 없애기로 하였다.

일단, 상대희를 없애 칠교보의 내분을 정리하면 생각지 못
한 돌파구가 생길 수도 있었다.

태일소와 양어언은 이미 공법을 발동해 둔 상태였기 때문
에 용풍 등과 멀리 떨어져 있는 상대희를 노리고 쏘아져 갔다.

한데 상대희를 향해 쏘아져 가던 태일소가 갑자기 황금빛
부적을 꺼내 심장에 붙였다.

그 즉시, 10장이던 몸이 30장까지 확 불어나더니 장선 후

기 최고봉의 기운을 발산했다.

양어언은 순식간에 그녀를 앞지르는 태일소를 보며 감탄했다.

"최소 산선계 2품에 해당하는 부적이로구나!"

산선계 2품 부적은 억만금을 주고서도 구하기가 어려운 부적으로 선연이 닿아야만 얻을 수 있는 보물 중의 보물이었다.

양어언은 그제야 태일소가 그보다 강자인 융풍, 광세록, 경요 앞에서 당당함을 잃지 않던 이유를 깨달았다.

태일소의 실력에 황금빛 부적까지 더해지면 최소 지지는 않을 듯했다.

"제기랄!"

기습당한 상대희도 얼른 독문 공법을 펼쳐 반격했다.

그러나 태일소와 양어언의 기습적인 협공에 많이 놀란 듯했다.

공법을 펼치는 그의 얼굴이 강시처럼 딱딱하게 굳어 있었다.

순식간에 몸을 수십 장 크기로 키운 상대희의 외형이 사람과 소를 반씩 합쳐 놓은 것 같은 괴이한 모습으로 변신했다.

바로 상대희의 독문 공법인 신우강령술(神牛降靈術)이었다.

황금빛 부적으로 법력을 증폭한 태일소와 신우강령술을 펼친 상대희가 정면으로 충돌하는 순간, 일월봉이 쿠르릉

소리를 내며 흔들리더니 태일소와 상대희가 양쪽으로 튕겨 나갔다.

그러나 고하는 명확했다.

태일소는 곧장 몸을 돌려 다시 도선팔비신살을 펼쳐 갔다.

몸에 달린 여덟 개 팔이 허공을 가를 때마다 검과 도, 창과 화살의 형상을 한 빛 덩이 수천 개가 유성처럼 쏟아졌다.

반면, 거의 100장을 튕겨 나간 상대희는 소를 닮은 얼굴이 회색빛으로 물든 상태에서 몇 번이나 피를 토하고 나서야 간신히 몸을 가누었다.

한데 몸을 가누기 무섭게 태일소가 쏟아 낸 빛 덩이가 폭포처럼 상대희의 머리 위로 쏟아졌다.

이를 악문 상대희는 수명을 깎는 구명 비술을 펼치고 나서야 간신히 도선팔비신살의 위력을 버텨 냈다.

그러나 피해가 전혀 없진 않아 그 와중에 왼팔이 싹둑 잘려 나가 있었다.

상대희의 처참한 모습을 응시하며 흡족한 표정을 지은 태일소가 뒤를 힐끔 돌아보았다.

융풍, 광세록, 경요 세 수사가 각자 공법과 법보를 동원해 급히 달려오는 중이었다.

그러나 아직 거리가 멀어 한 번 더 공격할 기회가 있을 듯했다.

태일소는 상대희를 이참에 죽여 버릴 요량으로 양어언에게 뇌음으로 지시를 내리면서 다시 한번 도선팔비신살을 펼쳤다.

한데 그때였다.

왼팔에 입은 상처를 지혈하지도 않은 상태에서 그를 쏘아보던 상대희의 눈에 숨길 수 없는 희색이 드러났다.

순간, 불길한 느낌을 받은 태일소가 급히 몸을 옆으로 날려 피했다.

그러나 태일소는 한발 늦고 말았다.

퍼엉!

지독한 한기를 머금은 하얀 빛기둥이 태일소의 등을 강타했다.

"크윽, 양, 양 교주?"

태일소는 그를 급습한 양어언을 보며 믿을 수 없단 표정을 지었다.

그때, 어느새 상처를 지혈한 상대희가 날아와 양어언과 어깨를 나란히 한 상태에서 그를 상대할 준비를 하였다.

이는 상대희와 양어언이 뇌음으로 교감을 나눴다는 뜻이었다.

그녀가 수련한 소월청해공의 지독한 한기 때문에 얼굴이 얼음장처럼 변한 양어언이 태일소를 보며 한숨을 내쉬었다.

"태 보주 당신이 무규신갑에 관해 본녀에게 거짓말만 하지

19

않았어도 지금과 같은 참담한 상황은 일어나지 않았을 거예요."

그때, 뒤늦게 도착한 융풍, 광세록, 경요 세 수사가 태일소의 퇴로를 틀어막은 상태에서 언제든 출수할 준비를 마쳤다.

한데 그 순간, 태일소가 갑자기 하늘을 보며 크게 웃어젖혔다.

"크하하하하!"

태일소의 광소가 어찌나 크던지 장선 후기의 초강자인 융풍마저 미간을 찌푸리면서 법력으로 청력을 보호할 정도였다.

광소를 멈춘 태일소가 서늘한 눈빛으로 본인을 포위한 상대희, 양어언, 융풍, 광세록, 경요를 쏘아보았다.

잠시 후, 일월교 측이 이겼음을 직감한 안교진인까지 현장에 도착하는 바람에 그를 포위한 수사는 이제 모두 여섯으로 늘어나 있었다.

태일소가 융풍을 보며 씩 웃었다.

"융 수사, 지금은 비록 당신과 련주가 이긴 것 같아도 마지막에 누가 웃을지는 아직 정해지지 않았다는 점을 알아야 할 거외다. 오늘 내가 뿌린 씨앗은 비록 아주 작을지언정, 그 씨앗이 얼마나 큰 재앙으로 변할진 아무도 모르는 거니까."

말을 마친 태일소가 다시 도선팔비신살을 펼쳐 여섯 명을 동시에 공격해 갔다.

그때, 태일소를 보며 뭔가를 눈치챈 상대회가 얼굴이 창백하게 질리더니 청삼랑을 향해 뇌음을 보냈다.

뇌음을 받은 청삼랑은 곧장 방어진을 빠져나와 태일소의 거처가 있는 청보궁으로 새파란 빛줄기로 변해 쏘아져 갔다.

진종자는 진중한 성격을 지녀 좀처럼 감정을 드러내는 법이 없는 수사였다.

그러나 지금은 경악한 기색을 숨기지 못했다.

공선 중기인 유건이 무려 장선 수사인 본무와 법술 대결을 벌여 완벽히 승리했기 때문이었다.

진종자가 보기에 이번 일은 길 가다가 벼락을 연속 다섯 번 맞을 확률과 비슷했다.

비록 태종오합진의 붉은 장막, 만년혈빙석, 희대의 보물인 빙혼정, 그가 가르친 모검술과 같은 여러 변수가 어우러져 일어난 일이긴 해도 어쨌든 상식 밖의 일임에는 틀림없었다.

진종자가 그중 가장 놀란 부분은 모검술을 가르쳐 준 지 얼마 지나지 않아 유건이 거의 완벽하게 펼쳐 냈단 점이었다.

이는 평범한 선근을 가진 수사는 절대 할 수 없는 일이었다.

진종자는 붉은 아지랑이가 너울거리는 장막 너머로 시선을 옮겼다.

그곳에는 법력을 전부 잃은 채 넋을 잃은 사람처럼 멍한 눈빛으로 서서 그와 유건을 바라보는 본무가 있었다.

한데 정작 유건은 별일 아니라는 듯 기운이 전보다 두 배 이상 강해진 빙혼정부터 품에 넣었다.

만년혈빙석이 사라졌기 때문에 더는 빙혼정으로 냉기에 저항할 필요가 없었다.

사실 유건은 뛸 듯이 기쁜 상태였다.

다만, 옆에 진종자가 있어 속내를 감출 따름이었다.

비록 천농쇄박으로 진종자의 원신을 제압해 두기는 했어도 상대는 오선 후기 최고봉의 수사였다.

그 앞에서는 감정을 드러내지 않는 편이 좋았다.

만년혈빙석의 정수에다가 냉기 속성을 지닌 본무의 법력까지 몽땅 흡수한 빙혼정은 봉인 부적으로 기운을 가려두지 않으면 그조차 얼어 버릴 정도의 지독한 한기를 발산했다.

더욱이 만년혈빙석의 혈빙이 지닌 지독한 살기마저 흡수한 상태여서 빙혼정으로 얼음 속성 계열 비검을 연성하면 그 위력은 그가 지닌 목정검과 홍쇄검에 비할 바 아니었다.

유건과 진종자는 넋이 나간 사람처럼 서 있는 본무를 그대로 둔 상태에서 서둘러 자리를 피했다.

태종오합진의 붉은 장막 때문에 본무를 처리하고 싶어도 마땅한 방법이 없었다.

일월봉을 벗어난 두 수사는 전력으로 비행해 칠교산맥 변경으로 달아났다.

그들은 칠교보의 내분이 어떤 식으로 흘러가는 중인지 알지 못했다.

그러나 칠교보를 빨리 벗어나야 한다는 점에서는 의견이 일치했다.

그들은 사흘 만에 칠교보의 영향력이 미치는 칠교산맥을 가까스로 벗어날 수 있었다.

유건은 칠교산맥의 장대한 산맥을 돌아보며 물었다.

"태일소 보주가 칠교보 초대 보주가 남긴 칠교령으로 상대 희나, 상대희를 따르는 장로에게 항복하란 명령을 내리지 않는 이유는 무엇입니까? 그렇게 하면 굳이 힘들게 내전을 벌이지 않고도 칠교보를 완벽히 장악할 수 있지 않습니까?"

"그건 하나만 알고 둘은 모르기 때문일세. 칠교령은 외부의 적이 쳐들어왔을 때, 단합하기 위한 용도로 만든 신물일세. 칠교보 내부의 권력 다툼에는 사용할 방법이 없단 뜻이지."

대답하는 진종자의 얼굴에 안타까워하는 기색이 역력했다.

비록 상대희에게 버림받아 죄수 신세로 전락하긴 했어도 칠교보나, 일월교에 대한 애정이 전부 식진 않은 모양이었다.

칠교산맥을 완전히 벗어났을 무렵, 진종자가 먼저 멈춰 섰다.

"그보다 자넨 이제 어찌할 셈인가?"

"선배님부터 앞으로 어떻게 할 건지 말씀해 주시지요."

진종자가 피식 웃었다.

"훗, 조심성이 많은 친구로군."

"경지가 낮은 저 같은 후배들은 조심하기라도 해야 이 험한 선도에서 대도를 이룰 때까지 살아남을 수 있을 테니까요."

그때, 자신의 처지가 생각난 듯 진종자가 한숨을 쉬었다.

유건보다 수백 년을 더 산 진종자는 당연히 선도가 비정하다는 사실을 잘 알았다.

그러나 칠교보란 거대 세력의 보호를 받다 보니 그 사실을 체감하기 쉽지 않은 게 사실이었다.

진종자가 회한이 느껴지는 음성으로 중얼거렸다.

"어쩌면 장로의 제자로 입문해 수련한 나보다 낭선으로 활동하던 자네가 선도의 실체에 대해 좀 더 잘 알지도 모르겠군."

유건은 말없이 진종자의 넋두리를 들어 주었다.

진종자는 끝내 씁쓸한 표정을 감추지 못했다.

"나는 지금까지 교주에게 충성을 바치면 아무 탈 없이 장선까지 도달할 수 있을 거로 철석같이 믿어 왔다네. 그러나 선도에서는 충성스러운 부하조차 자기 영달을 위해서라면 언제든 헌신짝처럼 버릴 수 있다는 진실을 외면한 짓이었지."

한참 만에야 감상에서 벗어난 진종자가 동쪽 하늘을 보았다.

"나는 오궁산 수비대장으로 가 계신 문지걸 장로님을 찾아뵐 생각이네. 거기서도 받아 주지 않으면 낭선으로 떠돌겠지."

"그럼 우린 여기서 헤어져야겠습니다."

말을 마친 유건은 주저 없이 돌아섰다.

진종자가 서쪽으로 날아가는 유건의 등에 대고 물었다.

"나에게 걸린 금제는 끝까지 풀어 주지 않을 셈인가?"

"하하, 그건 제가 선배님보다 강해진 후에나 풀어 드릴 수 있을 겁니다. 좀 전에 말했다시피 선도는 비정한 세계니까요. 다만, 제가 선배님에게 건 금제는 아주 고명해서 선배님이 제 얘기를 다른 수사에게 하거나, 아니면 선배님이 나쁜 마음을 먹고 절 해치려만 들지 않으면 문제없을 겁니다."

진종자는 멀어지는 유건을 바라보며 고개를 절레절레 저었다.

"끝까지 빈틈을 보여 주지 않는 친구로구먼."

유건이 점으로 변해 서쪽 하늘 끝으로 사라졌을 무렵, 진종자도 비행술을 펼쳐 오궁산이 있는 월추 국경으로 날아갔다.

한편, 진종자와 헤어진 유건은 몇 번에 걸쳐 정성스럽게 뇌력을 퍼트렸다.

추격자가 있는지 알아보기 위해서였다.

다행히 반나절 넘게 이동하는 동안, 그를 쫓는 낌새는 없었다.

그제야 마음을 놓은 유건은 회색 들판 사이에 파인 붉은 협곡 안으로 들어가 주변을 수색했다.

다행히 멀지 않은 장소에 자연적으로 생긴 작은 동굴이 있었다.

그는 30리가 넘는 협곡 전체를 몇 차례 왕복하며 안전한지 확인한 다음에야 동굴에 들어가 금제와 결계, 진법을 겹겹이 설치했다.

그가 이렇게 조심하는 이유는 한 가지였다.

진종자와 칠교산맥 변경에 도착하기 직전에 자하제룡검이 신호를 보냈기 때문이었다.

처음에는 청삼랑의 지시를 받은 마헌걸이 그를 몰래 감시할 때처럼 자하제룡검이 경고를 보내는 줄 알았다.

한데 경고가 아니었다.

그보다는 목정검을 발견한 낙낙사 나불림 우물에서 뭔가를 감지한 자하제룡검이 멋대로 뛰쳐나갈 때와 더 흡사했다.

그때, 자하제룡검은 사신기 중 하나인 현무의 열쇠를 감응해 멋대로 뛰쳐나갔었다.

자하선부 사신기 중 청룡에 해당하는 자하제룡검은 마치 정신 감응이 가능한 것처럼 현무를 비롯한 다른 사신기 위치를 찾아내는 신기한 능력을 지녔다.

실제로 그날 자하제룡검은 현무에 해당하는 무규신갑을 여는 데 필요한 오행 열쇠 중에 나무 속성 열쇠를 정확히 찾아냈다.

한데 자하제룡검이 또 한 번 그때와 비슷한 경고를 보내왔다.

그로서는 절대 그냥 넘어갈 수 없는 문제였다.

유건은 금룡과 자하에게 전처럼 멋대로 뛰쳐나가는 일이 없어야 한다고 단단히 못 박고 나서야 두 영물을 풀어 주었다.

금룡은 처음 봤을 때와 달라진 점이 거의 없었다.

그러나 자하는 자룡안과, 요안삼수 치원의 백사, 검은 대나무 통에 든 검은 독액을 연달아 복용하고 나서 체구도 커지고 뱀처럼 매끄럽던 보라색 가죽에 선문이 적힌 비늘도 몇 개 생겼다.

이는 그가 뒷받침만 잘해 준다면 자하도 용으로 성장할 수 있단 의미였다.

이무기 상태인 지금도 강력한데 용으로 성장까지 한다면 그때는 자하가 금룡보다 더 강해질지도 몰랐다.

자하는 주인이 마음에 드는지 유건의 몸 이곳저곳을 거침없이 훑고 다녔다.

자하는 피부 촉감이 장인이 공들여 짠 비단처럼 매끄러웠기 때문에 싫긴커녕 오히려 기분이 좋았다.

반면, 성질이 불같은 금룡은 초소형 금색 벼락을 콧김처럼 뿜으며 원수와 결전을 치르기 직전 같은 흉흉한 기세를 발했다.

그러나 유건은 금룡을 보내 주지 않았다.

기연은 언제나 위험을 동반하기 마련이었다.

27

보물이 지금 누구 손에 있는지 모르는 상황에서 섣불리 움직일 수는 없었다.

그는 우선 상황을 좀 더 살펴볼 생각이었다.

"제룡 수사(提龍修士)가 감응한 보물이 현재 움직이는 중이오?"

단호한 표정으로 고개를 저은 금룡은 어서 보물을 찾으러 가자는 것처럼 앙증맞은 앞발 두 개로 그의 옷을 잡아당겼다.

유건은 부드러운 말로 금룡을 달래며 말했다.

"우리는 좀 더 확인해 본 후에 움직여야 하오."

유건은 금룡에게 몇 가지 질문을 더 던졌다.

한데 금룡에 따르면 보물은 현재 안전한 장소에 있었다.

그렇다면 머뭇거릴 이유가 없었다.

이런 기회는 쉽게 오지 않는 법이었다.

유건은 금룡을 따라 동굴 밖으로 나왔다.

다행히 보물이 있는 장소가 동굴이 있는 협곡과 그리 멀지 않은 곳이어서 약 반 각 후에 도착할 수 있었다.

그러나 그는 여전히 신중했다.

유건은 무광무영복과 건마종으로 완벽히 은신하고 나서 보물이 있다는 땅속으로 규옥의 지둔술을 펼쳐 내려갔다.

과연 지하 100장 깊이에 주인 없는 법보낭이 하나 숨겨져 있었다.

한데 법보낭이 바위와 바위 사이에 은밀한 각도로 박혀 있어 정확한 지점을 모르면 맨눈으로 찾아내기가 쉽지 않았다.

아마 금룡에게 보물을 감응하는 능력이 없었다면 평생 이곳을 뒤지고 다니더라도 찾지 못했을 거란 생각이 들었다.

유건은 그의 이목을 피할 수 있는 강자가 법보낭을 감시하는 중일지 모른단 생각에 그 자리에서 꼼짝하지 않고 반나절을 기다렸다.

그러나 법보낭을 감시하는 자도, 법보낭을 찾는 자도 나타나지 않았다.

그는 그제야 약간 안심한 상태에서 바위 쪽으로 걸어가 안에 숨겨 둔 법보낭을 빼냈다.

유건은 지금 당장 법보낭 안에 뭐가 들었는지 알아보고 싶은 생각이 굴뚝같았다.

그러나 이곳에 오래 머물수록 빠져나갈 확률이 줄어들 거란 생각이 들었다.

그는 법보낭을 뒤져 볼 생각을 포기하고 바로 몸을 빼서 동쪽으로 달아났다.

한데 그때였다.

팔찌로 돌아온 자하제룡검이 갑자기 경고를 보내왔다.

유건은 바로 무광무영복과 건마종으로 은신한 상태에서 땅속으로 몸을 감추었다.

그가 막 땅속으로 몸을 숨겼을 때였다.

유건이 숨어 있는 지점 바로 위에 수사 몇이 내려서는 소리가 들렸다.

　그는 보물을 찾던 자들에게 들켰을지도 모른다는 생각이
들기 무섭게 심장이 빠르게 두방망이질 쳤었다.

　그때, 그들 중 한 명이 다른 누군가에게 묻는 소리가 들렸
다.

　"태일소는 죽었답니까?"

　"원기를 끌어 올린 태일소가 삼녀궁의 경요 부궁주님과 귀
음도 안교진인에게 중상을 입히고 나서 일심관의 융풍 관주
님과 이곡도의 광세록 부도주님의 협공에 죽었다는 소식을
들었네."

　"그럼 이제 내분은 끝난 것입니까?"

　"자잘한 문제가 남아 있긴 하지만 끝났다고 봐야겠지."

　"그것참 다행입니다."

　"쯧쯧, 지금은 전혀 다행인 상황이 아니네. 오히려 최악에
가깝지. 만약, 이번 임무에 실패하면 칠교보는 끝장일 것이
네."

　"우리가 지금 찾는 중인 두생교의 은월자(隱月子) 때문입
니까?"

　"맞네."

　"대체 은월자가 뭘 어떻게 했기에 이 난리를 피우는 거랍
니까?"

　"태일소는 원래 일이 틀어질 때를 대비해서 그가 가장 신뢰

하는 심복인 은월자를 청보궁에 남겨 두었네. 그러다가 일이 틀어졌다는 신호를 본 은월자가 보물을 챙겨 들고 내뺐지."

"흠, 은월자가 챙긴 보물이 꽤 중요한 건가 보군요."

"우리 교주님이 아무리 수완이 뛰어나신 분이라고 해도 일심관 관주, 이곡도 부도주, 삼녀궁 부궁주와 같은 거물을 무슨 수로 초빙하겠나? 더욱이 구화련은 연합을 구성한 각 종파 내분에는 관여하지 않는단 맹약까지 맺은 상황에서 말이야."

"아, 교주님은 은월자가 가져간 그 보물을 미끼로 거물을 끌어들인 거였군요. 한데 대체 무슨 보물이기에 융풍관주 같은 거물이 맹약까지 위반해 가며 교주님을 도운 것일까요?"

"그야말로 삼월천을 통째로 뒤집어엎을 대단한 보물이라더군."

그들은 보물의 정체를 두고 갑론을박을 벌였다.

그러나 보물이 정확히 뭔지는 그들도 모르는 눈치였다.

그때, 지금까지 대답하던 목소리가 갑자기 한숨을 푹 내쉬었다.

"한데 그런 상황에서 우리가 은월자를 찾아내 그 보물을 회수하지 못하면 융풍 관주, 광세록 부도주와 같은 거물이 우리 교주님을 그냥 놔둘 것 같은가? 아마 우리 교주님이 그들 몰래 보물을 미리 빼돌려서 감추어 두었다고 의심을 하겠지."

"선배님 말씀대로 은월자를 찾지 못하면 정말 큰일 나겠습니다."

그때, 그들이 갑자기 긴장한 기색으로 입을 꾹 다물었다.

잠시 후, 낙엽 하나가 바람을 타고 내려오다가 바닥에 떨어진 것 같은 미세한 진동이 울리더니 한 사람이 더 나타났다.

한데 먼저 와있던 수사들이 나중에 도착한 수사를 부르는 소리를 들은 유건은 깜짝 놀라 하마터면 소리를 지를 뻔했다.

"청삼랑 장로님 오셨습니까?"

인사조차 받지 않은 청삼랑은 냉랭한 목소리로 명령을 내렸다.

"은월자는 조금 전, 다른 장로 손에 죽었다. 지금부터 너희들은 은월자의 행적을 역추적해 그가 보물을 숨겨 둔 장소를 찾아내는 데 전력을 다해야 한다. 다행히 귀음도 안교진인에게서 특정 보물을 추적하는 데 능한 법보인 나녀혈침반(裸女血針盤)을 빌려 왔기 때문에 그리 어렵진 않을 것이다."

"예, 장로님!"

"우척(宇斥), 가손(家孫) 너희 두 사람은 따로 할 일이 있다."

"무엇입니까, 장로님?"

"안교진인이 나녀혈침반을 빌려주면서 한 가지 부탁을 해왔다. 바로 혜성대 10조 조원인 유건이란 놈을 생포해 데려와 달란 부탁이다. 너희 두 명은 유건이란 놈을 잡아 와라."

"알겠습니다!"

대담한 두 수사가 곧장 몸을 뽑아 올려 어딘가로 사라졌다.

한편, 청삼랑은 바로 법보낭에서 기이하게 생긴 법보를 하나 꺼냈다.

은쟁반을 닮은 정사각형 법보였는데 귀퉁이마다 옷을 벗은 미녀가 춤을 추는 나녀(裸女) 조각상이 있었다.

바로 귀음도가 자랑하는 법보인 나녀혈침반이었다.

청삼랑은 주저 없이 혀끝을 깨물어 뽑아낸 피를 나녀혈침반에 뿌렸다.

그 순간, 핏물이 수은(水銀)처럼 짙은 은색으로 변했다가 이내 어느 한 지점에 집결해 밝은 빛을 뿌렸다.

안교진인에 따르면 이 은색 빛이 바로 그들이 찾는 보물을 의미했다.

한데 그 순간, 청삼랑의 날카로운 눈매가 종잇장처럼 가늘어졌다.

나녀혈침반이 보물의 위치를 감응하는 데 실패한 게 아니라면 보물은 바로 그의 발밑에 있었다.

청삼랑은 곧장 얼음으로 뒤덮인 오른팔을 땅속에 쑤셔 박았다.

유건은 그들의 대화 내용에 나녀혈침반이란 단어가 등장할 때 이미 도망쳐야겠다는 마음을 굳게 먹은 상태였다.

귀음도의 보물인 나녀혈침반이 항간의 소문처럼 정말 영험하다면 곧 들킬 거라 가정하고 움직이는 것이 현명한 처사였다.

어쨌든 그 재빠른 판단 덕분에 청삼랑이 찌른 얼음송곳이 그를 얼음 조각으로 만들어 버리기 전에 가까스로 피해 냈다.

유건은 그 짧은 순간에 이번 대결의 변수에 대해 생각했다.

그 앞에는 지금 이대로 규옥의 지둔술을 펼쳐 달아나는 선택과 지상으로 올라가 달아나는 선택 두 가지가 놓여 있었다.

숙고한 결과, 지둔술을 펼쳐 달아나는 선택이 더 유리하단 판단을 하였다.

청삼랑은 그의 얼굴과 공법을 알았다.

무사히 도망친다고 해도 칠교보를 포함한 구화련 전 세력이 보물을 빼앗기 위해 대대적인 추적에 나설 확률이 아주 높았다.

이미 낙낙사란 만만치 않은 추격자가 있는 상황에서 그보다 더 큰 구화련의 추격까지 받는다면 설상가상이 따로 없었다.

그렇다면 그의 얼굴과 공법이 드러나지 않는 지둔술 쪽이 유리했다.

계산은 거침이 없었고 행동은 그보다 더 빨랐다.

찰나 간에 계산을 마친 유건은 규옥의 지둔술을 써서 서쪽으로 재빨리 달아났다.

그러나 상대는 장선 중기의 강자였다.

첫 번째 공격이 실패로 돌아갔음을 직감한 청삼랑은 고공으로 솟구쳤다.

그리고 그 자리서 뇌력을 퍼트려 유건을 찾았다.

"훗."

뇌력으로 유건을 감지한 청삼랑은 재차 공격에 나섰다.

공선 중기에 이른 규옥의 지둔술이 전보다 배 이상 빨라지기는 했어도 장선 중기인 청삼랑을 완벽히 따돌리지는 못했다.

순식간에 거리를 좁힌 청삼랑은 오른손 손가락 다섯 개를 곤충 발톱처럼 약간 구부리고 나서 땅속에 곧장 찔러 넣었다.

그 순간, 얼음 장창 다섯 자루가 땅을 두부처럼 뚫고 들어와 지둔술에 전광석화를 더해 달아나는 유건의 뒤를 기습했다.

장선 중기의 공격을 맞받아칠 정도로 간이 붓지는 않은 유건은 곧장 심좌기를 꺼내 발동 주문인 소언의 이름을 외쳤다.

그러나 유건은 장선 중기를 경시한 대가를 톡톡히 치러야 했다.

물론, 공선 중기인 유건이 장선 중기를 경시한다는 말이 애초에 상식을 벗어난 말이기는 해도 어쨌든 그는 장선이 얼마나 대단한 존재인지 제대로 경험해 본 적이 없었다.

유건이 지금까지 만난 대표적인 장선을 꼽아 보라면 요검자, 염화도인, 오휴, 본무일 텐데 그중 요검자와 염화도인은 악수의 손에 죽은 거나 다름없었다.

또, 오휴는 그를 도와주러 온 성화교 강자에게 당했으며 본무는 예상치 못한 행운이 겹치는 바람에 법술로 간신히 제압하는 데 성공했다.

즉, 그가 장선의 실력을 제대로 경험해 본 적은 없는 거나 마찬가지였다.

만약, 그가 장선이 어떤 자들인지 알았다면 청삼랑이 나녀 혈침반을 꺼냈을 때 바로 심좌기를 썼을 것이다.

그러나 청삼랑이 본격적으로 추격에 나선 후에야 심좌기를 발동한 그의 결정은 분명, 시기를 놓친 행동이 틀림없었다.

유건이 소언의 이름을 두 번 불렀을 때는 이미 청삼랑이 날린 얼음 창 다섯 개가 코앞에 이르러 있었다.

소스라치게 놀란 그는 급히 금강부동공을 끌어 올린 상태에서 그동안 수집한 방어 법보 수십 개를 방출해 얼음 창에 맞서 갔다.

그러나 얼음 창은 유건이 방출한 방어 법보 수십 개를 순식간에 얼음 조각으로 만들었다.

얼음 창은 마치 살아 있는 생물 같았다.

그가 전광석화를 이용해 방향을 크게 틀 때마다 얼음 창은 그럴 줄 알았다는 것처럼 같이 방향을 틀었다.

얼음 창은 마치 그의 그림자처럼 떨어질 기미가 보이지 않았다.

그때, 지상에서 얼음 창을 조종하던 청삼랑의 머리에서 뼈와 살이 얼어붙는 한기가 스멀스멀 올라오는 바람에 근처에 있던 일월교 수사들이 두려운 얼굴로 거리를 멀찍이 벌렸다.

일월교 수사들은 청삼랑의 머리에서 올라온 지독한 한기가 공처럼 뭉치다가 정수리 위에 파란 뿔이 달린 거대한 사마귀로 변신하는 모습을 보면서 그제야 저 공법이 지금의 청삼랑을 있게 해 준 청각한당공(靑角寒蟷功)임을 깨달았다.

청삼랑은 상대회의 지낭이기 때문에 실력을 드러낼 기회가 많지 않았다.

머리를 쓸 일이 더 많기 때문이었다.

그러나 칠교보 소식에 정통한 수사들은 청삼랑의 청각한당공이 양어언의 소월청해공에 못지않은 얼음 속성 공법임을 알았다.

일월교 수사들은 파란 뿔이 달린 사마귀를 보면서 청각한당공이 명성을 날린 데는 그만한 이유가 있었음을 깨달았다.

한데 정작 청삼랑은 초조한 나머지 속이 문드러질 지경이었다.

쥐새끼처럼 땅속에 숨어 도망치는 놈은 기껏해야 공선 중기에 불과했다.

한데 그의 공격을 벌써 두 번이나 막아 냈다.

무규신갑을 얻지 못하면 상대회와 본인에게 어떤 위기가 닥칠지 누구보다 잘 아는 그로서는 체면 따위를 고려할 상황이 전혀 아니었다.

그는 어떻게든 저 쥐새끼를 잡아야 했다.

"쥐새끼가 날쌔다면 잡는 방법을 달리해야겠지."

서늘하게 중얼거린 청삼랑은 청각한당공으로 만들어 낸 뿔 사마귀에 법력을 전부 밀어 넣었다.

그 순간, 희미한 그림자에 가깝던 뿔 사마귀가 마치 살아 있는 생물처럼 뚜렷해졌다.

청각한당공을 대성하지 않으면 쓸 수 없는 법술이었다.

30장 크기에 달하는 거대한 사마귀가 톱처럼 생긴 거대한 앞발 두 개를 하늘 높이 들어 올렸다가 벌레를 잡을 때처럼 지상을 향해 내리찍었다.

그 순간, 그들이 있는 들판에 폭과 깊이가 3장에 달하는 밭고랑 두 개가 생기더니 그 주변의 흙이 높은 파도처럼 일 제히 솟구쳐 사방으로 흩어졌다.

한데 놀라운 일은 오히려 그다음에 일어났다.

마치 그 일대만 혹한의 기후로 변한 듯 밭고랑이 생긴 곳을 중심으로 얼음이 얼기 시작하더니 순식간에 주변 10리가 통째로 얼어붙었다.

그야말로 괴이한 일이 아닐 수 없었다.

들판에 자란 풀, 나무, 심지어 파도처럼 들썩이던 흙더미 마저 그대로 얼어붙었다.

심지어 하늘을 맴돌던 새 수백 마리까지 얼음 조각상으로 변해 지상으로 추락했다.

얼음 조각상은 지상에 닿기 무섭게 수천 개의 조각으로 깨져 흩어졌다.

본인이 만든 엄청난 광경을 차가운 눈빛으로 훑어본 청삼랑은 깊이 파인 밭고랑을 따라 쏜살같이 정면으로 날아갔다.

얼음 천지로 변한 밭고랑 끝에 다다른 청삼랑은 오른손을 앞으로 내밀었다.

그 순간, 얼마 떨어지지 않은 공중에 3장 크기의 거대한 손바닥이 나타나더니 삽처럼 그 근처의 땅을 둥그렇게 파내 지하에 있던 무언가를 밖으로 끄집어냈다.

그건 바로 두꺼운 얼음으로 뒤덮인 쥐새끼였다.

청삼랑은 솔직히 감탄을 금치 못했다.

그가 전력을 다해 펼친 법술로도 고작 공선 중기에 불과한 쥐새끼를 도망치기 직전에야 가까스로 붙잡을 수 있었다.

아마 그의 실력이 떨어졌거나, 결단을 빨리 내리지 못했으면 쥐새끼는 분명 살아서 이곳을 빠져나갔을 것이 틀림없었다.

일월교 지낭이라 불리는 그를 두 번이나 물 먹인 또 다른 공선 중기 수사 유건이 떠오른 청삼랑은 쓴웃음을 금치 못했다.

"요즘 어린 것들은 맹랑하기 짝이 없군."

청삼랑은 손가락으로 푸른 광선을 발사해 쥐새끼를 가둔

얼음을 녹였다.

한데 그때, 누구도 예상 못 한 일이 벌어졌다.

마지막 얼음이 물처럼 녹아내리는 순간, 청삼랑이 청각한 당공으로 펼친 한기보다 몇 배 더 지독한 한기가 훅 끼쳐 오 더니 쥐새끼가 갑자기 서쪽으로 달아났다.

청삼랑은 쥐새끼가 본인이 전력을 다해 펼친 청각한당공 속에서 감히 살아 있을 거란 예상을 전혀 못 한 탓에 바로 대 응하지 못했다.

그러나 청삼랑의 눈은 여전히 기민했다.

그는 곧 쥐새끼의 얼굴이 왠지 익숙하다는 사실과 쥐새끼 손에 푸른빛을 발하는 수정 막대기가 하나 들려 있다는 사실 을 바로 간파했다.

"네놈은?"

쥐새끼의 정체가 유건임을 깨달은 청삼랑은 믿을 수 없단 표정을 지었다.

그러나 장선 중기의 강자답게 신색을 바로 회복한 그는 손 가락을 연달아 튕겨 얼음 창을 쏘아 보냈다.

청삼랑은 그가 쏘아 보낸 얼음 창이 유건을 단숨에 꼬치 꿰듯 꿰어 버릴 거로 예상했다.

한데 그때, 유건이 뒤를 돌아보며 손에 쥔 푸른 막대기를 휘둘렀다.

그 즉시, 푸른 막대기에서 쏟아진 해일과 같은 한기가 얼음 창을 빨아들였다.

깊이를 짐작하기 어려운 바다에 강물 한 줄기를 섞은 것처럼 청삼랑이 쏘아 보낸 얼음 창은 순식간에 자취를 감췄다.

이것이 모검술의 흡수 법결이란 사실을 그는 알지 못했다.

"귀음도의 보물이로구나!"

보물의 정체를 알아낸 청삼랑은 자기도 모르는 사이에 탄성을 터트렸다.

역시 예상이 맞았다.

그의 예상대로 귀음도 귀선이 눈에 불을 켜고 찾던 보물을 얻은 수사는 유건이었다.

청삼랑은 귀음도의 귀선이 마두산을 샅샅이 뒤지고 다닐 때부터 이 문제를 은밀히 조사해 왔다.

그 덕에 그들이 찾는 보물이 엄청난 한기를 지닌 얼음 속성 보물임을 알아냈다.

얼음 속성 공법을 수련한 청삼랑은 당연히 보물에 욕심이 생겼다.

만약, 그가 빙혼정을 얻는다면 호랑이가 날개를 다는 것과 같았다.

어쩌면 지금은 거의 포기 상태인 장선 후기를 노려볼 수도 있었다.

빙혼정은 그만큼 대단한 보물이었다.

욕심이 동한 청삼랑은 즉시 방법을 바꿔 공격했다.

놈에게 얼음 속성 공법이 먹히지 않는다고 해서 놈을 없앨 방법이 전혀 없는 것은 아니었다.

그리고 그중 한 가지는 그가 악수를 포획할 때 자주 쓰던 혈룡구(血龍勾)라는 법보였다.

곧 청삼랑의 손을 떠난 갈고리 모양의 붉은 빛줄기 하나가 공간을 건너뛰는 것처럼 허공을 가르더니 청랑의 화륜차와 전광석화를 전력으로 펼쳐 도망치는 유건을 따라잡았다.

푹!

갈고리가 유건의 등을 조금 파고들었을 무렵, 불광이 황금빛 광채를 발하며 나타나 갈고리가 더 파고들지 못하게 막았다.

그러나 유건의 고난은 거기서 끝나지 않았다.

청삼랑이 검은 장갑을 낀 오른손을 활짝 벌리는 순간, 유건은 누가 자석으로 잡아당기는 것처럼 적의 손으로 순식간에 빨려 들어갔다.

검은 장갑에는 법력을 구속하는 힘이 있었다.

그는 청삼랑에게 목덜미를 잡히는 순간, 몸이 움직이지 않았다.

마치 몸이 질긴 거미줄에 붙들린 느낌이었다.

청삼랑은 유건의 머리를 자기 쪽으로 돌리며 물었다.

"흐흐, 또 도망쳐 보지 그러느냐?"

유건은 억지로 미소를 지었다.

"소생을 잡아서 무척 기쁘신 모양입니다."

"하하, 부정하지 않겠다. 마치 천년 묵은 체증이 싹 내려가는 것 같구나. 넌 날 어떻게 생각할지 모르겠다만 난 네 재능에 솔직히 감탄했다. 아마 이런 상황이 아니었다면 널 제자로 키워 보고 싶을 정도지. 하지만 상황이 여의치가 않구나."

말을 마친 청삼랑의 눈에 살기가 안개처럼 스멀스멀 올라왔다.

"장로님이 빙혼정을 빼앗았다는 사실을 귀음도 귀선에게 들키지 않기 위해 소생을 죽이려는 듯한데 제 추측이 맞습니까?"

청삼랑의 입가에 음흉한 미소가 맺혔다.

"역시 눈치가 빠른 놈이구나."

"귀음도의 귀선이 그 말을 믿어 줄 거로 생각하십니까?"

"그건 곧 죽을 네놈이 걱정할 일이 아니니라……. 웬 놈이냐!"

말을 하다 멈춘 청삼랑이 갑자기 소리를 버럭 지르더니 왼쪽 허공으로 손가락을 연달아 튕겼다.

그 즉시, 새파란 광선이 왼쪽 허공을 갈랐다.

그러나 그 자리에는 아무도 없었다.

청삼랑은 안력을 높여 허공을 노려보았다.

그때, 어린아이를 닮은 녹색 형체가 유건의 뒤로 숨어드는 모습을 발견했다.

"훙, 거기 있었구나!"

코웃음 친 청삼랑이 바로 공격을 퍼부으려 할 때였다.

유건이 갑자기 힘없는 목소리로 중얼거렸다.

"소언, 소언, 소언……."

뭔가 불길함을 느낀 청삼랑은 급히 유건의 몸을 확인했다.

그 순간, 소매에 가려 있던 유건의 왼손에서 금발 소녀를 그린 삼각형 깃발이 솟아올라 분홍빛으로 유건을 휘감았다.

"이런!"

청삼랑은 급히 검은 장갑을 낀 손에 힘을 바짝 주어 유건의 목을 분질렀다.

그러나 손에 힘을 주었을 때는 이미 분홍빛에 휘감긴 유건이 마치 공기처럼 흩어져 사라진 후였다.

"말도 안 돼!"

경악한 청삼랑은 급히 눈으로 주변을 훑으며 뇌력을 퍼트렸다.

그러나 아무리 찾아도 유건은커녕, 그 그림자조차 보이지 않았다.

당황한 청삼랑은 전력을 다해 주변을 샅샅이 뒤졌다.

그러나 유건의 종적은 여전히 오리무중이었다.

등줄기가 땀으로 흠뻑 젖은 청삼랑은 미친 듯이 머리를 굴렸다.

그때, 멀리서 지켜보던 일월교 수사들이 청삼랑의 당황한 표정에 놀라 달려왔다.

그중 오선 후기 수사가 급히 물었다.

"장로님, 무슨 일입니까?"

그 순간, 표정이 확 바뀐 청삼랑이 서늘한 목소리로 대꾸했다.

"일월교의 앞날을 위해 너희들이 희생해야겠다."

그게 무슨 뜻인지 깨달은 오선 후기 수사가 바로 몸을 뽑아 올려 도망쳤다.

그러나 다른 수사들은 어리벙벙한 표정으로 청삼랑과 도망치는 오선 후기 수사를 번갈아 쳐다보았다.

그때, 청삼랑의 독수가 남아 있는 수사들을 덮쳤다.

그제야 청삼랑이 그들의 입을 봉해 이번 사실을 묻으려 한단 사실을 깨달은 그들은 사방으로 흩어져 미친 듯이 달아났다.

그러나 청삼랑의 독수는 지독하기 짝이 없었다.

그들 대부분은 채 10리를 가지 못해 얼음 가루로 변해 흩어졌다.

심지어 가장 먼저 도망친 오선 후기 수사마저 간신히 대여섯 번 공격을 막아 내다가 결국 청삼랑의 손에 죽었다.

청삼랑은 시체 잔해를 찾아내 완벽히 제거하고 나서 무표정한 얼굴로 본인의 왼팔을 싹둑 잘랐다.

그러나 그 정도로는 상대회는 물론이거니와 융풍이나, 안교진인을 속일 수 없단 생각이 들기 무섭게 독한 마음을 먹은 그는 스스로 내상을 입혀 경지를 장선 중기에서 장선 초기로 떨어트렸다.

아마 웬만한 노력으론 경지를 다시 장선 중기로 되돌리기 어려울 테지만 지금은 우선 살아남는 게 무엇보다 중요했다.

칠교보로 복귀한 청삼랑은 참담한 얼굴로 보고했다.

"은월자를 중간에 찾아내 제거하긴 했으나 그를 돕는 방수가 있어 보물 회수에 실패했습니다. 그자는 장선 후기 수사였는데 제가 감당할 수 없을 만큼 실력이 뛰어나 격전 끝에 부하들을 잃고 저만 가까스로 살아 돌아올 수 있었습니다."

청삼랑의 보고를 받은 상대회는 낭패한 표정으로 융풍, 광세록, 경요를 쳐다보았다.

물론, 융풍 등은 상대회가 청삼랑과 짜고 보물을 빼돌린 것으로 의심했기 때문에 표정이 좋을 리 없었다.

괜히 칠교보까지 와서 헛심만 쓴 셈이었다.

융풍 등은 별말 없이 돌아갔다.

그러나 그로부터 100일이 채 지나기 전에 일심관, 이곡도, 삼녀궁을 주축으로 한 구화련 대군이 칠교보에 쳐들어왔다.

태일소의 말처럼 작은 씨앗이 재앙으로 바뀌는 순간이었다.

2장. 죽은 자의 부탁

2장. 죽은 자의 부탁

열대 기후 특유의 짙푸른 밀림이 지평선 끝까지 이어져 있었다.

밀림에는 햇빛을 가릴 정도로 빽빽하게 자란 열대 나무 수천 종과 그 그늘 밑에서 어떻게든 살아 보겠다고 용을 쓰는 식물 수만 종이 있었다.

또, 밀림 곳곳에 흐르는 개울과 시내, 강줄기는 바다가 있는 서쪽으로 흐르는 큰 강과 이어졌다.

밀림에는 다양한 식물 외에도 수많은 종류의 동물과 곤충, 양서류, 파충류, 조류, 어류 등이 서식했다.

그중 대부분은 범인이 일상생활을 하면서 흔히 만나는

범수에 해당했다.

그러나 그런 식물과 동물 중에는 돌연변이가 꼭 있기 마련이었다.

운, 시기, 주변 환경 등이 절묘하게 어우러지다 보면 흔히 보는 평범한 잡초가 자연이 허락한 수명을 훨씬 넘겨 살아남곤 하는데 이를 선도에서는 영초라고 하였다.

물론, 꼭 생명이 있어야만 그런 혜택을 받는 것은 아니었다.

돌, 물, 흙, 공기와 같은 무생물도 적절한 환경만 갖춰지면 본래 지닌 성질에서 벗어나 독특한 특성을 보이곤 했다.

이때, 등장하는 주인공이 바로 운 좋은 범수였다.

갈증을 느낀 범수가 우연히 마신 물이 영수(靈水)라거나, 아니면 새로 구한 동굴에 질 좋은 영석이 깔린 경우는 생각보다 흔했다.

심지어 특이하게 생긴 풀을 무심코 뜯어 먹었는데 운 좋게 그 풀이 1000년 묵은 영초인 경우도 있었다.

선도에서는 이를 선연을 만났다고 표현했다.

물론, 영초를 뜯어 먹었다고 해서 다 엄청난 능력을 소유하지는 못했다.

대부분은 같은 종에 해당하는 다른 짐승의 평균 수명보다 훨씬 긴 세월을 무병장수하며 지내는 데서 그쳤다.

한데 가끔은 그리 높지 않은 확률로 영성을 깨우치는 범수가 탄생하고는 하는데 이 영성을 지닌 범수가 바로 악수였다.

밀림 깊숙한 곳에 서식하는 7품 악수인 쌍두홍선사(雙頭紅線蛇)는 원래 평범한 칠보단혼사(七步斷魂蛇) 중 하나였다.

칠보단혼사는 물리면 일곱 걸음을 걷기 전에 죽는다는 꽤 지독한 맹독을 품고 있긴 해도 사냥꾼과 약초꾼이나 두려워하지, 도를 익히는 수사에게는 별다른 위협을 가하지 못했다.

그러나 갑자기 쏟아진 폭우를 피하려고 들어간 땅굴에서 먹은 청유석롱액(青釉石籠液)에 담긴 천지 영기 덕에 영성이 트인 칠보단혼사는 300년을 넘게 살았다.

또, 100년 전에는 첫 번째 탈각(脫殼)에 성공해 똑같이 생긴 머리가 하나 더 생기고 감색 가죽에 불꽃을 닮은 붉은 선이 자라났다.

칠보단혼사의 신체적인 변화는 그뿐만이 아니었다.

한 번에 30장을 넘게 뛰어오를 수 있었고 길이도 10장까지 자라났다.

무엇보다 칠보단혼사가 뿜는 독액이 전과 비교할 수 없을 정도로 지독해져 수사라 해도 한 번 당하면 끝이었다.

그때부터 칠보단혼사는 영초를 캐러 밀림에 들어왔다가 뱀에게 화를 당한 근방 수사들에게 쌍두홍선사란 악명을 얻었다.

오늘도 쌍두홍선사는 수만 년 동안 쌓인 복숭아꽃이 썩어서 생긴 도화장독(桃花瘴毒)을 흡수하며 열심히 수련 중이었다.

아마 쌍두홍선사가 이 지독한 도화장독을 전부 흡수고 나면 6품을 건너뛰어 단숨에 5품까지 진입할지도 몰랐다.

그때, 비가 내리려는지 먹구름이 잔뜩 낀 회색 하늘에 분홍빛 구체가 갑자기 등장했다.

쌍두홍선사는 아직 7품에 불과해 영성이 그리 뛰어난 편은 아니었다.

그러나 분홍빛 구체가 보물의 출현을 의미할지도 모른단 생각이 문득 들었다.

주변을 세심하게 둘러본 쌍두홍선사는 주변에 다른 악수가 없음을 확인하기 무섭게 10장에 달하는 미끈한 몸뚱이를 채찍처럼 바닥에 후려쳐 그 탄력으로 재빨리 날아올랐다.

그 순간, 분홍빛 구체가 알껍데기처럼 실금이 가며 깨지더니 그 안에서 얼굴이 푸르뎅뎅한 젊은 사내 하나가 떨어졌다.

쌍두홍선사는 보물이 아닌 것에 실망했다.

그러나 꽤 오랫동안 인간의 피와 살점을 먹지 못했단 사실에 생각이 미치는 순간, 독니가 튀어나온 입을 크게 벌렸다.

한데 그때였다.

시체처럼 보이던 젊은 사내가 눈을 반쯤 뜨더니 그를 향해 덮쳐 오는 쌍두홍선사의 독니와 혀를 보며 희색을 드러냈다.

그 순간, 불길함을 느낀 쌍두홍선사가 몸을 뒤집어 재빨리 땅속으로 도망치려 들었다.

그러나 젊은 사내의 팔목에서 풀려나온 자줏빛 이무기를 보기 무섭게 쌍두홍선사는 마치 그물에 걸린 물고기처럼 그 자리서 옴짝달싹하지 못했다.

순식간에 10장까지 커진 자줏빛 이무기가 입을 크게 벌리며 날아와 옴짝달싹 못 하는 쌍두홍선사를 한입에 집어삼켰다.

자줏빛 이무기는 입을 몇 번 오물거려 쌍두홍선사를 순식간에 소화했다.

그러나 생각보다 맛은 별로인 모양이었다.

자줏빛 이무기는 트림을 끅 하고 나서 입맛을 쩝쩝 다셨다.

그때, 자줏빛 이무기의 눈에 쌍두홍선사가 열심히 먹어 치우던 도화장독이 들어왔다.

좀처럼 만나기 힘든 기연인 탓에 자줏빛 이무기가 젊은 사내 쪽으로 간절한 눈빛을 보냈다.

그사이, 바닥에 내려선 사내는 이무기를 보며 고개를 저었다.

"지금은 몸을 잠식하는 한기부터 해결해야 하오. 나중에 저 독물을 전부 먹어 치울 시간을 충분히 줄 테니 걱정하지 마시오."

젊은 사내의 말을 알아들은 듯 고개를 한 번 끄덕인 자줏빛 이무기가 다시 실뱀처럼 작아져 사내의 팔목으로 돌아갔다.

젊은 사내는 바로 유건이었다.

소언의 심좌기를 이용해 간신히 도망친 유건은 왼손에 쥔 빙혼정을 놓지 않은 채 다급한 표정으로 주변을 둘러보았다.

그러나 그 주변에는 숨을 만한 공간이 없었다.

"소옥, 청랑! 어서 지하에 동부를 만들어라."

"예, 공자님."

영목낭을 나온 규옥이 청랑을 타고 지하로 내려가 임시로 쓸 작은 동부를 건설했다.

공선 중기에 이른 규옥은 그사이 흙 속성 법술이 일취월장했는지 동부를 뚝딱 만들어 냈다.

동부 안으로 들어가 금제와 결계를 설치한 유건은 서둘러 가부좌부터 틀었다.

현재 그는 혈맥이 얼어붙기 직전이었다.

쌍두홍선사가 그를 시체로 착각한 이유도 그 때문이었다.

청삼랑이 전력을 다한 청각한당공의 한기 대부분을 빙혼정이 막아 주긴 했으나 은밀한 한기 몇 가닥이 침투하는 일까지는 막아 주지 못했다.

빙혼정의 위력이 약해서라기보다는 그에게 빙혼정을 제대로 배양할 틈이 없었기 때문이었다.

서둘러 단약을 복용한 유건은 금강부동공의 구결을 외우며 혈맥을 얼려 가는 청각한당공의 한기를 몰아내는 데 전력을 기울였다.

그러나 청각한당공은 역시 명불허전이었다.

금강부동공으로도 한기를 몰아내는 일이 그리 쉽지 않았다.

곧 유건은 머리카락부터 새하얗게 얼어붙기 시작했다.

그는 몸이 완전히 얼어붙기 전에 모험해 볼 요량으로 손에 쥔 빙혼정에 법결을 날렸다.

다행히 법결이 통했다.

작은 막대 크기이던 빙혼정이 가느다란 실 정도로 금세 줄어들었다.

유건은 급히 입을 벌려 빙혼정을 삼켰다.

한데 거의 동시에 살갗에 서리가 내리더니 몸이 얼음덩어리로 변했다.

아마 조금만 늦었어도 빙혼정을 삼킬 시간조차 없었을 듯했다.

지금은 온몸이 완전히 얼어붙어 법력을 쓰지 못했다.

그러나 희망이 없지는 않았다.

유건의 단전에 가부좌한 상태로 대기하던 원신이 그가 내려보낸 빙혼정을 재빨리 낚아챘다.

원신은 빙혼정이 마음에 든 모양이었다.

빙혼정을 쓰다듬어도 보고 혀로 무슨 맛이 나는지 알아보기도 했다.

맛을 봤을 땐 마치 감전당한 사람처럼 작은 몸을 부르르 떨었다.

꽤 귀여운 행동이었다.

그러나 유건은 지금 한시가 급했으므로 원신이 빙혼정을 가지고 놀게 놔둘 여유가 전혀 없었다.

원신도 본신 상태가 썩 좋지 않다는 사실을 아는 듯했다.

원신은 유건이 지시하는 대로 가부좌한 상태에서 두 손으로 쥔 빙혼정을 단전 가까이에 가져가 연화 구결을 외웠다.

곧 빙혼정이 끝부터 파란 광채로 변해 원신의 몸속으로 스며들었다.

유건은 원신이 흡수한 빙혼정 기운 일부를 완전히 얼어붙은 혈맥 구석구석으로 퍼트리는 데 정신을 집중했다.

다행히 효과는 바로 나타났다.

빙혼정의 기운이 그의 심장을 맹렬히 공격 중이던 청각한 당공의 한기를 순식간에 잡아먹었다.

마치 호랑이가 토끼를 잡아먹는 모습과 비슷했다.

잠시 후, 몸을 덮은 얼음이 녹으며 원래 모습으로 돌아왔다.

그제야 안도의 숨을 내쉰 그는 이참에 빙혼정을 완벽히 연화해 둘 생각으로 원신에게 작업을 계속하란 명령을 내렸다.

유건은 그사이 심좌기를 끌어와 허공에 띄웠다.

소언이 심좌기를 줄 때 한 경고처럼 깃발에 있던 금발 소녀는 온데간데없이 사라지고 빈 깃발만 덩그러니 남아 있었다.

그녀의 말처럼 심좌기를 다시 원래 상태로 돌려놓으려면

거령대륙에 있는 성화교를 찾는 수밖에 다른 방도가 없었다.

'소언은 심좌기가 1000리를 한 번에 이동시켜 준다고 했었지. 그렇다면 청삼랑 등이 나를 찾아내기까지 얼마나 걸릴까? 흠, 귀음도 나녀혈침반 같은 보물을 쓴다면 생각보다 빨리 찾아낼 테고 그렇지 않다면 상당한 시간을 벌 수 있겠지.'

유건은 빙혼정 연화를 마치는 대로 이곳을 떠나기로 결정했다.

원래 칠교산을 벗어날 땐 선혜수가 있는 오궁산으로 갈 계획이었다.

그러나 강적에게 쫓기는 상황에서 오궁산으로 가는 행동은 그녀마저 위험에 처하게 하는 어리석은 짓이었다.

오궁산이 있는 동쪽으로 갈 수 없다면 방법은 두 가지였다.

첫 번짼 그가 떠나온 서북으로 다시 돌아가는 방법이었다.

그러나 서북을 다스리는 오성도와 그를 쫓는 낙낙사 사이가 의심스러운 상황에서 서북으로 다시 돌아갈 수는 없었다.

그렇다면 남은 방법은 하나뿐이었다.

녹원대륙의 도망자가 모여드는 지역으로 유명한 칠선해 대륭해(大隆海)로 가는 방법이었다.

칠선해 일곱 개 해역 중에 인족 출신 수사가 살 수 있는 유일한 해역이 대륭해였다.

대륭해를 제외한 나머지 해역은 반인족, 이종족, 마족 등이 거주하고 있어 국경에 발을 들여놓는 일조차 쉽지 않았다.

목적지를 정한 유건은 긴장이 조금 풀린 상태에서 미뤄 둔 일을 처리했다.

바로 바위틈에서 찾아낸 보물이 뭔지 확인하는 일이었다.

법보낭에는 상당한 양의 물건이 들어 있었다.

우선 가장 많은 양을 차지하는 오행석부터 차근차근 정리했다.

오행석은 그가 지금까지 얻은 오행석을 전부 합한 양보다 많았다.

심지어 헌월선사가 남긴 오행석보다 양이 더 많았다.

일단, 오행석만으로도 충분한 보상을 받은 셈이었다.

법보낭에서 꺼낸 두 번째 물건은 질 좋은 영약이었다.

헌월선사의 기억 대부분을 연화한 그로서도 알아볼 수 있는 영약이 반에 불과할 정도로 다양한 영약이 안에 들어 있었다.

세 번째 물건은 헤아릴 수 없이 많은 재료였다.

그리고 네 번째는 30종류가 넘는 극상품 법보였다.

법보의 위력을 일일이 확인해 본 유건은 그 뛰어난 품에 만족감을 드러냈다.

법보낭에서 마지막으로 나온 물건은 바로 그가 찾던 보물이었다.

보물은 검은 보석으로 제작한 용 머리로 손잡이를 만든 조그마한 금갑 안에 들어 있었다.

다행히 금갑에 특별한 장치가 없었다.

그는 바로 뚜껑을 열어 내용을 확인했다.

마침내 금갑이 열리며 보물이 모습을 드러냈다.

보물은 생김새가 무척 특이했다.

일단, 형태가 일정치 않다는 점이 가장 특이했다.

보물은 살아 있는 생명체처럼 꿈틀거리며 쉴 새 없이 모양을 바꾸었다.

유건은 그제야 그가 목숨을 걸고 찾은 보물이 사신기 중 현무에 해당하는 무규신갑이란 사실을 깨달았다.

무규신갑의 무규는 모서리가 없다는 뜻으로 형태가 일정치 않은 이 보물과 딱 어울리는 이름이었다.

유건은 나불림 우물에서 구한 나무 속성 열쇠를 무규신갑 쪽으로 가져갔다.

그 순간, 무규신갑이 마치 살아 있는 생물처럼 검은색의 기다란 촉수를 쭉 뻗어 그가 손에 쥔 나무 속성 열쇠를 낚아채 갔다.

유건은 당황하지 않고 무규신갑의 변화를 관찰했다.

마치 상어처럼 입을 쩍 벌린 무규신갑이 촉수로 낚아챈 나무 속성 열쇠를 삼키고 나서 우걱우걱 씹어 먹었다.

잠시 후, 무규신갑 오른쪽 끝에 뱀을 닮은 암녹색 머리가 튀어나왔다.

암녹색 머리는 눈동자가 피처럼 붉은빛을 띠었다.

코와 귀는 보이지 않았다.

또, 상어를 닮은 주둥이에는 톱니처럼 생긴 날카로운 이빨 수백 개가 지독한 살기를 뿜으며 박혀 있었다.

유건은 그제야 참았던 숨을 내쉬며 호흡을 가다듬었다.

어찌나 긴장했던지 조금 전부터 숨조차 제대로 내쉬지 못했다.

유건은 무규신갑을 공중에 띄운 상태에서 자세히 관찰했다.

무규신갑에서 튀어나온 뱀 머리는 붉은 눈을 예리하게 빛내며 주변을 자세히 관찰하다가 유건 앞에서 시선을 고정했다.

그때, 갑자기 입을 크게 벌린 뱀 머리가 날카로운 이빨로 그의 목을 물어뜯으려 들었다.

그 기세가 어찌나 흉포하던지 깜짝 놀란 유건은 가부좌한 자세 그대로 날아올라 피했다.

그러나 무규신갑의 공격은 그 한 번으로 끝나지 않았다.

유건은 무규신갑의 공격을 피하려고 전광석화까지 펼쳐야 했다.

'제길, 이럴 줄 알았으면 자하선부로 돌아갈 때까지 풀어놓지 않을 걸 그랬어. 어쨌든 이 문제부터 빨리 처리해야겠군.'

물론, 방법이 전혀 없진 않았다.

자하제룡검을 꺼내면 무규신갑을 제압할 가능성이 아주 컸다.

이미 자하제룡검은 자하선부에서 무규신갑과 대결해 승리한 경험이 한 번 있었다.

그렇다면 아직 완전하지 못한 무규신갑이야 완전체인 자하제룡검의 상대가 아닐 게 분명했다.

그러나 화를 주체 못 한 자하제룡검이 무규신갑을 부숴 버릴지도 모르기 때문에 최악의 상황이 아니면 쓰지 않을 생각이었다.

그때, 그의 단전에서 빙혼정을 열심히 연화시키던 원신이 갑자기 밖으로 내보내 달란 신호를 강하게 보냈다.

유건은 혹시 하는 마음에 원신을 밖으로 내보내 보았다.

원신은 두 다리를 한껏 벌리고 두 팔을 양 허리에 턱 걸친 거만한 자세로 무규신갑을 향해 손가락질하며 혼을 냈다.

그 순간, 무규신갑은 마치 엄한 시어머니 앞에선 며느리처럼 겁을 잔뜩 집어먹은 얼굴로 금갑으로 부리나케 도망쳤다.

어찌나 겁을 집어먹었던지 뚜껑마저 알아서 닫을 정도였다.

무규신갑을 금갑으로 쫓아낸 원신은 '어때? 내 실력 죽이지?'라는 표정으로 유건을 쳐다보았다.

그러나 정작 유건은 의기양양한 원신을 바라보며 심사만 더 복잡해질 따름이었다.

유건은 도가, 불가, 혹은 그 외의 다른 유명한 교파가 배양하는 원신에 대해 잘 알지 못했다.

그러나 그가 배양한 원신은 특이해서 그조차도 가끔 이해하지 못할 때가 많았다.

원래 원신은 또 다른 '나'였다.

한데 유건의 원신은 그렇지 않았다.

일단, 생김새부터가 본신과 크게 달랐다.

다행히 얼굴은 그와 똑같았다.

그러나 겨드랑이 밑에는 투명한 날개 한 쌍이 달려 있었다.

또, 이마에는 상서로운 기운이 물씬 풍기면서 오색 광채까지 번쩍이는 아름다운 뿔이 있었다.

심지어 엉덩이에는 비늘이 자란 꼬리마저 달렸다.

이는 평범한 인간의 모습을 한 그와는 전혀 다른 외형이었다.

더구나 가끔 그의 원신이 보여 주는 엄청난 능력은 그를 놀라게 하기에 충분했다.

조금 전에 일어난 일 역시 그런 부류였다.

원신은 난동을 피우는 무규신갑을 그가 알아들을 수 없는 말 몇 마디로 간단히 굴복시키는 위엄을 드러냈다.

'현재로선 지금보다 경지가 높아지면 자연히 원신에 대한 비밀도 같이 풀릴 거라 기대하는 수밖에 다른 도리가 없겠어.'

한숨을 쉬며 고개를 절레절레 저은 유건은 원신을 다시 단전으로 불러들여 남은 빙혼정을 마저 연화하게 하였다.

빙혼정이 워낙 대단한 보물인 탓에 연화에 많은 시간이 걸렸다.

유건은 다시 무규신갑에 집중했다.

'그나저나 어떻게 해야 이 영물이 내 말을 듣게 할 수 있을까?'

유건은 우선 무규신갑에게 그를 주인으로 인식시킬 필요가 있다고 여겼다.

낙낙사가 지키고 있을 게 뻔한 자하선부로 돌아가기까지 몇 년이 걸릴지 알 수 없는 상황에서 무규신갑을 이런 불안한 상태로 내버려 둘 수 없기 때문이었다.

유건은 재빨리 법결을 날려 금갑 뚜껑을 다시 열었다.

그 순간, 머리를 금갑 밖으로 삐죽 내민 무규신갑이 경계심이 가득한 눈빛으로 주변을 둘러보았다.

마치 알에서 막 깨어난 도마뱀 새끼가 주변에 천적이 있는지 조사하는 듯했다.

그 모습이 약간 처량하면서도 귀여웠기 때문에 좀 전에 무규신갑이 보인 난폭한 성질은 머릿속에서 점차 희미해져 갔다.

유건은 왼손 손날로 오른 손목을 갈라 정혈 몇 방울을 뽑아냈다.

곧 공중으로 떠오른 정혈은 엄청난 속도로 무규신갑을 향해 쏘아져 갔다.

무규신갑은 유건이 무슨 짓을 하려는지 아는 것처럼 금갑 안에서 몸부림치며 피하려 들었다.

그러나 좁은 금갑 안에서는 움직일 공간이 많지 않았다.

곧 정혈 한 방울이 발버둥 치는 무규신갑 미간 사이에 스며들었다.

그 즉시, 풀이 죽은 무규신갑이 살기가 사라진 눈을 몇 차례 껌뻑거리더니 멍한 표정으로 유건을 쳐다보았다.

비록 오행 열쇠 중에 나무 속성 열쇠밖에 구하지 못해 힘을 완전히 되찾은 상태는 아니라고 해도 자하제룡검처럼 유건의 정혈이 가진 압도적 위력에 힘을 쓰지 못하는 모습이었다.

유건은 자하선부에서 배운 법결을 날려 보았다.

그러나 이번에는 감감무소식이었다.

자하제룡검을 통제하는 법결이 따로 있듯 무규신갑을 통제하는 법결도 따로 있단 뜻이었다.

한데 그때였다.

갑자기 금갑을 뛰쳐나온 무규신갑이 공중을 재빨리 한 바퀴 돌더니 둥근 고리처럼 변해 그에게 달려들었다.

유건은 깜짝 놀라 다시 피했다.

그러나 이번에는 감당할 수 없을 정도로 빨라 부지불식간에 기습을 허용했다.

당황한 유건은 급히 몸을 살폈다.

그러나 몸에는 이상이 없었다.

그는 곧 암녹색 고리로 변한 무규신갑이 그의 왼쪽 발목에 감겨 있는 모습을 발견했다.

무규신갑도 자하제룡검처럼 정혈로 주인임을 인식시키면 팔찌 형태로 변하는 듯했다.

물론, 이번에는 팔찌가 안착한 장소가 그의 왼쪽 발목이라는 점이 다를 뿐이었다.

또, 자하제룡검이 변한 팔찌가 금룡과 자줏빛 이무기 두 마리가 서로의 꼬리와 머리를 물고 회전하는 형태라면 무규신갑이 변한 팔찌는 뱀처럼 생긴 암녹색 머리만 나와 있을 뿐, 나머지는 형태를 갖추지 못했다.

'형체를 완전히 갖추기 위해선 다른 열쇠가 필요한 것 같군.'

유건은 안력을 더 높여 왼쪽 발목에 감긴 무규신갑을 관찰했다.

그 결과, 중요한 사실을 몇 가지 알아냈다.

우선 무규신갑의 진짜 이름이 도천현무패(滔天玄武牌)란 사실이었다.

'설마 자하제룡검과 발동 방식까지 같은 건가?'

유건은 도천현무패에 정혈을 조금 주입해 보았다.

그 순간, 뱀 머리가 달린 암녹색 빛줄기가 공중으로 치솟았다.

그러나 그게 다였다.

도천현무패는 오히려 새 주인에게 불만이 많은지 머리를 휙 돌리더니 호랑이가 사냥감을 위협할 때처럼 낮은 소리로 크르렁 거리며 날카로운 이빨을 들이댔다.

'아무래도 도천현무패를 자하제룡검처럼 완벽하게 부리기 위해서는 자하선부에 있는 구결을 먼저 익혀야 하는 모양이군.'

이 문제는 이쯤에서 접어 두기로 한 유건은 도천현무패를 다시 고리로 만들어 왼쪽 발목으로 보냈다.

도천현무패는 돌아가는 게 싫은지 명령을 듣지 않았다.

한숨을 내쉰 유건은 다시 원신으로 위협해 도천현무패를 제자리로 돌려보냈다.

유건은 도천현무패가 들어 있던 금갑을 공중에 띄워 자세히 조사했다.

금갑 내부에 봉인 부적이 들어 있었기 때문에 수사라면 누구나 군침 흘릴 만한 보물이었다.

아마 경매장에 내놓으면 순식간에 팔려 나갈 테지만 오행석이 충분하다 못해 넘치는 그로서는 다른 수사에게 넘길 의향이 없었다.

한데 그때, 수사가 무언가를 기록할 때 쓰는 옥편(玉篇)이

66

금갑 바닥에 교묘한 형태로 숨겨져 있는 모습이 눈에 띄었다.

유건은 이상한 점이 있는지 확인하고 나서 뇌력으로 옥편을 밖으로 꺼냈다.

예상대로 죽은 은월자가 남긴 옥편이었다.

아, 연자(緣子)가 이 옥편을 읽고 있다는 말은 이 은월자가 이미 이 세상 사람이 아님을 뜻할 테지.

물론, 법보낭에 든 많은 보물에 눈이 먼저 갈 테지만 귀찮지 않다면 나와 내가 모시던 분의 한 맺힌 사연을 끝까지 들어 주길 바라네.

유건은 입맛을 쩝 다셨다.

'왠지 이걸 읽으면 앞으로 귀찮은 일이 꽤 생길 것 같은 예감이 들긴 하지만 어쨌든 그 덕에 엄청난 보물을 얻었으니까.'

옥편 내용에서 가장 놀란 점은 은월자가 태일소의 사생아란 점이었다.

두생교는 원래 교를 세운 초대 교주의 유언에 따라 가족이 없는 독신 제자만 교주에 오를 자격을 얻었다.

후손을 둔 제자가 교주에 오르면 자식이나, 손자에게 두생교를 물려주려 할 가능성이 크기 때문이었다.

야심 많은 태일소는 교주 자리를 차지하기 위해 당연히 사생아인 은월자를 숨겨야 했다.

그러나 교주에 등극한 후에는 그를 저지할 자가 없었으므로 본인을 지키는 호위로 은월자를 임명해 아들이 가까운 곳에서 아버지를 도와줄 수 있게 하였다.

태일소가 만만치 않은 적수인 상대회를 무리하게 쳐서 칠교보를 완벽히 장악하려 했던 이유도 어쩌면 사생아인 은월자에게 칠교보 보주 자리를 물려주고 싶어서였는지도 몰랐다.

어쨌든 이런 중요한 일에는 언제든 뜻하지 않은 변수가 발생할 수 있다고 생각한 태일소는 은월자에게 후사를 맡겼다.

즉, 본인이 살아서 돌아오지 못하면 은월자가 미리 챙겨둔 두생교 재산을 들고 도망쳐 후일을 도모한다는 계획이었다.

'그래서 은월자의 법보낭에 오행석과 법보, 재료, 영약 등이 그렇게 많았던 거구나. 태일소는 아들이 그 재산으로 종파를 재건하여 그를 해친 놈들에게 복수하기를 원한 걸 거야.'

한데 옥편을 좀 더 읽어 보니 사정이 그렇게 간단하지만은 않다는 사실을 깨달았다.

태일소는 피맺힌 원한을 풀기 위해 도천현무패를 이용하는 계획을 이미 준비해 둔 지 오래였다.

태일소는 운만으로 두생교 교주와 칠교보 보주에 오른 게 아니었다. 그는 한참 전부터 청보궁에 상대회가 심은 첩자가 있을지 모른다는 의심을 꾸준히 해 왔다.

한데 정말 첩자가 있다면 청보궁에 숨겨 둔 도천현무패에 관한 정보가 상대회 귀에 들어갔을 가능성을 염두에 두지 않을 도리가 없었다.

태일소는 또, 이번 내전에서 예상치 못한 변수가 발생한다면 그건 도천현무패 때문일 거란 예감이 들었다.

그렇다면 반대로 도천현무패를 이용해 복수를 획책하는 일도 가능했다.

태일소는 아들 은월자에게 도천현무패와 대한 정보가 적의 귀에 들어가지 않으면 조용한 장소를 골라 수련하며 도천현무패의 비밀을 풀기 전까지 나오지 말라는 유언을 남겼다.

반대로 도천현무패 정보가 적에게 새 나갔을 때는 보물을 이용해 태일소를 해친 원수에게 복수하라는 유언을 남겼다.

복수 방법은 의외로 간단했다.

칠교보가 있는 구화련이 서남에서 건드리지 못하는 종파는 딱 세 곳이었다.

그중 하나는 이곡도와 연관이 깊은 귀음도였다.

그리고 다른 하나는 장선 후기 최고봉 수사를 보유한 강력한 종파지만 세력 확대를 꾀하기보단 수련에만 집중하는 가풍으로 유명한 여승들의 종파 은로암(銀露庵)이었다.

문제는 그중 세 번째 종파였다.

만궁원(萬宮園)이라는 종파였는데 13만 명의 제자를 거느린 종문으로 구화련의 규모에 비하면 별로 크지 않은 종파였다.

한데 문제는 만궁원 원주의 손자며느리가 녹원대륙 십대종문 중에서 서열 2위에 해당하는 봉아 북십자성(北十字城)

성주의 증손녀란 점이었다.

북십자성은 십대종문 서열 1위인 봉선방(鳳仙幇)과 봉아의 패권을 놓고 치열한 경쟁을 펼치는 초대 종문이었다.

당연히 북십자성에는 강자가 구름처럼 많아 구화련으로서는 쉽게 건드리지 못하는 상대였다.

더구나 도천현무패의 공식적인 첫 주인이라 불리는 노오신니가 도천현무패를 노린 강적 여럿의 급습을 받아 중상을 입고 나서 입적한 장소가 공교롭게도 북십자성이었기 때문에 북십자성 수사들은 지금도 노오신니의 유언을 계승한 정식 후계자를 자처하며 도천현무패의 행방을 추적 중이었다.

이러한 사정을 잘 아는 태일소는 아들 은월자에게 무규신갑을 만궁원 원주에게 바치고 복수를 부탁하란 명령을 내렸다.

그러면 자연스럽게 만궁원, 구화련, 북십자성이 서로 얽히면서 구화련이 패망의 길로 갈 수밖에 없을 거로 믿었다.

태일소의 안배를 설명한 은월자는 마지막에 이렇게 적었다.

연자가 얻은 보물을 만궁원에 가져다주란 부탁은 차마 할 수 없지만, 연자가 먼 훗날 보물의 비밀을 풀어 대도를 완성하거든 우리 부자의 피맺힌 원한을 한 번쯤 고려해 주길 바란다. 끝으로 우리 태씨 가문의 공법과 비술이 후대에 전해

70

졌으면 하는 바람으로 부친의 도선팔비신살과 본인의 은월비신공(隱月秘身功)을 포함한 공법과 비술을 남겨 놓겠다.

은월자의 말처럼 옥편에는 태일소의 도선팔비신살과 은월자의 은월비신공 구결이 적혀 있었다.

그러나 유건은 이미 수련하고 있는 심언종 공법조차 대성하지 못한 상태였다.

공법은 내용만 대충 살펴보고 바로 비술 쪽으로 넘어갔다.

옥편 마지막에는 태씨 부자가 수련한 비술 등이 빼곡하게 적혀 있었다.

대충 훑어 보던 유건의 눈이 갑자기 번뜩였다.

그건 태일소가 도천현무패 연구 때문에 어렵게 구한 비술로 이합술(離合術)이라 불렀다. 이합술은 간단히 말해 서로 다른 법보, 공법, 비술을 합쳐 새 법보, 공법, 비술을 만드는 비술이었다.

물론, 물 속성과 불 속성처럼 상극인 법보는 어려웠다.

그러나 같은 속성, 같은 성질을 지닌 법보는 합체시켜 더 강한 법보를 만드는 게 이론적으로 가능했다.

유건은 시험 삼아 평소에 쓰지 않는 7품 불 속성 법보와 8품 법보를 이합술로 합쳐 보았다.

그러나 이합술은 상당한 난이도를 지닌 비술이라 제대로 시작도 하기 전에 실패했다.

71

그러나 유건은 포기하지 않았다.

그동안 주워 모은 법보가 꽤 많아 아직 이합술에 쓸 재료는 충분했다.

유건은 연달아 30번을 실패하고서야 간신히 성공할 수 있었다.

그러나 6품 뇌 속성 법보 두 개를 합쳤음에도 오히려 질이 떨어져 7품 뇌 속성 법보가 만들어졌다.

'역시 수련하기가 만만치 않은 비술이군.'

유건은 원신이 빙혼정을 연화하는 동안 할 일이 마땅히 없었으므로 이합술 수련에 매진했다.

그렇게 열흘이 지났을 무렵, 유건은 거의 300개가 넘는 법보로 이합술을 시도했다.

그러나 마지막 시도에서만 가까스로 한 단계 높은 품계의 법보를 만들어 냈을 뿐이었다.

물론, 법보가 더 남아 있긴 하지만 남은 법보는 모두 상품 법보여서 시도하기가 꺼려졌다.

'아쉽지만 이합술 수련은 여기까지 해야겠군.'

고개를 절레 저은 유건은 단전을 확인했다.

다행히 빙혼정은 거의 연화가 끝난 상태였다.

다음 날, 빙혼정 연화 작업을 기어코 마무리 지은 유건은 무광무영복과 건마종을 덮어쓴 상태에서 천천히 지상으로 올라와 주변을 살폈다.

다행히 근처에 수상한 자의 모습은 보이지 않았다.

유건은 약속한 대로 자하를 내보내 남은 도화장독을 흡수하게 하였다.

신이 난 자하는 도화장독이 가장 지독한 장소로 날아가 분홍빛이 흐르는 독 안개를 게걸스레 먹어 치웠다.

유건은 자하가 너무 멀리까지 가는 바람에 마음이 불안했다.

그러나 도화장독 가까이만 가도 머리가 어질어질한 탓에 자하를 쫓아가 호위할 방법이 마땅치 않았다.

그저 자하가 빨리 도화장독을 먹어 치우고 돌아오기만 바랄 뿐이었다.

한데 사고는 항상 불안할 때 일어나는 법이었다.

자하가 눈을 본 강아지처럼 꼬리를 흔들며 도화장독을 먹어 치울 때, 강이 바다로 흘러드는 서해 쪽에서 노란 빛줄기 하나와 갈색 빛줄기 두 개가 정확히 이쪽을 향해 날아왔다.

"제길!"

유건은 재빨리 무광무영복과 건마종을 이용해 은신한 상태에서 뇌력으로 자하를 소환했다.

그러나 자하는 마치 달콤한 과자에 정신이 팔린 아이처럼 돌아올 생각을 하지 않았다.

그때, 도화장독이 있는 상공에 도착한 노란 빛줄기와 갈색 빛줄기 두 개 안에서 사내 두 명과 여인 한 명이 나타났다.

노란 빛줄기 안에서 모습을 드러낸 대머리 사내는 공선 후기였고 갈색 빛줄기 안에서 나타난 일남일녀는 공선 중기였다.

공선 후기 대머리 사내는 콧구멍 두 개로 도화장독을 엄청난 속도로 빨아들이는 자하를 보기 무섭게 반색하며 물었다.

"견 수사(肩修士), 자네가 보았다는 악수가 저놈인가?"

견 수사라 불린 청년은 이상하다는 표정으로 고개를 저었다.

"아닙니다, 선배님. 후배가 본 건 쌍두홍선사였습니다."

견 수사라 불린 대머리 사내가 청년의 어깨를 치며 껄껄 웃었다.

"쌍두홍선사는 아니지만 아무래도 자네 덕에 횡재한 듯하군."

"저 악수가 그 정도입니까?"

"생김새가 특이해서 나도 정확한 정체는 잘 모르겠네. 다만, 풍기는 기운이 무척 신령스러운 것이 영물임이 틀림없어. 자, 다른 수사의 눈에 띄기 전에 어서 해치우고 돌아가세."

"예, 선배님!"

씩씩하게 대답한 일남일녀가 비검과 채대(彩帶) 법보를 날려 자하를 급습했다.

또, 대머리 사내는 반대편으로 이동해 일남일녀가 자하를 몰아오면 그물로 잡을 준비에 착수했다.

퍽퍽!

그때, 비검과 채대가 자하의 자줏빛 가죽을 강타했다.

공격이 성공했다고 믿은 일남일녀의 눈에 희색이 비쳤다.

그러나 희색이 경악으로 변하는 데는 오랜 시간이 걸리지 않았다.

몸에 생채기 하나 입지 않은 자하가 고개를 획 돌리더니 살기가 줄줄 흐르는 살벌한 눈빛으로 일남일녀를 쏘아보았다.

"엇!"

깜짝 놀란 일남일녀는 급히 법보와 방어막으로 몸을 에워쌌다.

그때, 공간을 건너뛰는 것처럼 순식간에 거리를 좁힌 자하가 매끈한 몸통으로 일남일녀의 몸통을 칭칭 감아 조였다.

한편, 그사이 자하의 정체가 심상치 않음을 간파한 대머리 사내는 일남일녀를 그 자리에 버려두고 혼자 먼저 달아났다.

"이런, 이런.

동료를 헌신짝처럼 버리면 쓰나."

무광무영복을 벗고 대머리 사내 앞에 나타난 유건은 고개를 절레절레 저었다.

대머리 사내는 당황한 표정으로 유건 주위를 둘러보았다.

75

그러나 유건 외에 다른 수사는 보이지 않았다.

더욱이 멀리 떨어진 곳에서 일남일녀를 제압한 자하도 움직일 기미가 없었다.

그제야 안도한 대머리 사내는 얼굴을 활짝 폈다.

유건은 그의 표정만 보고도 그가 무슨 생각하는지 알았다.

대머리 사내는 공선 중기인 그를 얕보고 있었다.

대머리 사내가 어린아이를 훈계하는 말투로 꾸짖었다.

"경을 치기 전에 어서 썩 꺼지지 못하겠느냐?"

그와 입씨름할 생각이 없던 유건은 바로 금룡을 내보냈다.

기다렸다는 듯 뛰쳐나온 금룡은 보라색 콧김을 한차례 훅 내뿜더니 순식간에 10장까지 자라 대머리 사내를 덮쳐 갔다.

그제야 유건의 정체가 심상치 않음을 깨달은 대머리 사내는 황달 걸린 병자처럼 얼굴이 노랗게 변했다.

처음엔 일남일녀를 제압한 자하가 유건을 도우러 오지 않는 모습을 보고 유건도 그들처럼 자하를 어떻게 해 보려는 자인 줄 알았다.

한데 그렇지 않았다.

자하는 유건의 실력을 믿기 때문에 도우러 오지 않았을 뿐이었다.

아마 지금 그를 덮쳐 오는 금룡처럼 자하 역시 이 정체를 알 수 없는 젊은 청년이 기르는 영물임이 틀림없었다.

'이런 영물들을 수족으로 부리다니! 대체 네놈 정체가 뭐냐?'

경악한 대머리 사내는 아끼는 법보를 연달아 터트리고 수명을 깎는 비술까지 펼쳐 어떻게든 금룡을 떼어 내려 들었다.

그러나 대머리 사내의 공격을 무시한 금룡은 금빛 발톱이 튀어나온 앞발로 대머리 사내의 몸통을 단숨에 꿰어 버렸다.

얼굴색이 거의 흙빛으로 변한 대머리 사내는 금룡의 수중에서 빠져나가기 위해 그가 알고 있는 모든 비술을 동원했다.

그러나 금룡은 대머리 사내를 한동안 희롱하다가 이내 그마저도 귀찮아졌는지 원신까지 같이 한입에 꿀꺽 삼켜 버렸다.

유건은 그 틈에 자하에게 돌아갔다.

자하는 유건의 지시를 충실히 이행했다.

자하는 사내의 원신만 남겨둔 상태에서 시체를 독물로 녹여 흔적을 제거했다.

자하에게 원신을 건네받은 유건은 바로 헌월선사의 복신술을 펼쳤다.

청삼랑이 그의 정체를 아는 상황에서 유건의 얼굴과 이름을 가지고 계속 활동하기가 힘들기 때문이었다.

사내는 이름이 경제경(慶濟驚)이었다.

그는 서남에서 활동하는 낭선이었다.

복신술을 이용해 경제경의 용모와 체격을 복제한 유건은

대머리 사내와 일남일녀의 법보낭을 챙겼다.

한편, 자하는 그 틈에 남은 도화장독을 마저 흡수했다.

금룡은 나온 김에 반려(伴侶)를 거들어 볼 요량인지, 날갯 짓으로 큰바람을 일으켰다. 곧 10리가 넘는 넓은 계곡에 깔려 있던 도화장독이 강풍에 밀리면서 이불처럼 돌돌 말려갔다.

금룡이 도화장독을 말아 놓으면 자하가 달려들어 콧구멍두 개로 순식간에 빨아들였다.

그런 식으로 반 각을 더 작업했을 무렵, 계곡을 뒤덮은 분홍색 도화장독이 자취를 감추었다.

유건은 동부에서 수련하던 이합술에 대해 고민하느라, 금룡과 자하가 있는 쪽은 별로 신경 쓰지 않았다. 한데 그때였다.

"공자님, 제룡 수사와 자하 수사가 보물을 발견한 것 같습니다!"

"뭐?"

깜짝 놀란 유건은 급히 도화장독이 있던 방향으로 고개를 돌렸다.

그때, 거품이 뿌글뿌글 올라오는 녹색 늪에서 자하와 금룡이 무언갈 흥미롭게 관찰하는 모습이 눈에 들어왔다.

유건은 바로 그쪽으로 날아갔다.

자하가 녹색 늪 위에 도사리던 도화장독을 다 먹어 치운 후여서 그를 방해하는 장애물은 없었다.

현장에 도착한 유건은 금룡과 자하 사이에 끼어들어 늪 중앙 쪽을 내려다보았다.

늪 중앙에는 검은 기운이 흐르는 영초 10여 그루가 솟아 있었다.

영초는 늪 위로 드러난 뿌리부터 머리에 자란 나팔꽃처럼 생긴 꽃까지 전부 먹물처럼 짙은 검은색을 띠었다.

"어떤 영초인지 알아보겠느냐?"

규옥은 신중한 표정으로 대답했다.

"흑모소독화(黑毛沼毒花)인 것 같습니다."

"어떤 효과가 있지?"

"지독한 독지(毒地)에서만 자라기 때문에 독과 관련한 공법을 수련한 수사에겐 천금과 같은 가치를 지니지요. 또, 독을 치료하는 해독제로 만들면 해독 못 하는 독이 거의 없다고 알려져 있습니다. 심지어 약간 부작용이 있기는 해도 다른 영초와 혼합해 영단으로 제련하면 경지를 뚫는 데도 도움을 줍니다. 한데 뭔가 좀 이상합니다. 아무래도 조심……."

한데 그때였다.

유건이 말릴 틈도 주지 않고 늪으로 내려간 금룡이 날카로운 발톱을 삽처럼 사용해 흑모소독화가 있는 자리를 파냈다.

아마 흑모소독화가 독과 관련한 공법을 익힌 수사에게 좋다는 규옥의 설명을 듣고 자하에게 주기 위해 그런 것 같았다.

카앙!

그러나 금룡의 앞발은 딱딱한 무언가에 막혀 튕겨 나왔
다.

금룡의 앞발은 원래 단단한 금속도 두부처럼 쉽게 갈랐
다.

늪 속에 무언가 대단한 물건이 숨어 있는 게 틀림없었다.

한데 그때였다.

늪에서 악어를 똑 닮은 거대한 머리통이 솟구쳤다.

규옥의 경고를 들을 때부터 경계하는 마음을 품은 유건은
악어 머리가 보이기 무섭게 재빨리 금룡을 데리고 달아났다.

그때, 늪 속에서 키가 20여 장에 달하는 시커먼 악수가 벼
락처럼 튀어나와 유건의 뒤를 쫓아왔다.

그는 급히 안력을 높여 늪 속에서 튀어나온 악수를 관찰했
다.

악수는 악어를 닮은 머리통과 검은 곰을 닮은 두꺼운 몸통
과 다리를 지녔다.

한데 악수의 정수리에 흑모소독화가 길게 늘어져 있었다.

마치 악수의 머리카락 같았다.

악수가 흑모소독화를 기르는 건지, 아니면 흑모소독화가
악수 머리에 기생하는 건진 아직 알 수 없었다.

하지만 지금은 그게 중요한 게 아니었다.

악수는 기운이 불안정했다.

어쩔 땐 장선 초기에 해당하는 방대한 기운을 뿜어내다가 또 어떨 때는 오선 초기에 해당하는 기운을 뿜어냈다.

유건은 곧 악수가 중상을 입은 상태여서 뿜어내는 기운이 일정치 않단 중요한 사실을 알아냈다.

악수의 정체를 알아낸 규옥이 떨리는 목소리로 외쳤다.

"산악흑시웅(山鰐黑屍雄)입니다!"

유건은 전광석화로 산악흑시웅의 거대한 앞발을 피하며 물었다.

"어떤 악수인가?"

"몸뚱이가 금강석보다 단단해서 웬만한 법보나, 공법으로는 상처조차 내지 못합니다. 그리고 수사나, 다른 악수의 시체가 썩어서 생기는 시독(屍毒)을 흡수해 성장하기 때문에 그 시독으로 펼치는 공격이 아주 지독하다고 알고 있습니다."

그때, 마치 규옥의 설명을 듣기라도 한 것처럼 산악흑시웅이 악어를 닮은 주둥이를 크게 벌려 연녹색 광채를 발사했다.

유건은 급히 청랑을 타고 전광석화를 펼쳐 고공으로 달아났다.

그 순간, 그의 발밑을 스치듯 지나간 연녹색 광채가 밀림에 거대한 밭고랑을 만들며 1000장 가까이 뻗어 나갔다.

한데 광채에 닿는 물체는 그게 무엇이든 상관없이 바로 연녹색 액체로 녹아내렸다.

규옥이 말한 시독의 효과가 분명했다.

그때, 맹렬한 속도로 추격해 오던 산악흑시웅이 갑자기 그 자리에 우뚝 멈춰 섰다.

유건의 눈에는 산악흑시웅이 무리하게 시독을 발출했다가 상처가 다시 도진 것처럼 보였다.

유건은 바로 돌아섰다.

"이제 내 차례다!"

유건은 처음부터 전력을 다했다.

산악흑시웅이 전열을 정비할 여유를 주지 않기 위해서였다.

유건은 가장 먼저 팔찌로 돌아온 금룡과 자하부터 정혈을 주입해 내보냈다.

금세 몸집을 불린 금룡과 자하는 산악흑시웅과 비슷한 크기로 커져 각자 자신 있는 공격을 퍼부었다.

금룡은 벼락을, 자하는 보라색 독연을 발사했다.

그러나 시독을 수련한 산악흑시웅은 자하의 보라색 독연을 두려워하지 않았다.

오히려 독연을 흡수해 상처 치료 용도로 사용했다.

자하도 영물인지라, 산악흑시웅의 의도를 알아채기 무섭게 보라색 독연을 뿜는 대신, 좀 더 접근해 단단한 꼬리로 산악흑시웅의 등을 후려쳤다.

그러나 산악흑시웅도 만만치 않았다.

"크아아아앙!"

산악흑시웅은 날아드는 자하의 꼬리를 두꺼운 앞발 두 개로 감싸듯 틀어쥐었다가 근처의 절벽 쪽으로 힘껏 내던졌다.

쾅아아앙!

자하는 절벽을 100장 가까이 뚫고 들어가서야 간신히 몸을 멈춰 세울 수 있었다.

반려가 당하는 모습을 보고 분기탱천한 금룡은 어른 허리만 한 굵기의 벼락을 계속 쏟아 냈다.

쿠르르룽!

산악흑시웅은 곰을 닮은 앞발 두 개를 교차하듯 휘둘러 벼락을 쉽게 튕겨 냈다.

벼락 공격이 통하지 않는 모습을 본 금룡은 산악흑시웅 쪽으로 날아가 앞발 발톱으로 할퀴었다.

다리를 앞으로 힘껏 내질러 금룡의 앞발을 막아 낸 산악흑시웅은 악어를 닮은 입을 크게 벌려 금룡의 머리를 물어 갔다.

금룡은 앞발 두 개로 악어 머리의 양쪽 턱을 재빨리 붙잡아 머리를 물지 못하게 막았다.

그러고 나서는 은색 비늘이 달린 꼬리를 창으로 만들어 산악흑시웅의 옆구리를 찔렀다.

카앙!

다시 한번 귀청을 찢는 쇳소리가 울리더니 금룡의 꼬리가 옆으로 휙 튕겨 나갔다.

산악흑시웅의 신체가 금강석보다 단단하다는 규옥의 경고처럼 이 악수는 도검불침에 가까웠다.

그때, 산악흑시웅이 자유로운 앞발 두 개를 옆으로 넓게 벌렸다.

그 순간, 그 앞발 끝에서 길이가 거의 1장에 달하는 발톱 다섯 개가 낫처럼 튀어나와 금룡의 양 옆구리를 베었다.

카아앙!

그러나 금룡을 뒤덮은 황금비늘도 산악흑시웅의 튼튼한 신체만큼이나 단단했다.

아니, 오히려 견고한 면에서는 한 수 위일지도 몰랐다.

산악흑시웅의 발톱은 금룡을 베지 못했다.

그때부터 산악흑시웅과 금룡은 가까운 거리에서 치열한 육박전을 벌였다.

한편, 그 틈에 공격 준비를 완벽히 마친 규옥은 청랑을 타고 지상으로 내려가서 흙 속성 법술을 펼쳤다.

곧 바닥에 있던 흙 수만 근이 장창처럼 날카롭게 변하더니 산악흑시웅의 사타구니로 쏘아져 갔다.

산악흑시웅은 본인의 견고한 신체에 대한 자신감이 대단한지 피할 생각을 하지 않았다.

오히려 금룡 쪽으로 더 강한 공격을 퍼부었다.

그때, 규옥이 바로 수결을 바꿔 다른 법술을 펼쳤다.

곧 장창 형태이던 흙이 그물처럼 변하더니 산악흑시웅의 몸을 다리부터 옭아매 들어갔다.

그와 동시에 금룡이 마치 이때만을 기다렸다는 듯 뒤로 훌쩍 물러나며 적과의 거리를 벌렸다.

산악흑시웅은 앞발과 뒷발을 휘둘러 하체를 옭아매는 흙 그물을 계속 찢어발겼다.

그러나 흙 그물은 물처럼 흩어졌다가 다시 원래 형태로 돌아오기 일쑤여서 효과가 없었다.

그 순간, 기회를 엿보던 유건이 홍쇄검 108자루를 발사했다.

홍쇄검 108자루는 곧 서로 교차하며 검으로 이루어진 그물을 만들었다.

그는 즉시 수결 맺은 손으로 법결을 날렸다.

법결을 맞은 홍쇄검은 규옥의 흙 그물이 미처 결박하지 못한 산악흑시웅의 상체 쪽으로 전광석화처럼 날아가 악수의 상체를 단단히 옭아맸다.

잠시 후, 산악흑시웅은 흙 그물과 홍쇄검이 만든 그물에 상, 하체 양쪽을 모두 제압당했다.

그러나 산악흑시웅은 엄청난 괴력의 소유자였다.

포효를 터트리며 다리 네 개를 밖으로 힘껏 내질렀다.

그 순간, 그물 두 개가 당장이라도 찢어질 것처럼 표면이 울퉁불퉁해졌다.

유건은 곧장 뇌음으로 금룡에게 지시를 내렸다.

금룡은 벼락을 방출해 산악흑시웅이 저항하는 속도를 느리게 만들었다.

유건은 그사이, 목정검이 만든 거대한 숲으로 악수를 덮어 그물을 이중으로 보완했다.

그뿐만이 아니었다.

그 위에 다시 구련보등으로 만든 연꽃잎을 덧대었다.

연꽃잎이 미치지 못하는 곳에는 사자후를 발출해 그물을 더 완벽히 만들었다.

모든 준비를 마친 유건은 원신을 내보냈다.

원신은 아기가 우는 듯한 기이한 기합을 지르며 손에 쥔 빙혼정을 던졌다.

빗살처럼 허공을 가른 빙혼정은 즉시 그물을 뚫고 안으로 들어가 빠져나가려고 몸부림치는 산악흑시웅을 얼음 조각으로 만들었다.

그러나 최후를 감지한 산악흑시웅도 멍청히 당하지만은 않았다.

곧 내단의 힘을 빌려 약간의 여유를 얻은 산악흑시웅은 그동안 모은 시독을 유건에게 쏘았다.

이번 시독은 지독하기 이를 데 없었다.

색은 짙은 녹색에 가까웠다.

굵기도 거의 반 장에 달했다.

더욱이 전광석화를 펼쳐 방향을 바꿀 때마다 같이 방향을 바꾸며 쫓아왔다.

마치 살아 있는 생물 같았다.

이젠 돌아서 막는 수밖에 없었다.

유건이 막 은월자가 남긴 방어 법보를 꺼내 막으려는 순간, 그 앞을 재빨리 막아선 자줏빛 그림자가 시독을 흡수했다.

바로 지금까지 끼어들 기회를 호시탐탐 노리던 자하였다.

그러나 자하가 빨아들이는 속도보다 녹색 시독이 늘어나는 속도가 더 빨랐다.

시독 일부가 유건의 심장을 노려 왔다.

유건은 좀 전에 꺼내 둔 방어 법보로 남은 녹색 시독을 막아 갔다.

한데 그때, 왼쪽 발목이 시큰해지면서 정혈이 빠져나갔다.

마치 독에 뚫린 구멍으로 물이 빠져나가는 것 같았다.

유건은 흠칫해 왼쪽 발목을 살폈다.

그 순간, 도천현무패가 튀어나와 심장으로 오던 녹색 시독을 반사해 돌려보냈다.

3장. 칠선해를 찾아서

　도천현무패가 반사한 녹색 시독은 날아올 때보다 두 배는 더 빠른 속도로 산악흑시웅 쪽으로 날아갔다.

　유건은 경황없는 중에도 목정검, 홍쇄검, 빙혼정과 같은 중요한 법보가 녹색 시독에 상하는 일을 막으려고 급히 그물을 흩어 버렸다.

　한편, 아직 얼음 덩어리 속에 갇혀 있던 산악흑시웅은 도천현무패가 반사한 녹색 시독을 다시 흡수하려는지 입을 크게 벌렸다.

　그러나 이는 산악흑시웅의 결정적인 실책이었다.

　녹색 시독을 다시 흡수하는 순간, 산악흑시웅의 두꺼운

가죽에 검은 불꽃을 닮은 기이한 문양이 지렁이처럼 꿈틀거렸다.

도천현무패가 녹색 시독을 반사할 때, 음화(陰火) 한 가닥을 몰래 섞어 보낸 것을 산악흑시웅이 눈치채지 못한 탓이었다.

곧 검은 음화가 만든 차가운 불꽃에 휩싸인 산악흑시웅은 온몸의 살가죽이 줄줄 녹아내리는 고통에 비명을 질러댔다.

유건은 그 틈에 천수관음검법으로 만든 거대한 칼을 앞으로 쭉 뻗은 자세에서 전광석화를 펼쳐 산악흑시웅을 베어 갔다.

거대한 칼은 곧 산악흑시웅을 반으로 갈랐다.

그때, 검은 광택이 흐르는 산악흑시웅의 내단이 몰래 달아나려 들었다.

그러나 도주는 성공하지 못했다.

청랑을 타고 숨어 있던 규옥이 달아나는 내단을 포선대로 재빨리 낚아챘기 때문이었다.

천수관음검법을 푼 유건은 참았던 숨을 길게 내쉬었다.

유건은 지금 말할 수 없는 희열을 느끼며 몸을 떠는 중이었다.

단순히 산악흑시웅이란 강적을 없앴기 때문은 아니었다.

그보단 그가 지닌 법보와 영물이 마치 톱니바퀴처럼 정교하게 맞물려 돌아가며 강적을 없앴기 때문이었다.

상상 속에서만 가능하던 일을 실제로 해냈을 때보다 기쁜 일은 없었다.

그러나 불행히도 유건은 그 희열을 계속 느낄 틈이 없었다.

제멋대로 뛰쳐나온 도천현무패가 갑자기 자하를 덮친 탓이었다.

자하도 지지 않겠다는 듯 바로 반격했다.

거기다 금룡까지 뒤늦게 가세하는 바람에 다툼은 순식간에 심각해졌다.

고개를 절레절레 저은 유건은 빙혼정을 가지고 노느라 정신없는 원신에게 명령을 내려 세 영물을 떼어 놓게 하였다.

그러나 원신은 귀찮은 표정으로 빙혼정에만 관심을 쏟았다.

'다들 강해서 좋기는 한데 내 의지대로 되는 일은 별로 없군.'

유건은 원신 쪽으로 강력한 뇌력을 연달아 쏘아 보냈다.

원신은 그제야 약간 움찔하더니 금룡과 자하가 도천현무패를 일방적으로 몰아붙이는 현장으로 달려가 뭐라 소리를 질렀다.

도천현무패가 영물로 변한 상태인 묵귀(墨龜)는 성질이 대단히 사나웠다.

묵귀는 일방적으로 몰리는 상황에서도 끊임없이 달려들어 상대를 물어뜯었다.

성질이 급하긴 매한가지인 금룡도 이참에 아예 묵귀를 죽여 없애려는 것처럼 벼락까지 방출하며 흉흉한 기세를 발했다.

그나마 자하는 금룡보다 성질이 약간 온순해 뒤로 물러서려는 기미를 보였다.

그때, 때맞춰 도착한 원신이 소리를 버럭 지르는 순간, 세 영물은 마치 감전당한 사람처럼 몸을 부르르 떨다가 황급히 팔찌로 변해 유건의 오른팔과 왼쪽 발목으로 모습을 감췄다.

유건은 원신마저 사고 치기 전에 빙혼정을 손에 들려 주고 얼른 단전으로 돌려보냈다.

멀리 떨어진 장소에서 영물이 다투는 모습을 두려운 눈길로 쳐다보던 규옥과 청랑은 영물에 이어 원신까지 사라진 후에야 안심한 표정으로 다가왔다.

유건은 규옥이 바친 산악흑시웅의 내단을 조사하며 물었다.

"넌 이걸 어찌했으면 좋겠느냐?"

"자하 수사께 주시지요. 자하 수사는 독물을 흡수해 성장하는 영물이니 내단을 연화하면 실력이 훨씬 고강해질 것입니다."

유건은 동료를 배려하는 규옥의 마음 씀씀이가 고마웠다.

영초가 흑모소독화란 사실을 알아낸 것도, 산악흑시웅의 내단을 포획한 것도 모두 규옥이었다.

그동안의 공을 생각해 규옥이 이번 전리품을 달라고 하면 고민 없이 바로 줄 생각이었는데 규옥은 욕심내지 않고 자하에게 줄 것을 청했다.

"넌 내단이 필요 없느냐?"

규옥은 고개를 저었다.

"소옥은 이미 공자님의 하늘과 같은 은혜를 입어 거의 포기한 상태나 마찬가지던 공선 중기에 도달했습니다. 여기서 소옥이 욕심을 더 부린다면 그건 하늘마저 욕할 일이지요."

"하하, 괜찮다. 하늘이 욕하면 내가 막아 주마."

"그럼 산악흑시웅과 흑모소독화 처리를 소옥에게 맡겨 주시지요."

"그 두 가지를 원하는 특별한 이유라도 있느냐?"

규옥은 이미 생각해 둔 바가 있는지 막힘없이 대답했다.

"산악흑시웅의 시체는 청랑의 몸을 지금보다 약간 더 단단하게 만들어 줄 수 있을 것입니다. 그리고 흑모소독화를 제련해 영단으로 제작하면 공자님이 공선 후기 경지를 돌파할 때 도움이 되는 영약을 만들 수 있을 것 같습니다."

"그렇게 해라."

유건의 허락을 받은 규옥은 기뻐하며 산악흑시웅 시체 정수리에 자란 흑모소독화를 조심스레 채취해 영목낭에 넣었다.

규옥이 흑모소독화를 채취한 다음에는 몸집을 크게 불린 청랑이 남아 있는 산악흑시웅의 시체를 깔끔하게 먹어 치웠다.

규옥의 말처럼 산악흑시웅의 시체를 먹어 치운 청랑은 뼈마디가 좀 더 튼튼해진 것처럼 몸과 팔다리에 근육이 붙었다.

유건은 이참에 은월자가 남긴 영초까지 전부 규옥에게 맡겼다.

어차피 유건은 연단술이나, 영초 재배에 서툴렀기 때문에 이 방면 최고 전문가인 규옥에게 맡기는 편이 훨씬 나았다.

산악흑시웅의 시체를 처리하고 나서는 자하를 따로 불러 악수가 남긴 내단을 먹였다.

자하는 주인의 배려에 감격한 눈빛으로 유건을 물끄러미 보다가 그가 준 내단을 삼켰다.

내단이 지닌 독성이 생각보다 훨씬 강력했기 때문에 자하는 마치 술에 취한 주정뱅이처럼 그 자리서 바로 곯아떨어졌다.

곯아떨어진 자하를 팔찌로 다시 돌려보낸 유건은 이번에 벌어진 소동을 듣고 다른 악수나, 수사가 찾아오기 전에 서둘러 떠날 생각으로 전광석화를 펼쳐 고공으로 치솟았다.

한데 그때, 도화장독이 있던 자리 북쪽에 연분홍색 안개가 아지랑이처럼 피어오르는 모습을 발견했다.

안개 속에서는 코를 마비시킬 정도로 짙은 복숭아꽃 향이 물씬 풍겨 왔다.

그러나 북쪽을 아무리 둘러봐도 복숭아꽃은커녕, 복숭아나무 한 그루 보이지 않았다.

유건은 그제야 저 연분홍색 안개가 어떤 진법이 만들어 낸 현상이란 사실을 알아냈다.

아마 저 진법 안엔 복숭아나무가 바다를 이룰 정도로 많아서 인세에 다시없을 선경을 만들어 내고 있을 게 틀림없었다.

'이 많은 도화장독을 만들어 낸 복숭아꽃이 대체 어디서 왔나 했더니 이곳에서 나온 거였군. 처음 왔을 때는 한독 치료가 급해서 지금처럼 주변을 샅샅이 둘러볼 여유가 없었지.'

어쩌면 저 안에 귀한 보물이 숨겨져 있을지도 모른다고 생각한 유건은 주위를 경계하며 접근해 진법을 조사했다.

한데 막 뇌력을 퍼트리려는 순간, 뼈가 시릴 정도로 냉랭한 뇌력 한 줄기가 그를 훑고 지나갔다.

그는 몸을 부르르 떨었다.

'최소 장선 후기 강자가 내뿜는 엄청난 뇌력이다!'

놀란 유건은 뒤도 돌아보지 않고 곧장 날아올라 달아났다.

다행히 진법 안에서 누가 쫓아오는 기미는 느껴지지 않았다.

유건은 100리 넘게 달아나고 나서야 마음을 놓았다.

'믿을 수가 없군. 그런 강자 옆에서 부상을 치료하고 악수와 싸우기까지 했다니. 만약, 그 강자가 손을 썼다면 난 어떻게 죽는지도 모르고 죽었을 게 아닌가. 정말 위험천만했어.'

유건은 선도의 세계가 얼마나 무서운 곳인지 다시 한번 실감했다.

아무리 기인이사가 모래알처럼 많다지만 어느 이름 모를 밀림 구석에 저런 강자가 수련하고 있을 줄은 몰랐다.

마음을 다잡은 유건은 바다로 흘러드는 큰 강을 따라 계속 나아갔다.

그러나 조심성 많은 그는 곧장 목적지로 향하지 않았다.

낙낙사, 칠교보 등이 그를 추적할 가능성이 크기 때문에 해안가를 오르내리며 흔적을 복잡하게 남겨 놓았다.

한편, 유건이 도화장독이 있던 자리를 떠나고 나서 100일 쯤 지났을 때였다.

그가 산악흑시웅과 싸우던 늪에 귀선 10여 명이 나타났다.

그들을 이끄는 귀선은 엄청나게 살이 찐 뚱뚱한 사내로 마치 붉은 공이 공중을 날아다니는 것 같았다.

품에서 나녀혈침반을 꺼내 살펴보던 뚱뚱한 사내가 명령했다.

"놈이 이곳에서 빙혼정과 무규신갑을 동시에 사용한 게 틀림없다! 모두 흩어져 흔적을 찾아라! 놈의 행적을 알아내는 제자에게는 본 장로가 특별히 아끼는 법보를 하사할 것이다!"

"예, 차군상(車軍上) 장로님!"

귀음도 귀선들은 곧장 흩어져 유건의 흔적을 찾았다.

차군상은 부하들이 흔적을 찾는 모습을 지켜보며 중얼거렸다.

"흐흐, 나녀혈침반과 동조(同調)를 거친 보물은 나녀혈침반이 부서지거나, 보물이 부서지지 않는 한, 영원히 나녀혈침반의 추적에서 벗어나지 못하지. 즉, 네놈이 어디로 도망치든 상관없이 언젠간 우리 손에 떨어질 수밖에 없단 뜻이다. 아마 청삼랑 그자도 이런 사실까지는 몰랐기 때문에 우리 도주님께서 나녀혈침반을 빌려준다고 했을 때, 감격했을 테지. 하지만 우리 도주님께서 미리 이런 사태를 예견하고 빌려주었을 거라곤 네놈은 꿈에도 짐작 못 할 것이야."

어쨌든 귀음도 도주 안교진인의 교활한 계략 덕분에 귀음도는 그들이 찾는 보물인 빙혼정은 물론이거니와 구화련 전체가 눈에 불을 켜고 찾는 중인 무규신갑까지 한 번에 추적할 수 있는 실마리를 손에 넣은 유일한 종파나 다름없었다.

물론, 청삼랑이 찾은 무규신갑을 빼앗아 갔다는 장선 후기 수사가 신경 쓰이지 않는다면 그건 거짓말이었다.

그러나 차군상은 그자가 두렵지 않았다.

정말 무규신갑을 빼앗아 간 자가 장선 후기 강자라면 안교진인의 친형인 이곡도의 광세록을 은밀히 찾아 상대를 제거해 달라 부탁할 심산이었다.

광세록은 야심이 큰 사내로 폐관 수련하느라 두문불출하는 날이 많은 이곡도 도주를 없애고 이곡도를 수중에 넣는 계획을 진작부터 진행 중이었다.

그리고 이곡도를 수중에 넣고 나선 그 힘을 바탕으로 현 련주를 배출한 일심관을 제압하고 구화련 련주에 오르겠다는 야망마저 품은 상태였다.

동생인 안교진인이 이끄는 귀음도가 그런 광세록의 뒤를

든든히 받쳐 주는 중이어서 안교진인이 부탁하면 광세록도 거절하지 못하고 빙혼정과 무규신갑을 지닌 장선 후기 수사를 없애 줄 것이다.

욕심 많은 광세록은 당연하단 듯 무규신갑을 요구할 테지만 귀음도는 사실 빙혼정 하나면 족했다.

"한데 빙혼정과 무규신갑을 동시에 차지할 정도로 운이 좋은 그자는 대체 누구지? 서남이나, 서북, 월추, 육산 등지에서 활동하는 장선 후기 수사는 거의 다 알고 있는데 말이야."

상념에 빠진 차군상이 속으로 중얼거릴 때였다.

"장로님, 여깁니다!"

부하가 부르는 소리에 정신을 차린 차군상은 얼른 그쪽으로 날아갔다.

그곳은 유건이 산악흑시웅과 싸우던 늪이었다.

차군상을 본 부하가 지금까지 알아낸 정보를 보고했다.

"그자는 이곳에서 산악흑시웅을 죽였습니다."

"확실한가?"

"소생이 부리는 영귀는 이런 방면에 도가 터서 틀림없습니다."

"그자가 산악흑시웅을 죽이고 나서 어디로 갔는지도 알겠느냐?"

"북쪽으로 간 것 같습니다."

"잘했다!"

차군상은 다른 부하들이 그들을 주목할 수 있도록 큰 소리로 칭찬하고 나서 미리 골라둔 5품 법보를 부하에게 주었다.

"네가 세운 공에 대한 보답으로 주는 법보다. 어서 받도록 해라. 이건 본 장로가 오선 중기 시절에 어렵게 구한 귀한 법보인데 오선 후기를 상대로도 큰 위력을 발휘할 것이다."

법보를 받은 부하는 눈물까지 글썽이며 머리를 숙였다.

"감사합니다, 장로님!"

차군상이 공을 세운 동료에게 정말 법보를 줄 거라고는 전혀 생각 못 했는지 욕심으로 눈이 벌게진 귀선 10여 명이 보물을 지닌 수사가 이동했다는 북쪽으로 앞다투어 날아갔다.

차군상은 그 모습을 흐뭇하게 지켜보다가 천천히 북쪽으로 이동했다.

그에겐 이제 별 필요도 없는 법보를 마치 엄청난 보물인 것처럼 거드름을 피우며 던져 주면 부하들은 발정 난 개처럼 알아서 전력을 다해 그가 시킨 임무를 수행했다.

'흐흐흐, 이것이 바로 권력이 가진 힘이고 이것이 바로 수사들이 어떻게 해서든 선도 경지를 높이려는 근본적인 이유지.'

그때, 부하 중 하나가 소리쳤다.

"이곳에 수상한 진법이 설치되어 있습니다, 장로님!"

진법이란 소리에 미간을 살짝 찌푸린 차군상이 속도를 높였다.

한데 그 순간, 귀선 대여섯이 공을 세우겠단 욕심이 앞선 나머지 법보를 방출해 분홍 안개가 너울거리는 진법을 쳤다.

그러나 분홍 안개를 공격한 법보들은 마치 바다에 조약돌을 던진 것처럼 순식간에 자취를 감추었다.

그뿐만이 아니었다.

법보를 조종하던 귀선들마저 진법으로 빨려 들어가 분홍 안개에 휩싸였다.

차군상이 도착했을 땐 분홍 안개가 열매를 먹고 나서 씨앗을 뱉듯 진법으로 빨려 들어간 귀선들을 뱉어 냈다.

한데 그들은 정혈과 법력을 흡수당한 것처럼 전부 핏줄기 하나 보이지 않는 목내이(木乃伊)로 변해 있었다.

말 그대로 뼈마디 위에 쭈글쭈글한 살가죽만 남은 동료들을 보며 얼굴이 해쓱해진 귀선들이 주춤거리며 뒤로 물러섰다.

"이, 이럴 수가!"

"대체 무슨 진법이기에 이토록 괴이하단 말인가?"

그제야 부하들이 건드려선 안 될 것을 건드렸다는 사실을 깨달은 차군상은 곧장 고공으로 날아올라 남쪽으로 달아났다.

"달아나라!"

그렇지 않아도 겁을 잔뜩 먹은 귀선들은 사방으로 흩어져 달아났다.

그러나 그들 발밑에서 엄청난 속도로 자라난 나뭇가지가

마치 밧줄처럼 그들의 발목이나, 몸통을 휘감는 순간, 그들 역시 죽은 동료들처럼 목내이로 변해 떨어졌다.

이는 가장 먼저 도망친 데다, 귀선 중 유일하게 장선 초기 수사인 차군상도 피하지 못했다.

그러나 그는 역시 장선답게 선귀합체술을 발동해 영귀와 합체하는 데까지는 성공했다.

그가 부리는 영귀와 합체해 8장 크기의 회색 반점 성성이로 변했을 때, 눈앞에 갈색 구름이 나타나더니 빠른 속도로 사람 형체를 갖추어 갔다.

성성이는 그 틈에 두 팔과 두 다리로 강풍이 일고 땅이 흔들리는 맹공을 연속해 퍼부었다.

처음에는 공격이 통하는 듯했다.

그러나 구름은 여전히 흩어지지 않았다.

그리고 얼마 지나지 않아 사람의 형체를 완벽히 갖추었다.

상대의 정체를 확인한 차군상의 눈이 커졌다.

"당, 당신은 독고일괴(獨孤一怪)……."

그러나 차군상은 말을 맺지 못했다.

갈색 나무뿌리가 그를 순식간에 단단히 옭아매고 나서 그의 몸속에 있는 정혈과 법력을 순식간에 빨아들인 탓이었다.

순식간에 목내이로 변한 다른 귀선들과 달리 차군상은 일 문의 장선답게 꽤 오랜 시간을 버텨 냈다.

그러나 그 틈을 노린 영귀가 그의 본신을 잡아먹는 사고까 지는 막지 못했다.

원래 귀선이 영귀와 합체하는 선귀합체술을 쓰면 언제든 영귀가 귀선의 본신을 잡아먹는 사고가 발생할 위험이 있었 다.

특히, 본신 상태가 좋지 않을 때, 그런 현상이 자주 벌어졌 다.

붉은 구슬로 변한 영주가 붉은 용암을 구름처럼 분출해 구 슬을 옭아맨 갈색 나무뿌리를 태웠다.

불 속성 수법은 나무 속성의 상극이기 때문에 영주에게 희 망이 비치는 듯했다.

그러나 나무뿌리가 돌연 갈색 돌처럼 딱딱해지는 순간, 용 암이 나무뿌리를 태우는 속도가 현저히 줄어들었다.

독고일괴라 불린 수사는 그 틈에 부적을 사용해 영주를 제 압했다.

설명은 길었지만, 이 모든 일이 그야말로 눈 깜짝할 사이 에 벌어졌다.

부적으로 봉인한 영주를 법보낭에 챙긴 독고일괴는 목내 이로 변한 다른 귀선의 시체를 먼지로 만들었다.

물론, 독고일괴는 죽은 귀선의 법보낭을 챙기는 일도 잊지 않았다.

그는 차군상의 법보낭에서 찾아낸 나녀혈침반을 잠깐 살펴보다가 본인 법보낭에 집어넣고 진법으로 돌아갔다.

그때, 따가운 햇볕 한 줄기가 독고일괴의 얼굴을 비췄다.

구불구불한 갈색 머리카락을 허리까지 기른 독고일괴는 날카로운 눈매와 갈색 눈동자를 지닌 영준한 청년의 모습이었다.

독고일괴가 명성을 떨친 지 수백 년이 지났단 사실을 고려하면 주안술이나, 주안 효과가 있는 영약을 먹은 모양이었다.

진법에 도착한 독고일괴가 한숨을 내쉬었다.

"귀신 놀음하는 놈들이야 별거 아니지만, 광세록이 이들의 흔적을 추적하면 귀찮은 일이 벌어질 테지. 어차피 거처를 옮길 예정이었으니 이참에 미뤄 둔 일을 먼저 처리해야겠어."

손짓 몇 번으로 진법을 해제한 독고일괴가 눈을 가늘게 떴다.

진법을 해제하는 순간, 수만 그루가 넘을 것 같은 3장 크기의 복숭아나무가 나타나 나뭇가지를 파도처럼 출렁거렸다.

도원경(桃源境)이란 말이 이보다 더 잘 어울릴 수 없었다.

"이런 수령을 지닌 천도백과수(天桃白果樹) 군락을 다시 발견하기란 거의 불가능하겠지. 귀찮더라도 모두 가져가야겠어."

나무 속성 법술을 펼친 독고일괴는 한 번에 천도백과수

수백 그루를 뿌리째 뽑아내 미리 준비해 둔 영목낭으로 옮겨 심었다.

그렇게 반나절을 작업했을 무렵, 크고 작은 천도백과수 수만 그루가 모두 독고일괴의 영목낭 속으로 사라졌다.

마지막으로 거처로 쓰던 늙은 거목의 밑동까지 가루로 만들어 버린 독고일괴가 고공으로 솟구쳐 주변을 쓱 둘러보았다.

독고일괴가 갈색 수염이 난 턱을 쓸어내렸다.

"흐음, 확실히 그 공선 중기 녀석은 옆에서 지켜보는 재미가 있겠어. 어린 녀석이 그렇게 많은 영물과 보물을 지니다니 소싯적의 나보다도 더 대단한 선연을 만난 것 같단 말이지. 심지어 그 기이한 원신은 나조차도 두려운 마음이 생길 정도였으니 확실히 평범한 내력을 지닌 녀석은 절대 아니야."

독고일괴가 큰 강을 따라 서쪽으로 날아가며 웃었다.

"더구나 귀음도 귀신 놈들이 보물이라 떠들어 대던 나녀혈침반까지 가져와서 쫓는 모습을 봐서는 사고를 단단히 친 모양인데 옆에서 슬쩍 도와주는 것도 재미가 제법 있을 거야."

낭선으로 수백 년을 살아온 독고일괴는 태생적으로 다른 낭선을 못살게 구는 거대 종파의 행태를 지독히도 싫어했다.

말을 마친 독고일괴는 법술로 얼굴과 체형을 완전히 바꾸고 나서 법력도 공선 중기로 낮춰 그를 알아보지 못하게 했다.

변장을 마친 독고일괴는 속도를 더 높여 서남 해안에서 대륭해로 들어가는 유일한 관문인 입옥진(入獄津)으로 날아갔다.

한편 그때, 유건은 입옥진에 마련한 숙소에서 나오고 있었다.

백락장 옆에 자리한 입락촌처럼 대륭해로 들어가는 거의 유일한 출구 옆에 생긴 입옥진도 수사 외에는 들를 일이 없었기 때문에 범인은 근처에 얼씬거릴 생각을 하지 않았다.

즉, 입옥진에 들어와 있는 이들은 전부 수사라 봐야 옳았다.

당연히 그런 수사들을 위해 문을 연 객점, 점포, 서점, 경매장, 공회당, 정보상 역시 모두 수사들이 직접 운영했다.

유건이 입옥진에서 며칠 묵는 데 쓴 선주관(仙住館)도 그런 객점 중 하나로 객점 중에서는 숙박료가 저렴한 편이었다.

이름과 얼굴을 경제경으로 바꾼 유건은 조심스러운 눈길로 주변을 둘러보았다.

입옥진은 용담호혈이었다.

현재 입옥진에 들어와 있는 수사는 크게 세 부류로 나눌 수 있었다.

첫 번째는 대륭해로 들어가기 위해 입옥진을 찾은 수사들이었다.

그들은 대부분 쫓기는 중이었다.

거대 세력에 죄를 짓고 도망치는 중이거나, 아니면 원수가 쫓아오는 바람에 녹원대륙에서 더는 살지 못해 대륭해로 가려는 자들이었다.

두 번째는 첫 번째 수사들이 대륭해로 도망치기 전에 붙잡을 목적으로 온 녹원대륙 전역의 수사들이었고 세 번째는 첫 번째와 두 번째 수사를 상대로 장사하는 수사들이었다.

유건은 입옥진 거리를 걸어 다니거나, 비행술을 펼쳐 고공을 날아다니는 수사 중에 몇 명이나 구화련 소속인지 알지 못했다.

그러나 이곳에 와서 그가 만난 모든 수사를 구화련이나, 낙낙사 소속으로 생각하며 철저하게 경계 중이었다.

유건은 선주관에 머무른 요 며칠 동안, 입옥진 분위기를 익히는 한편, 대륭해로 들어가는 안전한 방법이 있는지 찾았다.

한데 결론은 그런 방법은 없다였다.

그가 청랑의 화륜차를 타고 전광석화를 전력으로 펼쳐 날아가도 서해 너머에 있는 대륭해에 도착하는 덴 3개월이 걸렸다.

더군다나 서해와 대륭해 사이에는 지도에도 나와 있지 않은 수만 개의 섬이 있는데 그곳에는 대륭해로 가는 수사들을 살해해 물건과 오행석을 챙기는 흑선들이 자주 출몰했다.

한데 가장 큰 문제는 흑선이 아니었다.

바다 깊숙이 잠복해 있는 해양 악수들이 진짜 문제였다.

막 영성을 깨우친 9품부터 장선조차 피해 간다는 2품까지, 다양한 종류의 해양 악수가 둥지를 틀고 있었는데 영역에 수사가 들어오는 일을 끔찍이 싫어해 보이는 족족 살해했다.

범인들의 세계에서도 육지에 사는 짐승보다 바다에 사는 짐승의 크기가 훨씬 크듯 해양에 사는 악수들은 고계 악수의 경우에는 수백 장까지 성장해 작은 산을 방불케 하였다.

'다른 건 몰라도 고계 악수가 사는 곳이 적힌 지도는 꼭 있어야 한다. 2품 금산호각교왕(金珊瑚角鮫王)을 만나고 싶진 않으니까. 우선 객점을 돌면서 정보를 좀 더 모아 봐야겠어.'

유건은 눈에 띈 객점에 들어가 선차(仙茶)를 마시며 다른 수사들이 나누는 대화를 엿들었다.

그러나 그들이 하는 얘기 대부분은 쓸데없는 잡담이었기 때문에 그를 실망하게 하였다.

'하긴 보호막도 치지 않고 나눌 대화야 뻔하지.'

유건은 결국 정보단체를 찾아가 봐야겠단 생각을 하며 자리에서 일어났다.

한데 그때, 소매에 팔이 여섯 개 달린 악귀를 수놓은 수사 대여섯이 안으로 들어오다가 그와 마주쳤다.

'귀음도 놈들이군.'

유건은 태연한 표정으로 그들을 천천히 지나쳤다.

한데 그때 얼굴이 말상으로 생긴 오선 초기 수사가 소리쳤다.

"잠깐!"

"왜 그러십니까, 선배님?"

"어디에서 왔느냐?"

유건은 도망칠 준비를 하면서 여유로운 표정으로 대답했다.

"만지(滿地)에서 왔습니다."

그때, 말상인 오선 초기 수사가 품에서 초상화를 하나 꺼냈다.

"너와 같은 공선 중기 수사인데 이름은 유건이라 한다. 혹시 이런 놈을 발견하거든 입옥진에 있는 우리 귀음도 지부로 연락해라. 그럼 상당한 양의 오행석을 보답으로 받을 것이다."

유건은 초상화를 받아 살펴보았다.

정말 본인의 얼굴을 그린 초상화였다.

초상화 밑에는 유건의 소재를 알려 주는 수사에게 귀음도가 오행석으로 보상할 거란 내용이 적혀 있었다.

"이놈이 뭘 잘못했습니까?"

"네가 그것까진 알 필요 없다."

"그렇겠지요. 암튼 입옥진을 돌아다니다가 이런 상판을 가진 공선 중기를 발견하면 바로 귀음도에 아뢰겠습니다, 선배님."

말상인 오선 초기 수사가 고개를 끄덕이며 다른 일행을 데리고 객점 안으로 들어갔다. 접은 초상화를 품속에 챙겨 넣은 유건은 수사들이 많지 않은 방향으로 걸어가며 생각했다.

'구화련이라면 몰라도 귀음도는 날 왜 찾는 거지? 아, 그렇구나. 놈들은 빙혼정의 행방을 알기 위해 마두산을 관리했던 수사를 찾고 있는 거였어. 어쨌든 좋은 소식은 아니군.'

유건은 정보 단체 중에서 가장 확실하다고 소문난 곳을 찾았다.

그는 곧 소리와 뇌력을 차단하는 하얀 방으로 안내되어 동그란 구멍이 뚫린 벽 앞에서 정보상 중 하나와 대화를 나눴다.

뇌력을 차단하는 방이기 때문에 정보상이 사내인지, 여자인지, 그리고 경지는 어떻게 되는지 알아볼 방법이 전혀 없었다.

정보상이 변조한 목소리로 물었다.

"어떻게 도와 드릴까요?"

"대륙해로 가는 길에 대한 정보가 필요하오. 또, 흑선 거점과 고계 악수 둥지가 적힌 지도를 판다면 구매할 의향이 있소."

"우리는 정보도 있고 지도도 있습니다."

"얼마에 팔겠소?"

"원래 정보는 가격이 높을수록 신뢰도가 올라가는 법이지요."

"오행석 만 개를 내겠소."

"그럼 꽤 괜찮은 정보와 지도를 받을 수 있을 것입니다."

유건은 오행석 만 개가 든 법보낭을 꺼내 구멍으로 넣었다.

잠시 후, 같은 구멍에서 옥편과 양피지 지도가 날아들었다.

유건은 서둘러 옥편과 양피지 지도를 확인했다.

한데 지도는 반이 넘는 지역이 비어 있었다.

"이 지도는 반이 비어 있지 않소?"

"그곳에는 누구도 들어가 본 적이 없으니 당연히 정보도 없지요. 아니, 들어가 본 이는 있어도 살아 돌아온 이는 없지요."

"돈을 더 내면 갑자기 남은 반이 나타나고 그러는 건 아니오?"

"그렇진 않습니다."

옥편까지 읽어본 유건은 미간을 찌푸렸다.

대륜해로 가는 경로에 대한 정보가 상세할 거란 기대는 애초에 하지도 않았다.

하지만 이건 부족해도 너무 부족했다.

그러나 정보상은 돈을 더 내도 그 이상의 정보는 없다는 말만 되풀이했다.

유건은 하얀 방을 나가려다가 다시 물었다.

"혹시 다른 정보도 파시오?"

"우리는 녹원대륙 전체에 지부가 있는 정보단체입니다. 손님이 원하는 정보가 뭔지 모르지만 우린 그 정보가 있습니다."

"대단한 자신감이군."

"그럴 만하니까요."

"좋소. 서남의 정세에 관해 알고 싶소."

"어느 시점부터 시작하는 게 좋을까요?"

유건은 그때 정보상이 그의 정보를 캐고 있단 느낌을 받았다.

"최근에 있었던 큰 사건 위주로 말해 주시오."

"알겠습니다. 그럼 구화련 칠교보 내분부터 시작해야겠군요."

"그렇게 하시오."

정보상은 담담한 어조로 칠교보 내분부터 최근에 벌어졌던 일까지 상세히 설명했다.

한데 그에 따르면 칠교보 내분의 승자는 놀랍게도 구화련의 일심관, 이곡도, 삼녀궁을 등에 업은 상대희의 일월교였다.

한데 일월교가 통치하던 칠교보는 어찌 된 영문인지 그로부터 100일이 막 지났을 때, 구화련의 다른 종문들에게 공격을 받아 거의 멸문했다.

유건은 처음 듣는 얘기였다.

"구화련은 왜 갑자기 칠교보를 공격한 거요?"

"여기엔 확실한 정보는 없고 추측만 있을 따름입니다."

"상관없소."

"상대희 교주가 일심관, 이곡도, 삼녀궁을 끌어들이면서 어떤 보물을 건네주기로 약속했는데 그 약속이 지켜지지 않았다고 추측하고 있습니다. 상대회 교주의 심복인 청삼랑 장로가 그 보물을 거의 손에 넣었다가 장선 후기의 어떤 강자에게 도로 빼앗겼다는군요. 일심관 등은 상대회 교주가 청삼랑 장로와 짜고 보물을 빼돌린 것으로 의심해 공격한 거지요."

유건은 청삼랑 장로가 장선 후기의 강자에게 보물을 도로 빼앗겼다는 구절에 이르러선 이해가 잘 가지 않았다.

그러나 곧 어찌 된 영문인지 깨달았다.

공선 중기인 유건에게 보물을 빼앗겼다고 차마 말할 수 없던 청삼랑 장로가 유건을 없애고 있지도 않은 장선 후기를 집어넣은 것이 분명했다.

정보상의 설명이 이어졌다.

한데 상대회와 청삼랑도 그냥 당하고 있지만은 않았다.

그들은 구화련이 쳐들어오기 전에 일월교 핵심제자들만 대동한 상태에서 서북에 있는 오성도로 도주해 그 막하에 투신했다.

구화련으로서는 만만치 않은 강자인 오성도와 전쟁을 벌일 수 없는 탓에 더는 상대회 일행을 추격하지 못하는 중이었다.

유건은 오궁산의 문지걸, 선혜수, 진종자가 걱정되어 물었다.

"그럼 칠교보는 그 후에 어찌 되었소?"

"구화련의 공격이 워낙 지독했던 탓에 멸문한 상태나 마찬가지입니다. 다만, 간신히 화를 면한 칠교보 제자 수천이 당시 오궁산에 주둔하는 바람에 그 일과 관계없던 일월교 문지걸 장로 밑으로 모여들어 완벽히 멸문했다고 보긴 어렵지요."

정보상은 끝으로 이제는 구화련이 아니라, 팔화련이란 새 이름으로 불린다는 정보까지 전해 주었다.

유건은 정보 값으로 적당한 양의 오행석을 지급하고 나서 하얀 방을 나왔다.

한데 그가 선주관으로 돌아가기 위해 수사들이 잘 다니지 않는 샛길 초입에 막 이르렀을 때였다.

입술이 크고 코가 납작한 젊은 사내 하나가 그가 있는 쪽으로 달려와 간청했다.

"수사, 나 좀 제발 살려 주시오!"

젊은 사내는 그와 같은 공선 중기였는데 다급한 목소리로 샛길 북쪽에 있는 울창한 숲을 가리켰다.

잠시 후, 울창한 숲속에서 공선 후기로 보이는 흉악한 사내 하나가 벼락같이 튀어나와 다짜고짜 유건과 젊은 사내를 향해 독수를 펼쳤다.

전광석화로 공격을 피한 유건은 주위를 둘러보았다.

이곳은 입옥진 변두리여서 근처를 지나는 수사가 적지 않왔다.

더욱이 그중 일부는 그를 쫓는 귀음도의 귀선들이었다.

그런 상황에서 정체가 불분명한 젊은 사내를 도와 적과 맞설 순 없었다.

적과 싸우면 그의 정체가 드러날 위험이 컸다.

유건은 전광석화를 연달아 펼쳐 그곳을 벗어났다.

한데 젊은 사내는 유건이 유일한 구세주인 것처럼 계속 쫓아왔다.

당연히 그를 쫓는 공선 후기 사내도 같이 쫓아왔다.

유건은 하는 수 없이 주변에 뇌력을 퍼트렸다.

근방에 그들 외에 다른 수사는 보이지 않았다.

유건은 등 뒤에 바짝 따라붙은 젊은 사내에게 뇌음을 보냈다.

"대체 어쩌자는 거요?"

젊은 사내가 다급한 목소리로 뇌음을 보내왔다.

"이번 한 번만 도와주면 그 은혜 절대 잊지 않겠습니다."

유건은 고개를 가로저었다.

"상대가 누군지도 모르는데 함부로 손을 쓸 순 없소."

"그럼 저와 거래를 하는 게 어떻겠습니까?"

"어떤 거래를 말하는 거요?"

젊은 사내가 초조함이 섞인 목소리로 뇌음을 보내왔다.

"입옥진에 온 이유는 대륭해로 가기 위해서겠지요?"

"그렇다고 한다면?"

젊은 사내가 기뻐하며 대꾸했다.

"믿지 못하실지도 모르지만 전 대륙해에 두 번이나 가 본 적이 있습니다. 당연히 대륙해로 가는 제법 안전한 길도 알고 있고요. 만약, 절 도와주시면 제가 대륙해로 안내하겠습니다."

유건은 젊은 사내가 다급한 김에 아무 말이나 내뱉는 중일지도 모른단 의심이 들었다.

그러나 정보단체에서 얻은 정보가 빈약한 지금 같은 상황에선 끌리는 제안임이 분명했다.

유건은 속내를 감추며 물었다.

"오늘 처음 본 당신이 하는 말을 어찌 믿을 수 있겠소?"

"정 의심스럽다면 서로 선약을 맺는 게 어떻겠습니까?"

"알고 있는 선약이 있소?"

"화심도(火心刀) 선약을 아십니까?"

"알고 있소."

"마침 제게 화심도 한 쌍이 있습니다."

젊은 사내는 기다렸다는 듯 법보낭에서 불꽃무늬가 새겨진 화심도 한 쌍을 꺼내더니 그중 하나를 유건에게 건네주었다.

두 사람은 곧장 본인 정혈을 화심도에 묻혀 교환했다.

화심도는 서남에서 많이 쓰이는 선약으로 삼혈서, 오혈주 선약보다 위력이 뛰어났다.

만약, 선약을 맺은 상대가 배신하면 정혈을 묻힌 화심도가 즉시 심장을 관통해 재로 만들었다.

선약을 맺은 유건은 바로 돌아서서 사자후를 펼쳤다.

그들을 쫓던 공선 후기 수사는 유건이 갑자기 공격해 올 줄 전혀 몰랐던 모양이었다.

그는 화들짝 놀라 고공으로 피했다.

유건은 전광석화를 펼쳐 쫓아가며 구련보등을 펼쳤다.

이에 공선 후기 수사는 입으로 파란 불꽃을 내뿜어 구련보등이 만든 연꽃을 태웠다.

그때, 젊은 사내가 양손에 나무 속성 기운이 깃든 검 두 자루를 손에 쥐고 적에게 달려들었다.

나무 속성 검으로 공격해 오는 젊은 사내를 보며 코웃음을 친 공선 후기 수사가 두 손을 앞으로 뻗었다.

그 순간, 사자의 머리를 닮은 푸른 불꽃이 포효를 내지르며 튀어 나갔다.

공선 후기 사내는 또 법보낭에서 꺼낸 푸른 수갑을 유건 쪽으로 던져 그가 그 틈을 노려 공격하지 못하도록 하였다.

'실전 경험이 풍부한 사내로군.'

유건은 공선 후기 사내의 물샐틈없는 방비를 보며 감탄했다.

그러나 그도 이번에는 상대를 잘못 골랐다.

사자후를 발사해 푸른 수갑을 공중에 묶어 둔 유건은 고개를 돌려 젊은 사내를 찾았다.

젊은 사내는 사자 머리를 닮은 푸른 불꽃에 쫓겨 정신없이 도망치는 중이었다.

그가 호기롭게 꺼낸 나무 속성 검 두 자루는 이미 사라진 지 오래였다.

유건은 젊은 사내가 푸른 불꽃에 먹혀 버리기 전에 전광석화를 펼쳐 얼른 그 앞을 막아섰다.

젊은 사내는 그제야 숨을 헐떡이며 법보낭에서 선인의 그림을 새긴 방패를 꺼냈다.

한편, 유건의 방해 때문에 젊은 사내를 놓친 공선 후기 수사는 화가 난 표정으로 푸른 불꽃의 크기를 두 배 더 키웠다.

"오냐, 그렇게 돼지고 싶다면 네놈부터 산채로 태워 죽여 주마!"

유건은 공선 후기 수사가 하는 협박을 두 귀로 똑똑히 들었다.

그러나 그는 표정 하나 변하지 않은 상태에서 천수관음검법을 펼쳐 만든 거대한 칼로 공선 후기 수사를 겨누었다.

공선 후기 사내는 유건이 펼친 천수관음검법을 보고 미간을 살짝 찌푸렸다.

그러나 그래 봐야 공선 중기란 생각이 들었는지 곧 두 배로 키운 푸른 불꽃을 앞세워 유건을 덮쳤다.

유건도 지지 않고 천수관음검법으로 만든 거대한 칼을 그대로 짓쳐 갔다.

곧 허공의 한 점에서 거대한 칼과 푸른 불꽃이 충돌하며 황금 불광과 푸른 섬광이 동시에 피어올랐다.

콰콰쾅!

불광과 섬광이 흩어지며 폭음이 울리는 순간, 공선 후기 수사가 피를 뿜으며 뒤로 물러났다.

이번 대결로 손해를 크게 본 공선 후기 수사는 뒤도 돌아보지 않고 냅다 달아났다.

그러나 전광석화를 펼쳐 따라붙은 유건은 사자후로 공선 후기 수사의 속도를 늦춰 놓은 다음에 구런보등으로 만든 연꽃 수백 송이로 상대를 휘감아 원신까지 한 번에 녹였다.

젊은 사내는 유건이 혼자 공선 후기 수사를 요리하는 모습을 보고 꽤 놀란 눈치였다.

그는 원래 새로 꺼낸 방패 법보로 유건을 돕기 위해 달려가던 중이었다.

한데 도착했을 땐 이미 적이 죽어 버린 후여서 그가 할 수 있는 일이 없었다.

젊은 사내가 머쓱한 표정으로 방패 법보를 거두었다.

"호량(虎良)은 꽤 강한 수사여서 고전할 거라 예상했는데 제 예상이 보기 좋게 빗나가고 말았군요. 아 참, 제 소개를 안 했군요. 전 일목(一木)이라 합니다. 제 무리한 부탁을 들어주셔서 감사합니다. 이 은혜는 잊지 않도록 하겠습니다."

유건은 호량이 남긴 법보낭을 챙기며 대답했다.

"난 경제경이란 사람이오. 그리고 고마워할 필요 없소. 일수사(一修士)가 대륭해로 가는 길을 안다고 해서 도와준 것뿐이니까. 아마 그런 조건이 아니라면 손을 쓰지 않았을 거요."

일목은 밝은 성격인지 그의 퉁명스러운 말에도 개의치 않았다.

"하하, 알고 있습니다. 그래도 고마운 건 고마운 거지요. 녹원대륙에 목숨을 걸고 다른 수사를 도와주는 수사가 몇이나 있겠습니까. 아, 대륭해로 가는 일은 걱정하실 필요 없습니다. 제 입으로 말하긴 뭣하지만 전 신의가 있는 사람이니까요. 어떻게 하시겠습니까? 준비할 시간이 필요하면 며칠 여유를 드리겠습니다. 아니면 바로 출발해도 상관없고요."

"바로 출발합시다."

유건은 그를 쫓는 자들을 생각해서 바로 출발하기로 하였다.

현재 유건을 쫓는 세력은 귀음도와 낙낙사 두 곳이었다.

그러나 청삼랑이 그에 관한 정보를 오성도에 말했다면 오성도도 그를 추격하는 대열에 합류할 가능성이 컸다.

또, 팔화련이 오성도에 투신한 청삼랑 등을 추격하다가 그에 대한 정보를 얻었다면 그들 역시 곧 추적 대열에 합류할 터였다.

일목은 웃으면서 은근한 목소리로 물었다.

"사고를 크게 치신 모양이지요?"

"무슨 뜻이오?"

"이렇게 서둘러 녹원대륙을 벗어나려는 데는 그만한 이유
가 있을 테니까요. 어쨌든 저도 마침 호량과 엮이기 전까지는
바로 대륙해로 가려던 참이었습니다. 저를 따라오시지요!"

호기롭게 소리친 일목이 앞장서서 서해로 날아갔다.

일목을 완전히 믿지 못하던 유건은 상대를 경계하며 뒤를
쫓았다.

두 사람이 대륙해로 향한 지 한 달이 지났을 때였다.

어쨌든 한 달이 지난 지금까진 공선 중기의 경지로 대륙해
를 두 번이나 오갔다던 일목의 말이 거짓은 아닌 듯했다.

일목은 흑선과 고계 해양 악수가 득실거리는 섬과 바다를
절묘하게 피해서 서해 깊숙한 해역으로 거침없이 나아갔다.

대륙해로 가는 동안, 주변을 경계하는 일 외에는 할 일이
거의 없었으므로 두 사람은 뇌음으로 자주 대화를 나누었다.

처음에는 길을 안내하는 일목이 먼저 말을 거는 일이 많았
다.

일목은 마치 정보를 캐내는 데 집착하는 정보상처럼 그에
관해 이런저런 질문을 던졌다.

유건은 처음 며칠은 그가 질문할 때마다 건성으로 대답해
상황을 넘기곤 하였다.

한데 어느 시점부터 상황이 역전되었다.

일목은 생각지도 못한 방대한 지식을 지녔다.

유건도 헌월선사의 기억을 연화한 후부터 공선 중기에 어울리지 않는 방대한 지식을 갖고 있다고 자부했다.

그러나 일목은 그런 그보다 더 방대한 지식을 갖고 있어 그를 놀라게 하였다.

유건은 그 이유를 곰곰이 생각해 보았다.

결론은 하나였다.

그가 지닌 헌월선사의 기억은 단편적인 지식의 나열일 뿐이었다.

즉, 헌월선사가 그 지식을 합치거나, 떼어 내서 그 지식을 어떤 방식으로 활용했는지까지는 알 방법이 없었다.

그러나 일목은 그보다 아는 지식이 적을 수는 있어도 그 지식을 조합해 알아낼 수 있는 정보의 양이 그를 능가했다.

유건은 일목의 지식이 방대하다는 사실을 알아낸 후부터 그가 먼저 말을 거는 경우가 점점 많아졌다.

그는 특히 요즘 그를 괴롭히는 문제인 이합술에 관한 질문을 많이 던졌다.

일목은 귀찮아하는 기색 없이 그가 하는 질문에 성의를 다해 대답해 주었다.

덕분에 유건은 그를 지금까지 줄곧 괴롭혀 오던 이합술의 상당 부분을 완벽히 이해하는 데 성공했다.

더구나 유건과 일목은 성격이 잘 맞는 편이라, 금세 친해질 수 있었다.

심지어 친구로 지내잔 말까지 나올 정도였다.

그렇게 열흘이 더 흘렀을 때였다.

일목은 대담하게도 흑선이 점령한 곳으로 알려진 작은 섬에 숨어 들어가 그들이 마시던 선주(仙酒) 몇 병을 훔쳐 왔다.

일목은 선주가 든 술병을 눈앞에 흔들며 웃어 젖혔다.

"하하, 경 형(慶兄)과 내가 친구가 된 경사스러운 날인데 축하하는 술 한 잔 없어서야 쓰겠소. 자, 내 술 한 잔 받으시오."

일목의 무모한 행동이 약간 신경 쓰이기는 했지만 어쨌든 유건도 덩달아 흥이 올라 일목이 건넨 술을 단숨에 비웠다.

술을 다 비운 다음에는 다시 그 잔에 선주를 채워 건넸다.

"나도 일 형을 친구로 사귈 수 있어 기쁘오."

그때, 유건이 건넨 술을 시원하게 비운 일목이 눈을 찡긋했다.

"오늘은 선주의 맛도 돼지 소태를 씹는 것처럼 별로고 깜깜한 바다 외엔 감상할 풍경도 딱히 없어 여기까지 해야겠소. 하지만 언젠간 좋은 선주를 준비해서 경 형을 꼭 초대하리다. 아마 경 형도 커다란 보름달이 손에 잡힐 것처럼 가까이 뜬 밤에 복숭아꽃이 흐드러지게 핀 복숭아나무 아래에서 귀한 선주를 마셔 보면 평생 그 맛을 잊지 못할 것이외다."

"하하, 일 형의 말을 듣기만 했는데도 벌써 침이 고이는구려."

두 수사는 파도만 간신히 막아 주는 아주 작은 무인도에 앉아 밤새도록 이런저런 얘길 나누다가 아침에 다시 길을 떠났다.

아침에 길을 떠나는 이유는 경계할 필요가 있는 이 지역의 해양 악수 중 상당수가 밤에 활동하는 경우가 많아서였다.

그렇게 한나절을 더 날아가 해가 다시 지기 시작했을 때였다.

갑자기 멈춰 선 일목이 거대한 돌섬 근처를 유심히 관찰했다.

유건은 그 옆으로 다가가 조용히 물었다.

"문제가 생긴 거요?"

일목은 껄껄 웃으면서 대답했다.

"하하, 그렇게 큰 문젠 아니오. 이 경로는 나만 아는 경로라 안전한데 문제는 반드시 이 돌섬을 지나가야 한단 점이오. 이 돌섬 옆은 3품 악수가 버티고 있어 다른 방법이 없소."

"돌섬에 누가 살고 있소?"

"3품 악수의 친척인 5품 악수가 한 마리 살고 있소."

"5품이면 상당히 까다로운 상대군."

일목은 별거 아니라는 듯이 유건의 어깨를 툭 쳤다.

"걱정하지 마시오. 내게 다 방법이 있소."

"어떤 방법이오?"

"경 형이 먼저 돌섬 상공을 전력을 다해 지나가시오. 그럼

125

아마 그 악수가 튀어나올 텐데 그때 내가 알아서 처리하겠소."

유건은 일목을 걱정하며 물었다.

"정말 괜찮겠소?"

"하하, 내 실력이 경 형보다 훨씬 떨어질진 모르지만, 대륙해의 악수들에 대해서는 경 형보다 훨씬 잘 알고 있소. 그러니 내 걱정은 그만하고 돌섬 상공을 지날 준비나 해 주시오."

일목의 장담에 넘어간 유건은 결국 그의 의견대로 하기로하였다.

잠시 후, 유건은 전광석화를 펼쳐 전력으로 돌섬 상공을통과했다.

그 즉시, 광포한 포효가 들리더니 30장이 넘는 거대한 악수 한 마리가 나타나 그의 뒤를 쫓아왔다.

악수는 수염이 길게 자란 메기를 닮았는데 가슴 위와 아래쪽에 개구리 다리처럼 생긴 흰 다리 네 개가 튀어나와 있었다.

악수가 개구리 다리처럼 생긴 흰 다리 네 개를 접었다가펼 때마다 수십 장을 단숨에 건너뛰어 쫓아왔다.

생각보다 빠른 악수의 속도에 놀란 유건은 그야말로 젖 먹던 힘까지 전부 쥐어짜서 달아났다.

그렇게 10여 리를 도망쳤을 때였다.

악수가 쫓아오는 기척이 느껴지지 않아 고개를 돌리는 순

126

간, 5리쯤 떨어진 고공에 갈색 구름이 뭉쳐 있는 모습이 보였다.

유건은 일목이 걱정되어 갈색 구름 쪽으로 좀 더 다가갔다.

그때, 갈색 구름이 갑자기 자취를 감추더니 그곳에서 일목이 상처 하나 입지 않은 멀쩡한 모습으로 나타나 다가왔다.

유건이 뭐라 물어보려는데 일목이 먼저 껄껄 웃으며 말했다.

"하하, 경 형의 뛰어난 실력 덕분에 어려운 고비를 넘겼소이다."

유건은 그때 처음으로 일목이 그에게 뭔가를 숨기고 있을지도 모른단 사실을 깨달았다.

물론, 그도 그를 쫓는 자들 때문에 경제경으로 위장한 상태지만 일목의 경우는 달랐다.

일목이 갈색 구름으로 현장을 재빨리 가렸지만, 금룡 덕분에 안력이 엄청나게 발달한 그의 눈을 완전히 속이지는 못했다.

유건은 일목이 갈색 구름 속에서 고명한 법술을 펼쳐 5품 악수를 손쉽게 해치우는 장면을 어렴풋이 확인할 수 있었다.

'이는 결코 공선 중기의 실력이 아니다!'

유건은 태연한 척하려 노력했다.

그러나 이미 다 안다는 것처럼 그를 향해 눈을 찡긋한 일목은 다시 대륙해 쪽으로 이동했다.

그 모습을 복잡한 심경으로 지켜보던 유건은 어쩔 수 없단 표정으로 그를 따랐다.

'지금은 그를 따라가는 수밖에 없다. 그가 나에게 해를 끼치지 않은 상황에서 섣불리 도망쳤다가는 오히려 그의 화를 돋울지도 모르는 일이니까. 일단, 상황을 보면서 대처하자.'

두 수사의 불안한 동행은 결국 얼마 못 가 파국을 맞이했다.

4장. 고인(高人)과 괴인(怪人)

4장. 고인(高人)과 괴인(怪人)

의심하기 시작하면 그동안의 행적까지 전부 의심스러운 법이었다.

일목의 일도 마찬가지였다.

유건은 일목이 처음부터 그를 노리고 접근했을 거란 의심을 좀처럼 떨치지 못했다.

'이유가 뭘까? 귀음도의 사주를 받고? 아니면 나에게 도천 현무패가 있단 사실을 알고? 그렇다면 지금까지 나를 없앨 기회가 적어도 수천 번은 있었을 텐데 왜 행동에 나서지 않은 거지? 다른 목적이 있어서? 그렇다면 그 목적은 뭘까?'

의심은 꼬리를 물고 이어졌다.

그러나 일목이 직접 밝히지 않는 이상에는 그에게 접근한 목적을 알아낼 방법이 없었다.

그때, 앞서가던 일목이 그를 돌아보며 물었다.

"허허, 뭔가 마음에 걸리는 점이 있는가 보오?"

"그냥 대룡해에 가까워질수록 마음이 심란해져 그런 것 같소."

"그 마음 충분히 이해하오. 녹원대륙에는 대룡해에 대한 소문이 그리 좋지 못하니까. 그러나 대룡해도 결국 사람 사는 곳일 뿐이오. 그곳에도 녹원대륙처럼 질서를 잡아 주는 종문이 있소. 경 형이 원한다면 그런 종문들 중 하나를 소개해 줄 의향도 있소. 그쪽에 안면이 있는 수사가 몇 있거든."

"고마운 말씀이오. 그러나 지금은 그저 대룡해에 무사히 도착하는 데만 집중할 생각이오. 대룡해에 도착해 어떻게 할지는 그곳에 도착하고 나서 결정해도 늦지 않을 거로 생각하오."

"역시 경 형답게 현명한 처신이오."

일목은 평소처럼 유건을 대했다.

유건도 일목의 정확한 목적을 모르는 상황에서 선불리 행동할 수 없어 전과 같은 태도로 그를 대했다.

속마음이야 어떻든 그와 일목은 평소처럼 다양한 주제로 대화를 나누며 대룡해를 찾아 계속 나아갔다.

그렇게 열흘이 지났을 때였다.

유건은 이런저런 얘기를 나누다가 일부러 화제를 팔화련이나, 귀음도 쪽으로 돌렸다.

일목이 정말 그들이 보낸 추적자라면 그가 어떤 식으로든 반응하리라 생각했기 때문이었다.

한데 일목은 의외의 반응을 보였다.

유건이 귀음도와 팔화련을 거론할 때 일목은 욕설을 마구 섞어 가며 그들의 행태를 맹렬히 비난했다.

귀음도와 팔화련을 어찌나 싫어하던지 처음엔 일목이 귀음도나, 팔화련이 보낸 추적자여서 일부러 연기하는 거라 오해했을 정도였다.

한데 옆에서 지켜보니 일목은 정말 그들을 싫어했다.

"귀음도에서 귀신 놀음하는 놈들은 될 수 있으면 상종하지 말아야 할 개잡종이오. 특히, 도주라는 안교진인이 그중 가장 개잡종이지. 그나마 그중에는 육형자가 제법 기개가 있어 봐 줄 만했는데 그도 안교진인 옆에 있다가 물이 들었는지 맛이 완전히 가 버렸소. 아, 안교진인이 더러운 일을 처리할 때 쓰는 차군상이란 개잡종을 아시오? 그 돼지 새끼는 몇십 년 전에 보물에 눈이 먼 안교진인의 밀명을 받고 수사 수백 명과 범인 수천 명을 무참히 학살한 적도 있었소."

유건은 장단을 맞춰 주며 물었다.

"선도에서는 수사가 범인을 정당한 이유 없이 해치면 공적으로 몰아 죽인단 말을 들었는데 다 그런 건 아닌 모양이오?"

"나나, 경 형 같은 낭선이나 그런 게 통하지 뒷배가 든든한 수사들은 공적으로 몰리는 경우가 거의 없소. 사고는 차군상이 쳤지만, 그 뒤에 안교진인이 있단 사실을 다 아는데 누가 감히 건드리겠소. 또, 안교진인은 함곡도 부도주인 광세록과 친형제 간이지 않소? 구화련의 다른 종파조차도 광세록이 두려워 감히 귀음도에 뭐라 하지 못하는 실정이오."

"광세록이 그리 강하오?"

"광세록은 목에 힘을 줘도 괜찮을 만한 실력자요. 아마 서남에서는 불 속성 공법으로 그를 따라올 수사가 없을 것이오."

유건은 그때, 광세록을 언급하는 일목의 눈빛에 서늘한 살기가 잠깐 떠올랐다가 금세 사라지는 모습을 놓치지 않았다.

유건은 그 안의 숨은 곡절까진 자세히 알지 못했다.

그러나 나무 속성 공법을 익힌 그가 불 속성 공법을 익힌 광세록과 전에 어떤 식으로든 악연을 맺은 적이 있는 게 분명했다.

일목은 피식 웃으며 대꾸했다.

"하지만 차군상, 그 돼지 새끼도 이제 더는 다른 수사를 괴롭히지 못할 거요. 서남을 위해서는 아주 경사스러운 일이지."

"어쩐지 내 귀에는 일 형이 그 내막을 아는 것처럼 들리는군."

"하하, 경 형이 날 과대평가하는군. 나도 소문을 들었을 뿐이오."

잠시 후, 의도하지 않았음에도 영귀가 귀선의 본신을 잡아 먹고 나서 생기는 영주 쪽으로 자연스럽게 화제를 옮겨갔다.

유건은 다른 건 몰라도 백진이 수련 중인 화신역체대법 때문에 영주가 꼭 필요한 상황이었다.

당연히 영주에 대한 정보가 필요해 일목에게 그에 관련한 여러 가지 질문을 던졌다.

일목은 돌섬 사건 이후부터 소극적으로 나오던 유건이 갑자기 영주에 관심 있어 하는 모습을 흥미롭게 지켜보며 물었다.

"혹시나 해서 하는 말인데 영주가 필요한 일이라도 있는 거요?"

"역시 일 형의 눈은 속이지 못하겠소. 맞소. 친인에게 영주가 급히 필요한 일이 생겨 구할 수만 있다면 꼭 구하고 싶소."

"흠, 그렇구려."

속내를 알기 어려운 표정으로 고개를 끄덕이며 일어선 일목은 갑자기 손을 뻗어 파도가 철썩이는 북서쪽을 가리켰다.

"이쪽으로 반나절만 더 가면 대륙해 4대 종파 중 하나인 복심회(腹心會)의 지부가 있소. 거기서부터는 대륙해의 영역이나 마찬가지요. 그리고 이건 복심회 영역을 자유롭게 드나드는 데 쓰는 통행패요. 가지고 있다가 검문하려 드는 복심회 수사에게 보이면 경 형에게 해를 끼치는 일은 없을 거요."

말을 마친 일목은 사람의 심장처럼 생긴 옥패를 건넸다.

옥패를 받은 유건은 의아한 기색으로 물었다.

"일 형은 대륭해까지 가지 않는 거요?"

"내가 이곳까지 온 이유는 이 근처에 볼일이 있기 때문이오. 사실 경 형을 이곳까지 안내해 온 이유도 오는 동안 심심하지 않게 말동무로 삼기 위해서였소. 우리 둘 다 목적을 이룬 셈이니 이쯤에서 헤어져 훗날을 기약하는 것이 좋겠소."

유건은 잠시 고민하다가 물었다.

"그 볼일이 뭔지 알 수 있겠소?"

일목은 피식 웃으며 어서 가라는 듯 손을 내저었다.

"보내 줄 때 빨리 떠나도록 하시오. 경 형이 계속 미적거리면 내가 경 형에게 내 일을 도와 달라고 부탁할지도 모르니까."

마침내 결정을 내린 유건은 단호한 표정으로 대꾸했다.

"아주 위험하지만 않는다면 일 형의 일을 돕고 싶소."

일목은 기이한 생명체를 발견한 듯한 눈빛으로 물었다.

"나를 도와주려는 이유가 뭐요?"

"일 형이 약속대로 날 대륭해까지 무사히 데려와 줬기 때문이오."

"그건 경 형이 호량의 손에서 나를 구해 줄 때 맺은 선약 때문에 그렇게 한 거요. 굳이 내 일을 도와줄 필요가 없단 뜻이지."

유건은 어깨를 으쓱했다.

"우리 둘 다 그게 진실이 아니란 사실을 알지 않소?"

"흐음."

"그렇다면 난 일 형에게 줄곧 받기만 하고 내가 준 건 거의 없는 셈인데 난 다른 수사에게 빚지고는 못 사는 성격이오."

일목은 기분이 좋은지 통쾌하게 웃어 젖혔다.

"하하하, 정말 볼수록 재밌는 친구라니까."

"그래서 나를 끼워줄 거요? 말 거요?"

그때, 갑자기 일목의 말투가 확 달라졌다.

"자넨 방금 아주 중요한 결정을 내린 셈이네."

유건은 일목이 마침내 그의 정체를 숨기지 않기로 했다는 사실을 깨닫고 등골이 서늘해졌다.

일목의 경지가 어느 정도인지는 정확히 알지 못했다.

그러나 5품 악수를 손쉽게 해치운 모습을 봐서는 최소 장선 초기나, 중기임이 분명했다.

유건은 고민했다.

일목이 정체를 밝히기로 한 마당에 전처럼 친구 대하듯이 대할 순 없는 노릇이었다.

한데 지금까지 오면서 파악한 일목의 성격으로 보건대, 너무 깍듯하게 대하면 오히려 일목 쪽에서 화를 낼 것 같았다.

일목은 허례를 아주 싫어했다.

결심을 굳힌 유건은 더 강하게 나갔다.

"그래서 끼워 주실 겁니까? 말 겁니까?"

일목은 그런 유건이 귀엽다는 듯 뒷짐을 쥐며 껄껄 웃었다.

"좋아, 자네도 이번 일에 끼워 주지. 하지만 공짜로 날 도와 달라는 말은 하지 않겠네. 자네도 이 일을 하면서 뭔가 득을 보는 게 있어야, 온 힘을 다해 나를 도와줄 것이 아닌가?"

"어떤 이득입니까?"

"두 가지일세. 하나는 자네가 간절히 원하는 물건이고 다른 하나는 자네를 위험에서 구해 줄 수 있는 중요한 물건이지."

"그중 하날 먼저 주시면 힘이 더 날지도 모르지요."

"하하, 영악한 친구로군."

일목은 법보낭에서 붉은 구슬을 꺼냈다.

"이게 뭔지 알겠는가?"

일목이 정말로 영주를 꺼낼지 몰랐던 유건은 깜짝 놀라 외쳤다.

"그건 영주가 아닙니까!"

"맞네. 장선 초기 귀선을 잡아먹은 영귀의 영주지."

고개를 끄덕인 일목은 그 귀한 영주를 마치 아이에게 과자를 선물할 때처럼 아까워하는 기색 없이 유건에게 건넸다.

영주를 살펴본 유건은 이 영주가 어쩌면 차군상의 본신을 잡아먹은 영귀의 영주일지도 모른단 느낌이 갑자기 들었다.

138

그러나 굳이 일목에게 영주의 출처를 물어 그의 심기를 건드릴 생각은 추호도 없었다.

어쨌든 일목 덕분에 그동안 그를 꾸준히 괴롭혀 오던 중요한 문제 하나를 해결한 셈이었다.

일목은 영주를 챙기는 유건을 지켜보며 물었다.

"어떤가? 의욕이 좀 생기는가?"

"생기다 못해 넘칠 지경입니다."

"좋아. 그럼 지금부터 작전을 설명하지.

일목은 유건에게 72개로 이루어진 진법 깃발 한 벌을 주었다.

"내가 직접 공들여 연성한 석문현갑진(石門玄甲陣)일세."

진법 깃발을 준 일목은 그가 앞으로 그 깃발을 이용해서 어떻게 해야 하는지 자세히 알려 주었다.

유건은 일목이 이번 일에 성공해야지만 그가 약속한 두 번째 보답을 받을 수 있다는 생각에 정신을 바짝 차리고 그의 설명을 귀담아들었다.

"이대로만 하게. 그럼 큰 문젠 없을 거야."

"걱정하지 마십시오. 실망하실 일은 없을 것입니다."

"나도 자넬 믿네. 그럼 이따 보세."

유건을 보며 빙긋 웃은 일목은 눈앞에서 유령처럼 사라졌다.

유건은 급히 뇌력을 퍼트려 그를 찾았다.

그러나 일목은 순식간에 그의 뇌력 범위를 벗어났다.

'평범한 장선의 솜씨가 아니군.'

유건은 지금 그가 상대하는 일목이란 수사가 어쩌면 예상보다 더 대단한 수사일지도 모른다는 직감이 강하게 들었다.

어쨌든 그도 해야 할 일이 있었으므로 서쪽에 있는 칠흑같은 바다를 날아가다가 일목이 말한 돌섬 상공에 멈춰 섰다.

'정확히 왔다면 여기서 10리 남쪽에 강유도(姜柳島)가 있겠군.'

유건은 안력을 높여 강유도가 있는 남쪽 바다를 관찰했다.

그러나 강유도를 보호하는 진법 때문에 섬은 보이지 않았다.

그저 이 주변에 있는 다른 장소들처럼 칠흑처럼 어두운 검은 바다가 지평선 끝까지 지루하게 이어져 있을 따름이었다.

강유도 찾기를 포기한 유건은 석문현갑진 주기를 돌섬 바닥에 깊숙이 박아 넣었다.

주기 설치를 마친 다음에는 바닷속으로 잠수해 들어가 부기 71개를 정해진 위치에 설치했다.

백팔음혼마번을 몇 번 설치해 본 데다, 헌월선사의 기억에 진법 설치에 관한 내용이 꽤 많아 정해진 시간 안에 작업을 모두 완료했다.

그러나 지금까지가 가장 쉬운 부분이었다.

다시 돌섬으로 올라온 유건은 정혈 몇 방울을 뽑아 주기에 뿌렸다.

그 즉시, 돌섬을 중심으로 아주 묵직한 압력을 가하는 기운이 뻗어 나가다가 어느 순간, 자취를 뚝 감추었다.

'일단, 진법 설치는 마친 셈이군.'

유건은 무광무영복과 건마종을 이용해 은신한 상태에서 주위를 경계하며 강유도가 있다는 남쪽 바다를 향해 이동했다.

그렇게 8, 9리를 족히 이동했을 때였다.

마침내 강유도를 보호하는 진법이 눈에 들어왔다.

진법은 속이 훤히 드러날 정도로 투명해 진법이 그곳에 없는 듯했다.

그러나 유건은 이 역시 강유도 진법의 현묘한 묘용 중 하나란 설명을 일목에게 들었기 때문에 섣불리 건드리지 않았다.

유건은 바로 청랑을 불러 당부했다.

"내가 신호를 보내는 즉시, 넌 나를 태우고 아까 보았던 돌섬으로 최대한 빨리 돌아가야 한다. 만약, 조금이라도 늦으면 우리 둘 다 이곳에서 뼈를 묻어야 한다는 사실을 명심해라."

청랑은 긴장한 표정으로 고개를 끄덕였다.

그로부터 일각이 지났을 때였다.

진법 내부에서 갑자기 눈이 멀 정도로 강렬한 갈색 섬광이 폭죽처럼 피어올랐다.

141

섬광이 토해 내는 위력이 어찌나 대단하던지 앞에 있는 투명한 진법 장막이 부르르 진동했다.

뒤이어 귀청을 찢는 폭발음이 연달아 들려왔다.

"지금이다!"

유건이 뇌음으로 신호를 보내는 순간, 대기하던 청랑이 곧장 그를 태우고 돌섬으로 다시 돌아갔다.

잠시 후, 등 뒤에서 마치 거대한 태양이 그를 쫓아오는 것처럼 엄청난 열기를 감지한 유건은 전광석화를 펼쳐 속도를 좀 더 끌어올렸다.

일목에게 단단히 주의를 들었기 때문에 유건은 감히 뒤를 돌아볼 생각을 하지 않았다.

그저 전력을 다해 도망칠 뿐이었다.

그러나 뒤를 돌아보지 않고도 그를 쫓는 무시무시한 적이 있다는 사실과 거리가 빠른 속도로 줄어들고 있어 얼마 못가 그 적이 그를 따라잡을 거란 사실도 알 수 있었다.

유건은 결국 참지 못하고 일목이 떠나기 전에 준 부적을 이마에 붙였다.

그 순간, 부적에서 피어오른 갈색 구름이 그와 청랑을 감싸더니 순식간에 천여 장을 이동시켜 주었다.

목적지인 돌섬이 눈에 보이기 시작했을 때였다.

유건은 참지 못하고 뒤를 힐끗 돌아보았다.

그때, 붉은 장발이 사방으로 뻗쳐 있는 엄청난 거구의 사내가 몸에서 주홍색 불길을 뿜으며 그를 덮쳐 오는 모습이 보였다.

불길이 어찌나 거센지 주변 바닷물이 순식간에 증기로 변할 정도였다.

붉은 장발 사내가 장선 중기임을 알아본 유건은 속으로 욕을 내뱉으며 일목이 준 두 번째 부적을 붙였다.

그 순간, 유건은 다시 갈색 구름에 휩싸여 천여 장을 이동했다.

그때, 붉은 장발 사내가 던진 붉은 삼지창이 파도가 잔잔한 바다에 10장 깊이의 거대한 밭고랑을 만들며 날아들었다.

얼굴이 창백하게 질린 유건은 돌섬을 통과하기 무섭게 석문현갑진의 발동 주문부터 외웠다.

그 순간, 돌섬을 중심으로 갈색 바위로 이루어진 거대한 원통 장벽이 위로 치솟았다.

갈색 원통 장벽에는 유건도 읽지 못하는 복잡한 선문이 잔뜩 적혀 있었다.

그 순간, 붉은 장발 사내가 던진 붉은 삼지창이 유건 코앞까지 이르렀다가 장벽에 막혀 뒤로 튕겨 나갔다.

그야말로 간발의 차였다.

그러나 잔뜩 긴장한 유건은 석문현갑진이 붉은 장발 사내를 가두었는지 알아볼 생각도 않고 그 방향으로 계속 도망쳤다.

그렇게 10리를 도망치고 나서야 유건은 돌아볼 마음이 생겼다.

그 순간, 원통 장벽이 불에 달군 숯불처럼 시뻘겋게 달아오른 모습이 눈에 들어왔다.

이는 일목의 지시대로 붉은 장발 사내를 석문현갑진에 가두는 데 성공했음을 뜻했다.

갈색 원통 장벽은 당장이라도 녹아내릴 것 같았다.

유건은 조마조마한 심정으로 지켜보며 일목이 돌아오기만을 기다렸다.

그때, 갑자기 갈색 구름이 공중에서 내려와 그를 휙 낚아채더니 엄청나게 빠른 속도로 강유도의 반대쪽으로 날아갔다.

◆ ◈ ◆

물론, 유건을 낚아챈 갈색 구름은 일목이 펼친 비행 법술이었다.

갈색 구름 속에서 정신이 몽롱할 정도로 짙은 나무 속성 기운을 느낀 유건은 녹원대륙 장선 중에 나무 속성 공법을 이 정도까지 연마한 수사가 누가 있나 떠올려 보았다.

헌월선사의 기억에 따르면 나무 속성 공법이 이 정도 경지에 이른 장선 후기 수사는 녹원대륙에 30명이 넘었다.

그러나 그중에 일목과 연결 지을 수 있는 수사는 한 명뿐이었다.

'독고일괴라 불리는 장선 후기 수사가 틀림없어.'

독고일괴는 특이한 수사였다.

그는 우선 낭선으로 장선 후기까지 이른 수사로 유명했다.

낭선은 당연히 세력에 속한 수사보다 다음 경지를 돌파할 확률이 엄청나게 낮은 편이었다.

낭선 대부분은 거대 세력의 비호를 받지 못해 그 전에 죽거나, 아니면 선근 자체가 떨어져 세력에 들어가지 못하기 때문이었다.

한데 그런 낭선이 삼월천에서 장선 후기 최고봉을 제외하면 가장 높은 경지라 할 수 있는 장선 후기에 이르렀단 말은 일신의 재능과 선연이 엄청나다는 증거였다.

경지가 낮은 낭선은 길가에 굴러다니는 돌멩이보다 못한 취급을 받았다.

그러나 낭선이 장선 후기에 이르면 누구도 쉽게 보지 못했다.

낭선은 보통 가족, 제자, 문도, 부하를 두지 않기 때문에 행동하는 데 거침없어 아무리 큰 종파라 해도 장선 후기에 이른 낭선과는 척을 지지 않으려 애썼다.

실제로 지금으로부터 300년쯤 전에 장선 후기 낭선 한 명이 그와 원수를 맺은 대종파 하나를 100년에 걸쳐 차근차근 무너트려 가다가 끝내 멸문시킨 역사마저 있을 지경이었다.

독고일괴가 거의 대륙 반대편에 있던 헌월선사의 뇌리에 남을 정도로 유명해진 이유는 그 하나만이 아니었다.

독고일괴는 성격이 아주 괴팍하여 마음에 든 수사는 경지가 아무리 낮더라도 무시하는 법이 없었고 본인 마음에 들지 않는 수사는 아무리 강한 자라 해도 절대 굴복하지 않았다.

이 때문에 독고일괴는 서남, 서북, 월추, 육산의 큰 종파와 크고 작은 분쟁에 휩싸였으나 독고일괴의 실력이 워낙 출중한 덕에 피해를 전혀 입지 않았다.

오히려 그에게 싸움을 건 종파가 적지 않은 피해를 보고 먼저 물러서곤 하였다.

유건은 그동안 같이 지내면서 알게 된 일목의 성격, 장선 후기에 이른 고강한 실력, 독고일괴가 주로 서남과 같은 서쪽에서 주로 활동했다는 점, 독고일괴가 나무 속성 공법으로 일가를 이룰 정도로 그쪽에 정통했다는 점 등을 들어 일목이 독고일괴일 거란 거의 확신에 가까운 추측을 하였다.

일목은 거의 500리를 넘게 날아가고 나서야 갈색 구름을 흩어 그를 다시 사방 1리가 안 되는 작은 섬에 내려 주었다.

일목은 안색이 창백하긴 했으나 다친 데는 없어 보였다.

"괜찮은가?"

유건은 과장된 몸짓으로 몸을 부르르 떨며 대답했다.

"제가 유인해야 할 상대가 그렇게 엄청난 자였다는 사실을 사전에 알았다면 감히 끼어들 엄두를 내지 못했을 것입니다."

"하하, 강유도 부도주 적산풍(赤山風)이라면 그럴 만도 하지."

유건은 깜짝 놀라 물었다.

"그 붉은 머리 사내가 적산풍이었습니까?"

"그렇다네. 적산풍은 장선 중기이지만 지독한 불 속성 공법을 익혀 나조차도 상대를 꺼리는 인물인데 자네야 오죽하겠나. 자네가 적산풍의 손에서 살아남았다는 것 자체가 기적과 다름없지. 아마 적산풍이 자네를 나로 확신하고 처음부터 전력을 다했다면 자네는 살아나오기 힘들었을 것이야."

유건은 그제야 일목이 그에게 적산풍을 유인하라 시킨 이유를 깨달았다.

일목은 강유도에서 유일하게 본인 앞을 막아설 수 있는 상대인 적산풍에게 먼저 시비를 걸어 그를 진법 밖으로 유인해 냈다.

한데 유인당한 적산풍이 그가 추격하던 일목 대신에 고작 공선 중기 수사인 유건이 그곳에 있는 모습을 보고 잠시 망설이는 바람에 그가 살아남을 수 있었다.

적산풍은 이대로 유건을 쫓아야 할지, 아니면 그를 유인한게 분명한 일목을 다시 찾아야 할지 고민하다가 때를 놓쳤다.

유건은 속으로 안도의 숨을 내쉬며 물었다.

"한데 성과는 있으셨습니까?"

"자네도 한 팔 거들었으니 안목을 넓힐 기회를 주지."

씩 웃은 일목은 법보낭에서 주황색 용암으로 만든 것 같은 작은 구슬을 꺼내 보였다.

한데 그 구슬 안에 머리가 세 개 달린 불도마뱀처럼 생긴 앙증맞은 악수가 잠을 자고 있었다.

"만장 깊이의 심해 화산 속에서만 극히 희박한 확률로 태어난다는 마화룡자(魔火龍子)의 새끼일세. 영수로 길들이고 나서 불 속성 영약을 먹여 꾸준히 성장시키면 천지간에 존재하는 모든 불 속성 기운을 흡수하는 이능을 발휘하지."

유건도 헌월선사의 기억 덕에 마화룡자가 극히 희귀한 영수로 불 속성 공법을 익힌 수사에게는 목숨과 같은 가치를 지닌다는 사실을 알았다.

한데 불 속성 공법과 상극인 나무 속성 공법을 익히는 수사에게는 그보다 더한 가치를 지녔다.

나무 속성 공법을 익힌 수사가 마화룡자를 부리면 상극인 불 속성 공법을 전보다 훨씬 쉽게 상대할 수 있기 때문이었다.

일목은 그야말로 엄청난 보물을 얻은 셈이었다.

실제로 그는 마음속의 격동을 그대로 드러냈다.

"이 마화룡자 새끼를 얻기 위해 세 번이나 강유도에 침입했다네. 처음엔 거의 죽을 뻔해서 대륭해의 복심회 수사들이 강유도 수사들의 추격을 뿌리쳐 주지 않았으면 살아남지 못했을 것이네. 그리고 두 번째는 거의 성공할 뻔했다가 자네가 유인한 적산풍에게 걸려 중상을 입고 가까스로 도망쳤지. 그 중상을 치료하는 데만 무려 30년이 걸렸다네. 한데 운이 따르려는지 자네를 만나고 나서 생각보다 일이 잘 풀려 마침내 오매불망하던 마화룡자의 새끼를 얻었네."

유건은 이유는 알 수 없지만, 일목의 성공이 마치 자신의 성공인 것처럼 기뻐, 하면 안 되는 말이 입 밖으로 나왔다.

"진심으로 축하드립니다, 일괴 선배님."

유건은 곧바로 본인의 실책을 깨달았다.

그러나 한번 뱉은 말을 주워 담을 수는 없는 법이었다.

일목은 의미심장한 표정을 지으며 대꾸했다.

"자네라면 내 정체를 알아내는 일이 그리 어렵지 않았을 테지. 한데 너무 좋아하지 말게. 나도 자네 비밀을 알고 있으니까."

유건은 흠칫해 물었다.

"어떤 비밀을 말씀하시는 것입니까?"

독고일괴는 한쪽 눈을 찡긋하며 대답했다.

"자네가 적들에게 숨기고 싶어 하는 비밀들 말일세."

유건은 독고일괴의 실력 정도면 복신술을 써서 다른 수사로 위장한 사실을 알아내는 일이 어렵지 않을 거라 짐작했다.

한데 유건은 독고일괴가 다른 비밀까지 알고 있단 느낌을 받았다.

거우 복신술 정도로 그런 말을 하지는 않을 듯했다.

독고일괴는 말없이 법보낭에서 은쟁반처럼 생긴 정사각형 법보를 꺼냈다.

은쟁반 귀퉁이 네 곳에 실오라기 하나 걸치지 않은 상태에서 사내를 유혹하는 것 같은 춤을 추는 미녀를 세밀한 솜씨로 조각한 장식품이 달린 화려한 법보였다.

"이게 무슨 법보인지 알겠는가?"

유건은 떨리는 목소리로 대답했다.

"귀음도의 보물인 나녀혈침반이군요."

"난 이 보물을 영주와 같은 장소에서 얻었다네."

"그럼 역시 선배님이 차군상을?"

"하하, 차군상 정도야 굳이 따로 거론할 가치도 없는 놈이네. 그보단 차군상이 나녀혈침반을 갖고 있던 이유가 중요하지."

유건은 그제야 뭔가 느낌이 왔다.

"나녀혈침반은 보물을 추적하는 법보로 유명하지요. 아마 차군상은 안교진인의 지시를 받고 나녀혈침반으로 제가 지닌 보물을 추적하던 중이었을 게 분명합니다. 그러나 제가 알아낸 바에 따르면 나녀혈침반에는 한 가지 커다란 약점이 있습니다. 보물을 가진 자가 반드시 보물을 사용해야지만 나녀혈침반에 위치가 드러난다는 점입니다. 그렇다면 차군상은 나녀혈침반을 이용해 제가 그 보물을 마지막으로 사용한 장소인 도화장독이 있던 장소를 찾아냈다는 뜻이겠지요."

유건은 고개를 들고 독고일괴를 바라보았다.

"선배님이 일전에 말씀하신 것처럼 차군상이 그렇게 막돼먹은 놈이라면 근처에 어떤 고인이 은거하고 있는지 알아볼 생각조차 않고 부하들을 보내 막무가내로 뒤지게 했겠지요. 그러다가 그 고인의 심기를 건드려 죽임을 당했겠지요. 그 고인은 그 와중에 차군상의 본신을 잡아먹은 영귀가 만든 영주와 차군상이 지닌 나녀혈침반을 얻었던 거고요."

독고일괴는 유건의 추리를 들으며 탄성을 터트렸다.

"마치 직접 본 것처럼 잘 아는군. 자네의 무서운 점은 자네가 지닌 보물이 아니라, 무섭게 돌아가는 그 머리일 것이네."

유건은 복신술을 풀고 원래 모습을 드러냈다.

"선배님이 바로 그 복숭아나무 숲에 은거하셨던 고인이셨군요."

독고일괴는 유건이 본 얼굴을 드러내는 모습을 보며 물었다.

"남림 헌월종의 비술인가?"

"그렇습니다. 헌월선사의 복신술이란 비술이지요."

독고일괴는 눈썹을 찌푸렸다.

"멀리 떨어진 관계로 그에 대해 잘 아는 것은 아니네만, 그가 남림에서 악명이 자자하다는 소문을 들은 적이 있네. 자넨 어떻게 해서 그런 지독한 자와 사승의 연을 맺은 것인가?"

151

유건은 헌월선사와의 관계를 대충 설명해 주었다.

독고일괴를 믿긴 해도 다른 세계에서 왔단 사실까지 말할 수는 없었다.

독고일괴는 부드러운 말로 유건을 위로했다.

지금까지 유건이 만난 강자들은 전부 그를 어떻게 해 보려거나, 아니면 그가 가진 보물을 빼앗으려 들었다.

한데 독고일괴는 달랐다.

그는 진심에서 우러나온 말로 그를 위로했다.

독고일괴는 대뜸 나녀혈침반을 그에게 건넸다.

"내가 말한 두 번째 선물이 이 나녀혈침반일세. 귀음도 귀신들에게 다시 뺏기지만 않으면 당분간 추적당할 위험은 없을 거야. 하지만 조심하게. 자네가 지닌 보물 중 몇 가지는 나처럼 물욕이 없는 수사조차 혹하게 할 정도로 대단하니까."

"고생해서 얻으신 보물을 제가 받아도 되는지 모르겠습니다."

"하하, 난 이제 당분간 두문불출하며 이번에 얻은 마화룡자의 새끼를 기르는 데만 전력할 심산이네. 나 역시 구구말겁이 그리 멀지 않았기 때문에 최소 200년 정돈 그에 관한 준비를 해야 하지. 사실, 기를 쓰고 마화룡자 새끼를 구하려 했던 이유 역시 구구말겁을 좀 더 쉽게 넘기기 위해서네."

유건은 진심을 담아 말했다.

"독고일괴 선배님이라면 꼭 성공하실 수 있을 것입니다."

독고일괴는 씁쓸한 표정으로 고개를 저었다.

"그건 누구도 장담할 수 없는 일이라네. 헌월선사는 일파를 개종할 만큼 능력이 출중한 수사였으나 구구말겁이 두려운 나머지 아무것도 모르는 자네를 이용하려 들지 않았는가."

고개를 저어 상념을 떨쳐 낸 독고일괴가 옥편 하나를 건넸다.

"이건 자네가 알고 싶어 하던 이합술을 정리한 내용일세. 나도 소싯적에 이합술을 구해 열심히 수련한 적 있었네. 한데 내 생각엔 현재 삼월천에 떠도는 이합술은 어떤 비술의 일부분일 뿐이라는 생각을 감출 수가 없네. 수많은 수사가 그 오랜 세월을 연구했음에도 대성한 자가 없다는 게 그 증거일 것이야. 아무튼, 너무 이합술에 빠지지는 말게나. 선도는 선연도 중요하지만 성실한 수련 역시 중요하니까."

유건은 그제야 그가 이합술에 관해 물어볼 때마다 독고일괴가 상세하게 대답해 줄 수 있던 이유를 깨달았다.

독고일괴 역시 젊은 시절에 이합술을 수련한 경험이 있기 때문이었다.

동이 트는 모습을 보던 독고일괴가 고개를 끄덕였다.

"이젠 헤어져야 할 시간이군. 둘 다 이 험난한 선도에서 살아남아 각자의 뜻을 이룬다면 일전에 한 약속대로 좋은 선주를 빚어서 자네를 초대하지. 푸르스름한 달이 손에 잡힐 듯 가까운 밤에 복숭아꽃이 만발한 도원경에서 벗과 술잔을 기울이는 흥취야말로 세상에 다시없을 복락(福樂)이라네."

"저도 선배님이 대도를 이루시길 멀리서나마 기도하겠습니다."

독고일괴는 공중으로 몸을 날렸다.

"우리 수사들이 여염집 아낙네들처럼 이별이 길어서야 쓰겠나. 그럼 다시 만날 날을 고대하겠네. 그동안 몸조심하게나."

독고일괴의 마지막 말은 거의 하늘 끝자락에서 들려왔다.

유건은 그 자리에 멍하니 서서 사라지는 독고일괴의 모습을 끝까지 지켜보다가 대륭해가 있는 방향으로 몸을 날렸다.

물론, 그땐 이미 다시 경제경의 얼굴로 돌아간 후였다.

독고일괴가 가르쳐 준 방향으로 반나절을 날아갔을 때였다.

검은 장포를 걸친 복심회 수사들이 나타나 앞을 막아섰다.

유건은 복심회 수사들의 심기를 거스르지 않기 위해 독고일괴가 그에게 준 심장 모양의 옥패를 공손한 태도로 건넸다.

복심회 수사가 옥패의 진위를 확인하고 돌려주었다.

"대륭해에 온 걸 환영하오."

"환영해 주셔서 감사합니다."

"대륭해에 마땅한 거처가 없다면 복심회의 빈객으로 머물

다가 정식 절차를 받아 본회에 가입할 수가 있소. 물론, 목적지가 있다면 붙잡지 않을 것이오. 수사는 어떻게 하시겠소?"

"좀 더 돌아본 후에 결정해도 되겠습니까?"

"문제없소. 대륙에서 온 수사들은 대부분 그리하니까."

유건은 복심회 수사의 허락을 받아 대륭해로 들어갔다.

칠선해 중에서 유일하게 인간 수사가 장악한 대륭해는 거의 작은 대륙을 방불케 하는 큰 섬 다섯 개와 그 주변에 군도를 이루며 퍼져 있는 수만 개의 작은 섬으로 이루어져 있었다.

대륭해를 대표하는 4대 종문이 큰 섬 다섯 개 중에 네 개를 차지해 다스렸다.

그리고 가운데 있는 가장 큰 섬인 초령도(草靈島)는 200년 전에 네 종문 사이에 벌어진 전쟁의 결과에 따라 대륭해 모든 수사가 자유롭게 이용할 수 있었다.

복심회는 대륭해 남쪽에 있는 천복도(天福島)에 자리한 종파로 녹원대륙 기준으로도 꽤 큰 20만 명의 문도를 거느렸다.

유건은 천복도에서 오행석을 내고 전송진을 이용해 대륭해 중앙으로 이동했다.

그러나 천복도와 초령도가 있는 중앙은 거리가 먼 관계로 전송진을 다섯 번 더 이용해야 했다.

유건은 거의 한 달에 걸쳐 대륭해를 여행하는 동안, 이곳의 기후와 풍습이 녹원대륙과 많이 다르단 사실을 깨달았다.

대륭해는 전형적인 열대 기후로 서남보다 더 더웠고 하루에 한 시진은 반드시 엄청난 비가 뇌우를 동반하며 쏟아졌다.

대륭해에 사는 범인들은 녹원대륙에 사는 범인보다 피부색이 어두웠고 키나, 체구도 좀 더 작았다.

또, 꽤 낙천적인 문화를 지녔다.

배를 타고 나가면 어디서든 물고기가 잡히고 열대 기후와 기름진 옥토 덕분에 1년에 농사를 두 번 이상 짓는 곳이 많을 정도로 물산이 풍부하기 때문일 듯했다.

그중 가장 큰 차이점은 옷차림일 것 같았다.

남자는 바람이 숭숭 통하는 조끼와 반바지를 입었다.

여자들은 색이 화려하면서 종아리가 훤히 드러나는 짧은 치마를 즐겨 입었다.

한데 대륭해 수사들은 녹원대륙 수사와 별반 다르지 않았다.

대륭해에 있는 수사 대부분이 녹원대륙에서 건너왔거나, 아니면 녹원대륙에서 건너온 수사의 후예이기 때문이었다.

초령도에 도착한 유건은 조용한 곳을 찾아 수련에 들어갔다.

◆ ◈ ◆

유건이 한참 일목으로 위장한 독고일괴와 대륙해로 가고 있던 어느 날이었다.

도화장독이 있던 밀림 깊은 곳에 30명이 넘는 수사들이 나타났다.

그중 한 명은 유건도 아는 자였다.

바로 칠교산맥 마두산에서 만난 귀음도 육형자였다.

일의 진행 상황을 매일 보고하기로 한 차군상이 며칠이 지나도록 연락을 보내오지 않는단 말을 들은 안교진인은 가장 믿는 수하인 육형자에게 차군상의 흔적을 찾아보게 하였다.

육형자 옆에는 물처럼 신색이 고요한 중년 수사가 서 있었다.

뒷짐을 쥔 중년 수사가 늪을 바라보며 물었다.

"이곳에서 차 장로의 소식이 끊긴 거요?"

육형자가 공손한 어조로 대답했다.

"그렇습니다, 한 장로(漢長老)님."

육형자가 한 장로라 부른 이 중년 수사는 이곡도에서 나온 한수백(漢水白)이었다.

백 년 전에 장선 중기 최고봉에 도달한 한수백은 이곡도에서 열 손가락 안에 꼽히는 강자였다.

차군상이 이미 죽었을 거라 확신한 안교진인은 형인 이곡도 부도주 광세록에게 부탁해 이곡도 강자 몇 명을 따로 청했다.

장선 초기 중에서는 꽤 강자로 군림하던 차군상이 구원을 요청할 틈도 없이 죽임을 당했다면 육형자를 보내도 위험하기는 마찬가지여서 더 강력한 원군을 부르기로 한 셈이었다.

이에 광세록은 실력이 출중한 한수백에게 장선 초기 두 명과 오선 후기, 중기 수사 10여 명을 데리고 육형자를 지원하란 지시를 내렸다.

장선 후기 진입을 위한 폐관 수련 중이던 한수백은 속으로 적잖이 불쾌했으나 광세록이 직접 찾아와 특별히 부탁까지 하는 바람에 빠져나갈 방도가 없었다.

영귀를 부리는 귀선들은 원래 혼백이 남긴 영향에 민감하게 반응하기 때문에 이곳에서 차군상을 포함한 귀읍도의 적지 않은 수사가 순식간에 죽어 나갔다는 사실을 금세 알아냈다.

그때, 주변을 둘러보던 육형자가 늪 북쪽에서 독고일괴가 쓰던 거처와 복숭아나무 숲이 있던 거대한 들판을 발견했다.

비록 거처는 재로 변하고 복숭아나무가 있던 곳엔 시든 복숭아꽃만 쌓여 있었지만, 육형자는 그곳에 은거하던 고인이 차군상과 귀선들을 죽였다는 사실을 어렵지 않게 유추해 냈다.

한수백도 육형자의 의견에 대체로 동의했다.

"육 장로의 말대로 이곳에 대단한 고인이 은거했던 모양이오."

육형자가 단정하듯 말했다.

"이 고인이 차군상과 다른 귀선들을 죽였을 것입니다."

한수백은 정갈하게 다듬은 수염을 쓰다듬으며 물었다.

"몇 달 전, 청삼랑 손에서 보물을 빼앗아 갔다는 그 장선 후기 강자와 이 고인이 동일인일 가능성에 대해서는 어찌 보시오?"

육형자는 고개를 가로저었다.

"전 그럴 확률은 낮다고 봅니다. 그 고인이 보물을 빼앗아 간 범인이라면 굳이 거처 근처에서 살인하여 우리의 이목을 끌 이유가 전혀 없으니까요. 그 정도 강자라면 차군상이 이곳을 발견하기 전에 처리하거나, 아니면 차군상이 이곳을 찾아냈을 때, 다른 방향으로 유도해 제거했을 것입니다."

"육 장로의 말이 이치에 맞는 것 같소. 그럼 귀도의 차 장로는 나녀혈침반의 지시에 따라 이곳까지 왔다가 이곳에 거주하던 고인에게 밉보여 죽임을 당한 것으로 보는 게 맞겠군."

육형자는 한숨을 내쉬었다.

"제 생각도 같습니다. 차군상은 성격이 급해 고인이 거처에 펼친 진법을 제대로 조사도 하지 않고 달려들었을 것입니다."

한수백은 고개를 절레절레 저었다.

"그렇다면 우린 차 장로를 죽인 범인을 먼저 쫓아야 하지 않겠소? 귀도의 보물인 나녀혈침반을 먼저 회수하지 못하면 그 보물을 가진 자를 찾아낼 방도가 전혀 없으니까 말이오."

잠시 고민하던 육형자가 나녀혈침반처럼 생긴 법보를 꺼냈다.

"이걸로 나녀혈침반을 가져간 범인을 추적할 수 있을 것입니다."

한수백은 깜짝 놀라 물었다.

"그럼 차 장로가 지닌 나녀혈침반은 가짜였단 말이오?"

"아닙니다. 차 장로가 지닌 나녀혈침반이 진짜입니다."

"그럼 육 장로가 꺼낸 게 가짜란 거요?"

"가짜라기보단 미완성품에 가깝습니다. 지금처럼 나녀혈침반이 도둑맞았을 땔 대비해 급조해 만든 건데 성능이 진짜처럼 영험하지 않아 나녀혈침반을 찾는 용도로만 쓰고 있지요."

한수백은 육형자가 미완성품 나녀혈침반과 같은 중요한 정보를 숨겼다는 사실에 불쾌한 기색을 그대로 내비치며 물었다.

"어쨌든 진짜 나녀혈침반을 찾을 단서가 있는 점은 불행 중 다행이군. 더구나 육 장로가 한 말이 모두 사실이라 가정할 경우, 그 진짜 나녀혈침반만 찾아내면 귀도가 원하는 빙혼정과 우리가 원하는 무규신갑을 둘 다 찾을 수 있지 않겠소?"

육형자는 담담한 표정으로 대답했다.

"한 장로님에게 미완성품 나녀혈침반을 숨길 생각은 전혀 없었습니다. 숨긴 이유를 굳이 하나 꼽으라면 한 장로님처럼 고명한 분에게 본도의 미완성품 법보를 보여 드리기가 뭣해 그랬던 거지요. 그리고 빙혼정을 가진 자가 무규신갑까지 가지고 있다는 사실은 진짜 나녀혈침반을 통해 몇 번이나 확인한 사실입니다. 그 점은 전혀 염려하실 바가 없습니다."

한수백은 언제 불쾌한 내색을 비췄냐는 듯 갑자기 활짝 웃었다.

"하하, 육 장로가 내 말을 곡해한 모양이군. 난 그런 의도가 전혀 아니었소. 어쨌든 늦기 전에 진짜 나녀혈침반을 훔쳐 간 범인을 찾아내 빙혼정과 무규신갑을 되찾도록 합시다."

육형자는 상대의 고약한 심계에 놀아날 생각이 없단 것처럼 표정 변화가 전혀 없는 상태에서 진중한 목소리로 대답했다.

"알겠습니다. 그럼 바로 나녀혈침반의 위치를 찾아보겠습니다."

육형자는 손목을 갈라 뽑아낸 정혈을 가짜 나녀혈침반에 뿌렸다.

나녀혈침반에 뿌려진 정혈이 곧 은색 점으로 변했다.

그러나 은색 점이 아주 희미해 방향만 간신히 알 수 있을 뿐, 정확히 어디에 있는지는 알지 못했다.

어쨌든 방향을 확인한 그들은 밀림에 있는 강을 따라 서해 쪽으로 날아갔다.

그들이 서쪽으로 날아가고 한 시진쯤 흘렀을 때였다.

늪 중앙 속에서 투명한 인영 하나가 천천히 솟아올랐다.

인영은 한수백, 육형자 등이 간 방향을 잠시 바라보다가 고공으로 몸을 뽑아 올려 100리쯤 떨어진 동굴 속으로 들어 갔다.

그곳에도 수사 몇 명이 숨어 있었는데 그중 한 명은 놀랍게도 칠교보 일월교 장로였던 청삼랑이었다.

서북을 제패한 대종문인 오성도에 투신했다고 알려진 그는 몇 달 전에 입은 부상에서 거의 회복한 듯 팔도 멀쩡했고 장선 초기로 떨어진 경지도 초기 최고봉까지 다시 끌어올린 상태였다.

청삼랑은 투명한 인영을 향해 머리를 숙여 보였다.

"고생하셨습니다, 택 장로(宅長老)님."

투명한 인영은 곧 하관이 사마귀처럼 좁고 소처럼 커다란 두 눈이 퉁방울처럼 튀어나온 괴이한 인상의 사내로 변신했다.

택 장로는 냉랭한 목소리로 대꾸했다.

"빈말은 되었소."

청삼랑은 눈앞의 이 괴이하게 생긴 택 장로가 오성도 도주의 사제 중 한 명이며 장선 중기의 강자란 사실을 알았기 때문에 그저 민망한 표정으로 머리를 더 수그릴 따름이었다.

그때, 청삼랑 반대편에서 택 장로와 달리 얼굴이 준수하게 생긴 청년이 온옥(溫玉)으로 만든 섭선을 부치며 걸어 나왔다.

"크크, 청 장로는 그리 무안해할 필요 없소. 택 사형이 말은 싹수없게 해도 심성까지 얼음장처럼 차가운 사낸 아니니까."

여유로운 표정으로 섭선을 부치는 청년을 싸늘하게 노려보던 택 장로가 손짓으로 다른 수사들을 한자리에 불러 모았다.

"정찰 결과를 얘기할 테니 모두 주의해서 들어라."

청년은 다시 낄낄거리며 물었다.

"그래, 물귀신과 무게만 잡는 귀신이 무슨 얘기를 하더이까?"

청년이 말한 물귀신은 이곡도의 한수백을, 무게만 잡는 귀신은 귀음도의 육형자를 의미했다.

다른 수사들은 청년의 성격을 아는지 그의 말을 무시하고 택 장로의 입만 주시했다.

택 장로는 차가운 목소리로 청년을 꾸짖었다.

"몽 사제(夢師弟), 이 일은 도주님이 지시하신 일이다. 진중하게 임할 게 아니라면 당장 섬으로 돌아가 다른 장로를 보내라."

사형의 엄한 꾸짖음에 찔끔한 몽 사제는 앞으론 입을 다물겠다는 듯 본인 입에 자물쇠 채우는 것 같은 행동을 하였다.

청삼랑도 이들과 보낸 시간이 적지 않아 택손(宅孫)과 몽견(夢見), 이 두 사형제가 말은 저렇게 해도 우애는 누구보다 깊다는 사실을 잘 알았다.

택손과 몽견, 이 두 사형제는 오성도 도주의 사제로 평소에는 폐관 수련에 몰두하다가 도주가 은밀히 처리할 일이 있을 때만 불러 임무를 맡겼다.

택손은 그가 직접 은신술을 펼쳐 알아낸 정보를 부하들에게 말해 주었다.

부하를 시키지 않고 그가 직접 나선 이유는 상대편에 장선 중기 최고봉인 한수백이 있기 때문이었다.

이야기를 마친 택손이 한결 풀어진 얼굴로 청삼랑을 칭찬했다.

"일월교 지낭이란 명성이 과장은 아닌 모양이오. 귀음도에서 나온 장선 수사들의 뒤를 쫓다 보면 무규신갑의 행방을 알 수 있을 거라 하여 그리했는데 정말 단서를 잡았소이다."

청삼랑은 정중히 답례했다.

"과찬이십니다."

그때, 입을 다물고 있던 몽견이 참지 못하고 떠벌렸다.

"흐흐, 그리 겸손 떨 거 없소. 어쨌든 청 장로의 활약 덕에 움직이기가 훨씬 편해졌군. 물귀신과 무게만 잔뜩 잡는 귀신의 뒤를 졸졸 따라다니면 무규신갑에다, 귀음도 귀신들이 애지중지한다는 빙혼정이란 보물까지 같이 얻을 수 있을 테니까. 아 참, 택 사형, 당연히 추적향을 묻혀 두었겠지요?"

"내가 너처럼 덤벙거리는 줄 아느냐? 당연히 묻혀 두었지.

오선 후기에게 묻혀 두었으니 언제든 추적할 수 있을 것이다."

사제를 타박한 택손은 부하들을 데리고 추적향을 쫓아 이동했다.

그들은 그로부터 며칠 후, 입옥진에서 한수백과 육형자가 이끄는 이곡도, 귀음도 연합부대를 발견할 수 있었다.

그때, 한수백이 육형자와 심각한 표정으로 뇌음을 나누었다.

잠시 후, 이곡도 수사와 귀음도 수사가 입옥진에 있는 지부를 찾았다.

아마 지부에 장로의 지시를 전하려는 듯했다.

택손은 청삼랑의 지모를 인정하는 듯 그에게 가장 먼저 물었다.

"청 장로는 저들이 지부 쪽에 무슨 지시를 전달하려는 것 같소?"

"저들이 대륭해로 가는 유일한 길목인 입옥진을 찾았단 말은 진짜 나녀혈침반을 가진 수사가 대륭해로 도망쳤단 뜻일 겁니다. 대륭해는 녹원대륙 세력에게 용담호혈과 같은 장소이니 아마 지부에 지원 부대를 요청하려는 것 같습니다."

"그럼 우리도 요청해야겠군."

택손은 오성도 수사에게 지원 요청을 보내란 지시를 내렸다.

그렇게 녹원대륙의 두 거대 세력은 장선만 열 명에 달하는 추적부대를 꾸려 진짜 나녀혈침반을 지닌 수사를 찾기 위해 위험천만한 여정을 떠났다.

진짜 나녀혈침반을 찾아야 무규신갑과 빙혼정을 지닌 수사를 쫓을 수 있기 때문이었다.

한편, 초령도 변두리 어느 야산에 동부를 건설한 유건은 수련을 시작한 지 얼마 지나지 않아 예상치 못한 손님을 맞았다.

손님은 그를 대륙해로 들여보낸 복심회와 관련 있는 수사였다.

면사를 쓴 중년 여인이 차분한 말투로 그를 설득했다.

"초령도가 겉으론 4대 종문의 중립지역처럼 보이지만 실상은 그렇지가 않네. 실상은 4대 종문을 따르는 수사가 대부분이어서 4대 종문이 물밑에서 치열한 암투를 벌이는 중이지."

유건은 오선 초기 중년 여인에게 공손히 물었다.

"그럼 제가 그 4대 종문 중 하나에 비밀리에 가입하지 않으면 앞으로 초령도에서는 수련할 방법이 전혀 없는 것입니까?"

중년 여인이 빙긋 웃었다.

"자넨 총명해서 얘기하기 편하군."

"선배님은 제가 복심회 쪽에 비밀리에 가입하길 원하시는군요."

"그렇다네."

"제가 복심회에 발을 처음 들여놓았을 때, 그곳을 지키던 수사들이 복심회 가입을 가볍게 권하기만 할 뿐, 그렇게 심하게 요구하지는 않더군요. 한데 인제 보니 저와 같은 낭선을 초령도로 많이 들여보낼수록 복심회가 다음 전쟁에서 유리해지기 때문인 듯한데 제가 제대로 추측한 것입니까?"

중년 여인은 약간 놀란 표정을 지었다.

"자넨 몰라도 좋은 사실까지 알아내는 재주가 있구먼."

초령도는 4대 종문의 중립지대이기 때문에 정식 문도를 들여보낼 방법이 없었다.

그래서 복심회는 중년 여인처럼 복심회 지시를 따르기는 하지만 정식 문도는 아닌 낭선을 초령도에 최대한 많이 정착시켜 다음에 벌어질 전쟁에 대비했다.

중년 여인은 이를테면 유건과 같은 낭선을 설득해 복심회로 몰래 끌어들이는 세객(說客)의 역할을 하는 중이었다.

아마 모르긴 몰라도 다른 세 종문도 똑같이 하고 있을 것이다.

중년 여인은 서둘러 그 선택이 주는 장점에 관해 설명했다.

"수련을 방해받을 일은 거의 없네. 가끔 복심회가 지시하는 일을 수행해야 하긴 하지만 가입하면 얻는 이득이 더 크지."

"어떤 이득입니까?"

"일단, 복심회의 암묵적인 보호를 받을 수 있네. 또, 수련에 필요한 영초와 오행석, 재료 등을 손쉽게 구할 수 있지. 무엇보다 복심회를 지지하는 수사끼리 자주 모임을 여는데 그때, 수련 상의 깨달음을 서로 나누거나, 모임 중에 열리는 비밀 경매회를 통해 필요한 물건을 쉽게 조달할 수 있다네."

유건은 짜증스러운 감정을 드러내지 않으려 애쓰며 물었다.

"복심회는 몇 년마다 임무를 내리는 편입니까?"

"보통 10년에 한 번일세."

중년 여인은 할 말은 다 했다는 듯 바로 일어났다.

"결정을 내리면 바로 복심회 통행패로 연락하게. 참, 노파심에서 하는 말인데 초령도를 떠나면 복심회가 도와줄 수 없네. 초령도 밖엔 해양 악수들과 자네 같은 낭선을 노리는 흑선이 득실거려서 누구 손에 죽는지도 모르고 죽는 다네."

유건을 대놓고 협박한 중년 여인은 바로 동부를 떠났다.

유건은 중년 여인이 떠난 후 품에서 통행패를 꺼냈다.

"빌어먹을, 이 통행패로 내 위치를 추적한 게 틀림없군."

고민을 거듭하던 유건은 결국, 당화민(當華民)이란 이름을 쓰는 중년 여인에게 연락해 복심회 지시를 따르기로 하였다.

유건의 결정을 반긴 당화민은 그 근처에 거주하는 수사 몇 명을 소개해 주고 필요한 일이 있으면 연락하란 말을 남겼다.

어쨌든 초령도에 정착한 유건은 시급한 일부터 처리했다.

그는 우선 규옥에게 동부를 적당히 꾸미라는 지시를 내렸다.

오채석에 뿌리내린 본신을 영기의 기운이 가장 강한 장소에 심어둔 규옥은 그 주변에 구획을 나눈 약초밭을 만들었다.

규옥은 새로 만든 약초밭에 은월자 법보낭에서 찾아낸 영초, 영목, 영균 등을 심었다.

물론, 산악흑시웅의 몸에 있던 흑모소독화도 같이 심었다.

약초밭을 완성한 규옥은 본인과 청랑이 수련할 석실을 만들고 나서 옆에 연단실을 지었다.

규옥은 그때부터 두문불출하며 영단을 제조하는 틈틈이 경지가 불안정한 공선 중기 기초를 단단히 잡는 일에 주력했다.

동부 살림을 규옥에게 맡긴 유건은 방어 진법을 몇 겹으로 두른 연공실에 들어가 영단을 복용하며 빙혼정을 제련했다.

그렇게 3년이 지났을 무렵, 유건은 마침내 빙혼정을 완벽하게 제련해 내 오행검의 세 번째 검으로 만드는 데 성공했다.

그러던 어느 날, 복심회가 그에게 첫 임무를 내렸다.

5장. 대리전쟁(代理戰爭)

혹시 몰라 동부를 깨끗하게 비운 유건은 구름이 달을 가린 깊은 밤에 약속 장소를 찾아 나섰다.

그는 얼마 후, 약속 장소로 정한 언덕에서 복면을 쓴 수사 140명을 발견했다.

유건도 일전에 당화민을 통해 받은 복면을 쓰고 그들과 합류했다.

이마에 111이라는 숫자가 적혀 있는 붉은 복면이었다.

그때, 복면 이마에 47이라 적힌 여수사가 다가왔다.

유건은 그녀가 그를 복심회로 끌어들인 당화민임을 곧 알아보았다.

당화민은 약간 질책하는 말투로 물었다.

"왜 이렇게 늦은 건가?"

"죄송합니다."

"어쨌든 왔으니 되었네."

유건은 복면을 쓴 수사들을 살펴보았다.

장선 초기 둘과 오선 후기, 중기 30여 명을 제외하면 그렇게 위협적으로 보이는 수사는 없었다.

가장 많은 수사는 공선 후기, 중기였다.

유건은 당화민에게 뇌음으로 물었다.

"무슨 임무기에 이리 거창한 것입니까?"

당화민은 그가 마음에 안 든다는 듯 약간 차갑게 대꾸했다.

"그러고 보니 자넨 3년 동안 우리가 초대한 모임에 한 번도 참석하지 않았더군. 만약, 자네가 모임에 꼬박꼬박 출석했다면 오늘 임무의 내용을 어느 정도 유추할 수 있었을 것이네."

유건은 깍듯하게 사과했다.

"그 점은 죄송하게 생각합니다. 낯선 곳에 정착하느라 신경 쓸 일이 한둘이 아니어서요. 다음부터는 꼭 나가겠습니다."

부족한 후배를 너무 몰아붙이기만 했단 생각이 들었는지 당화민은 다소 누그러진 어조로 그동안의 일을 얘기해 주었다.

"아마 2년 반쯤 전이었을 것이네. 자네가 이곳에 정착한 지 3, 4개월이 지났을 즈음이었지. 녹원대륙 서남에서 제법 떵떵 거리는 함곡도와 귀음도 수사 30여 명이 대룡해에 몰래 잠입 해 이곳 초령도로 들어오려 했네. 그러다 낯선 수사들을 의심 스럽게 여긴 창룡방(蒼龍幇)이 그들을 막아서는 바람에 한바 탕 전투가 벌어졌지. 전투에서 대패한 함곡도와 귀음도 수사 들은 대룡해가 만만치 않다는 생각을 했는지 방식을 바꾸었 네. 우선 서남의 팔화련을 끌어들여 세를 크게 불린 그들은 창룡방과 원수 관계이던 소슬령(小瑟鈴)의 도움을 받아 창룡 방을 상대로 일전의 일을 복수하기로 한 거지. 이에 창룡방이 녹원대륙 세력을 대룡해에 끌어들인 소슬령을 비난하면서 복심회와 곤라산(崑羅山)를 끌어들이는 바람에 대룡해 곳곳 에서 엄청난 혈풍이 부는 중이네."

유건은 폐관 수련하던 3년 동안 이런 어마어마한 일이 벌어 졌을 거라고는 전혀 예상치 못했기 때문에 어안이 벙벙했다.

당화민은 유건의 심정을 안다는 듯 혀를 끌끌 찼다.

"그러기에 모임에 자주 참석하지 그랬나."

유건은 충격을 애써 감추며 대답했다.

"정말 자주 참석할 걸 그랬습니다."

유건은 대룡해 4대 종문 중 복심회, 곤라산, 창룡방이 연합 해 서남 팔화련을 등에 업은 소슬령과 싸우고 있단 말에는 별 로 놀라지 않았다.

그가 진정으로 놀란 부분은 이곡도로 불리는 함곡도와 귀음도가 대륙해, 그중에서도 그가 현재 숨어 있는 초령도로 잠입하려 했다는 사실 때문이었다.

'설마 우연이란 말인가?'

그러나 유건은 곧 고개를 저었다.

우연치고는 그 시기가 너무 공교로웠기 때문이었다.

그가 초령도에 정착한 지 얼마 지나지 않아 마치 그가 어디에 있는지 안다는 듯 이곡도와 귀음도가 대륙해로 들어왔다.

'혹시 저들에게 나녀혈침반 말고도 나나, 내가 가진 보물을 추격할 방법이 있단 뜻인가? 그렇다면 대체 어떤 방법일까?'

그러나 아무리 궁리해 봐도 마땅한 방법이 떠오르지 않았다.

유건이 저들에게 진짜 나녀혈침반을 추적할 수 있는 가짜 나녀혈침반이 있을 거란 생각을 전혀 못 했기 때문이었다.

유건은 속으로 한숨을 내쉬었다.

'어쨌든 대륙해도 위험해진 셈이군.'

유건이 대륙해를 떠나야겠단 마음을 먹었을 때, 일행이 움직였다.

그는 당화민의 뒤를 쫓아가면서 이번 임무가 초령도에 있는 소슬령 세력을 제거하는 작전이란 소식을 들었다.

그로부터 두 시진이 채 지나기 전에 초령도에 거주하는 곤라산, 창룡방의 비밀 문도 350여 명이 일행에 새로 합류했다.

이제 일행은 500명에 달해 기습부대의 형태를 갖추었다.

야음을 틈타 조용히 진격한 기습부대는 새벽이 막 지났을 무렵, 평원 위에 홀로 우뚝 솟은 거대한 산봉우리에 도착했다.

당화민에 따르면 독청봉(獨靑峰)이란 이름을 지닌 이 산봉우리는 소슬령이 초령도에 확보한 근거지 중 한 곳으로 소슬령의 비밀 문도들이 자주 모여 회합을 가지는 장소였다.

세 종문의 수뇌부가 모여 간단한 회의를 거친 후에 산봉우리를 공격하란 명령이 떨어졌다.

한데 산봉우리 곳곳에 건설한 수백 개의 석실에는 개미 새끼 한 마리 보이지 않았다.

"뭔가 불길한데."

당화민이 겁에 질린 목소리로 중얼거릴 때였다.

갑자기 독청봉 사방에서 그들의 두 배가 넘는 1000명이 넘는 수사가 벌떼처럼 튀어나와 진형을 갖추었다.

당황한 세 종문의 비밀 문도들이 어찌할 바를 모르고 있을 때, 새로 나타난 수사들이 다짜고짜 공격을 퍼부어 혼전이 벌어졌다.

세 종문 수뇌들이 쩌렁쩌렁한 목소리로 명령했다.

"반격하라!"

그러나 세 종문의 정식 문도도 아닌 그들이 두 배가 넘는 적을 공격하는 일은 생각보다 큰 용기가 필요했다.

결국, 세 종문의 비밀 문도들은 반격보다 도망치는 쪽에 집중했다.

유건도 마찬가지였다.

유건은 정체를 감추기 위해 은월자가 남긴 법보 중에서 은으로 만든 장검 두 자루를 꺼내 검무를 추는 것처럼 휘둘렀다.

다행히 공선 중기인 그보다는 좀 더 강한 수사 쪽에 적의 공격이 집중되었다.

유건은 앞을 막아서는 적 두 명에게 은 장검을 교차해 휘둘렀다.

곧 은 장검에서 은빛 파도가 폭포처럼 쏟아져 나와 그를 막은 적 두 명을 먼지로 만들었다.

유건은 그 틈에 포위망을 거의 빠져나왔다.

한데 그때, 그리 멀지 않은 곳에서 당화민이 오선 초기 수사 두 명에게 협공당해 거의 죽을 위기에 처한 모습이 보였다.

유건은 법보낭에서 꺼낸 붉은 표창 10여 개를 그쪽으로 던졌다.

이 역시 은월자의 법보낭에서 얻은 법보로 위력이 대단해 위기에 처한 당화민에게 잠시 숨을 돌릴 여유를 주었다.

당화민도 만만한 수사는 아니었다. 그녀는 숨을 돌리기 무섭게 바로 강력한 공격을 퍼부어 적 두 명을 멀찍이 밀어냈다.

당화민은 그 틈에 유건에게 뇌음을 보냈다.

"오늘 입은 은혜는 절대 잊지 않겠네."

"별말씀을 다 하십니다."

"자네도 어서 도망치게."

유건에게 조언한 당화민은 조각배 모양의 검은색 비행 법보를 타고 남쪽으로 부리나케 도망쳤다.

유건도 이곳에 오래 머물 생각이 없었기 때문에 표창과 은검을 회수하고 나서 사두마차 비행 법보를 꺼내 올라타고 북쪽으로 달아났다.

그러나 유건은 운이 좋지 않았다.

공교롭게도 유건이 도망치는 방향으로 창룡방의 비밀 문도로 보이는 오선 초기 수사 하나가 같이 도망치는 바람에 그를 추적하던 적에게 덩달아 같이 쫓기는 신세로 전락했다.

적은 세 명이었다.

그중 한 명은 오선 초기였고 다른 두 명은 둘 다 공선 후기였다.

유건은 그 즉시, 창룡방 비밀 문도와의 거리를 벌리고 나서 반대 방향으로 잽싸게 달아났다.

그러나 적은 유건도 같이 없앨 생각인 듯했다.

그가 방향을 바꿔 도망치는 순간, 적 세 명 중 공선 후기 수사 하나가 그를 쫓아왔다.

유건은 사두마차 비행 법보의 속도를 높였다.

그러나 공선 후기 수사는 좀처럼 떨어질 생각을 하지 않았다.

더욱이 공선 후기 수사가 부리는 비행 영수가 상당히 빨라 사두마차 비행 법보의 위력을 제대로 끌어내지 못하는 그와의 거리를 좁혀왔다.

따라잡히는 것은 시간문제였다.

유건은 주변에 다른 수사가 없는 황량한 계곡으로 달아났다.

유건이 겁을 먹고 숨었다고 생각한 공선 후기 수사는 불꽃이 피어오르는 회색 채찍을 꺼내 계곡 위를 마구 내리쳤다.

그 바람에 곳곳에 불기둥이 치솟으며 계곡 전체가 불길에 휩싸였다.

그러나 유건은 애초에 그를 피해 도망친 것이 아니었다.

오히려 함정을 파고 기다렸다는 말이 더 정확했다.

불기둥을 피해 위로 솟구친 유건은 전광석화를 펼쳐 거리를 좁혔다.

그 모습을 보고 코웃음을 친 공선 후기 수사는 본인이 타고 있던 비행 영수를 내보내 유건을 잡아먹게 했다.

비행 영수는 등에 혹이 다섯 개나 튀어나온 붉은 낙타였다.

헌월선사의 기억에 따르면 적오봉타(赤五峰駝)란 영수였다.

유건은 규옥을 청랑과 함께 내보내 적오봉타를 상대하게 했다.

밖으로 나온 규옥은 곧장 흙 속성 법술로 흙 장벽을 여러 겹 세워 적오봉타의 속도를 늦췄다.

그사이, 화륜차를 발동한 청랑은 뒤로 돌아가 새파란 불길을 마구 뿜어댔다.

적오봉타도 불 속성 영수이기 때문에 같이 입에서 불길을 뿜어 맞섰다.

그러나 삼상계 추선화견의 피를 물려받은 청랑이 뿜어내는 불길의 상대가 되지 못했다.

간담이 서늘해진 적오봉타는 청랑을 피해 주인에게 다시 돌아가려 하였다.

그러나 규옥은 적오봉타를 돌려보낼 생각이 없었다.

규옥은 청랑을 타고 쫓아가 녹색 독연을 뿜었다.

적오봉타는 녹색 독연 속에서 허우적대다가 한 줌 핏물로 녹아내렸다.

그사이, 유건은 목정검과 홍쇄검을 조종해 공선 후기 수사를 여유롭게 상대했다.

홍쇄검 108자루가 공선 후기 수사의 채찍을 상대하는 동안, 목정검이 기습을 가하는 식이었다.

잠시 후, 공선 후기 수사는 적오봉타가 규옥과 청랑의 협공에 당해 녹아내리는 모습을 보고 급히 물러섰다.

만만치 않은 규옥과 청랑이 퇴로를 막으면 탈출도 힘들기 때문이었다.

그러나 전광석화로 눈 깜짝할 사이에 따라붙은 유건이 홍쇄검 108자루를 장창으로 만들어 파도처럼 쏟아 내는 순간, 공선 후기 수사가 외마디 비명을 지르며 바닥으로 떨어졌다.

유건은 급히 청랑을 불러 타고 공선 후기 수사를 쫓아가 상대의 본신을 불태우고 나서 달아나는 원신까지 붙잡았다.

주변을 둘러본 유건은 재빨리 원신을 고문해 정보를 알아냈다.

다행히 손을 쓴 보람이 있었다.

그가 제압한 원신은 소슬령이 초령도에 심어 놓은 비밀 문도가 아니라, 팔화련을 구성하는 종파 중 하나인 칠화호(七火湖)에서 나온 문도였다.

원래 칠화호는 팔화호(八火湖)였다가 칠교보가 망하면서 그 자리를 대신 차지한 종파였다.

유건은 팔화련이 대륜해 안에서 이렇게 전면적으로 나올 거라고 전혀 예상하지 못했기 때문에 마음이 더 무거워졌다.

얼마 후, 유건은 그가 원하는 정보를 얻을 수 있었다.

공선 후기 수사의 원신이라 아는 정보가 많지 않긴 해도 팔화련과 귀음도는 소슬령을 도와 초령도를 완전히 장악한 다음에 어떤 보물을 지닌 고강한 수사를 잡기 위해 온 상태였다.

그중 고강한 수사라는 점이 마음에 약간 걸리기는 했지만 그를 찾는 중은 맞는 듯했다.

너덜너덜해진 원신을 청랑에게 넘긴 유건은 주변을 경계하며 초령도 북쪽으로 이동했다.

초령도를 포함한 대륙해 전역에 팔화련과 귀음도의 수사들이 바글거리는 판국에 이곳에 계속 머물러 있을 수는 없었다.

그렇다면 그들이 쫓지 못하는 다른 지역으로 가야 한단 말이었는데 녹원대륙으로 돌아가는 것은 말도 안 되기 때문에 결국, 대륙해 북쪽에 있는 청림해(青林海)로 가는 수밖에 없었다.

청림해는 반인족이 장악한 해역으로 대륙해보다 더 넓었다.

그리고 훨씬 더 강한 세력이 웅크리고 있었다.

초령도 북쪽 해안으로 가는 몇 달 동안, 유건의 귀에 몇 가지 소문이 들려왔다.

그중 가장 중요한 소문은 4대 종문이 대놓고 초령도에 들어와 상대 세력과 전쟁 중이란 소문이었다.

유건은 실제로 북쪽 해안으로 가는 동안, 복심회, 창룡방, 곤라산 수사들이 팔화련, 귀음도 수사들의 지원을 받는 소슬령 수사들과 전투를 벌이는 광경을 심심치 않게 목격했다.

유건은 무광무영복과 건마종에 의지해 최대한 눈에 띄지 않으면서 북쪽 해안으로 꾸준히 나아갔다.

가끔 장선 수사들이 나타나 그가 있는 지역을 조사하고 돌아가는 일 외에는 별다른 문제가 없어 반년이 지나기 전에 해안에 도착했다.

사실, 유건이 있는 지역을 조사하던 장선 수사들은 팔화련 소속 장선으로 가짜 나녀혈침반이 가리키는 위치에 들러 수색 활동을 벌이는 중이었다.

초령도로 유건을 찾아가다가 창룡방과 시비가 붙어 패한 이곡도와 귀음도는 다른 방도가 없었기 때문에 결국, 팔화련 련주에게 사실대로 고했다.

팔화련 련주는 그 즉시, 무규신갑을 찾으면 팔화련이 공동으로 연구한단 계획을 발표하고 나서 대륙해로 팔화련 수사들을 대거 파견했다.

공동으로 어떻게 연구를 한다는 건지, 그리고 지금까지 누구도 풀지 못한 무규신갑의 비밀을 풀었을 때, 그 처리를 어떻게 한다는 건지에 대한 말은 없었다.

그러나 무규신갑의 비밀을 풀면 비선의 경지를 뚫을 수 있다는 소문이 빠르게 퍼지면서 팔화련 수사들이 경쟁하듯 앞다투어 나섰다.

이번 전쟁에서 다른 종파보다 활약이 떨어지면 무규신갑 연구에서 소외당할지 모른단 불안감 때문이었다.

그러나 팔화련 수사들은 여전히 진짜 나녀혈침반을 빼앗은 범인이 차군상을 죽일 정도의 강자일 거란 추측에 집착해 유건이 눈앞에 있음에도 불구하고 매번 무시하고 지나갔다.

물론, 이러한 속사정을 전혀 모르는 유건으로서는 그가 지금 얼마나 운이 좋은지 제대로 실감을 하지 못하는 중이었다.

한데 정작 유건은 지금 본인에게 운이 정말 따르지 않는다는 생각을 하는 중이었다.

무사히 북쪽 해안에 도착한 것까지는 좋았는데 청림해로 가는데 필요한 전송진을 곤라산 수사들이 전부 장악하고 있어 초령도를 떠날 방법이 없었다.

이곳 초령도 북쪽 해안에서 청림해 경계까지 가는 데는 몇 개월이 걸릴 뿐만 아니라, 곳곳에 흑선과 해양 악수가 득실대는 해역이 많아 전송진이 아니면 안전을 확보할 수 없었다.

무엇보다 청림해로 가는 유일한 통로를 곤라산 본문이 있는 곤라쌍도(崑羅雙島)가 막고 있다는 점이 가장 큰 문제였다.

곤라쌍도 우측에는 장선도 터트리는 강력한 뇌전이 사시사철 작렬하는 만뇌금해(萬雷禁海)가 있었다.

좌측에는 아주 잔인한 해양 악수 종족이 거대한 무리를 이루고 거주했다.

'장선도 터트리는 뇌전의 바다나, 잔인하기 짝이 없는 해양 악수 종족보다는 그래도 말이 통하는 곤라산 수사가 낫겠지.'

유건은 곤라산이 초령도 북쪽 해안에 세운 모집소를 찾았다.

전쟁이 갈수록 점점 격화되는 바람에 나가서 싸울 수사가 부족해진 4대 종문은 초령도를 포함한 대륙해 전역에 모집소를 열어놓고 낭선을 임시 문도로 받아들이는 중이었다.

별 어려움 없이 곤라산 임시 문도 자격을 얻은 유건은 그날 바로 가장 치열한 격전지로 꼽히는 북동 해역으로 출발했다.

◆ ◇ ◆

유건은 전송진을 세 번 갈아타고 선가도(仙歌島)란 섬에 도착했다.

선가도에서는 이미 천여 명이 넘는 3대 종문 연합 세력이 성벽과 망루를 건설해 놓고 전투를 치르는 중이었다.

그들의 상대는 선가도에서 북동쪽으로 300리 떨어진 곳에 있는 마혈군도(魔血群島)의 소슬령 연합 세력이었다.

마혈군도에선 소슬령, 팔화련, 귀음도 수사 800명이 방어진법을 방패 삼아 보름 넘게 상대와 물고 물리는 접전을 이어갔다.

선가도와 마혈군도는 양측 모두에게 중요한 요충지였다.

3대 종문 연합 세력이 마혈군도를 뚫으면 소슬령의 본문이 있는 해금도(海金島) 측면으로 가는 통로를 확보할 수 있었다.

반대로 소슬령 연합 세력이 선가도를 장악하면 곤라산과 초령도를 연결하는 가장 큰 통로 하나를 바로 차단할 수 있었다.

이렇듯 둘 다 중요한 요충지인 탓에 전투 역시 다른 지역보다 훨씬 치열해 벌써 수백 명이 넘는 수사가 목숨을 잃었다.

유건이 선가도에 도착했을 때는 막 커다란 전투가 끝난 직후였는지 3대 종문 연합 세력의 진법 수사 수십 명이 선가도를 보호하는 방어 진법을 수리하는 중이었다.

또, 일부 수사는 불길과 연기가 치솟는 성벽과 망루를 보수하고 있었다.

유건은 그를 안내하는 수사를 따라가며 선가도를 둘러보았다.

해일처럼 높이 솟은 푸른 성벽 상공에는 수백 명에 달하는 3대 종문 연합 세력 수사들이 번갈아 가며 주변을 순찰했다.

또, 선가도 중앙에 있는 거대한 광장에는 날개 달린 비행 영수 수백 마리가 열을 맞춰 늘어서 있었고 성문과 가까운 쪽에는 황금빛이 번쩍이는 거인 기선 2천 기가 모여 있었다.

칠교산맥 마두산 광산을 관리할 적에 전임 관리자인 옹노인에게 기선을 제작하는 기선술을 약간 배운 유건은 흥미로운 표정으로 황금빛 거인 기선이 모여 있는 쪽을 바라보았다.

그를 안내하던 공선 중기 수사가 자랑스러운 얼굴로 설명
했다.

"저 비행 영수들은 우리 곤라산 수사들이 훈련시킨 것입니
다. 5, 6품에 불과하긴 하지만 전투 중에 요긴하게 써먹을 수
있지요. 또, 거인 기선은 3대 종문 중 복심회 수사들의 작품
이고요. 복심회는 원래 천구족(千龜族)이 대룡해와 거령대
륙 사이의 해역을 틀어막기 전에 거령대륙 수사들과 교류가
있었습니다. 그래서 그들에게 배운 기선술로 대룡해나, 녹원
대륙에선 좀처럼 보기 힘든 기선을 제작해 왔지요."

유건도 녹원대륙에 있을 때부터 칠선해 서쪽에 있다는 천
구족의 명성을 귀가 따갑게 들었기 때문에 고개를 끄덕였다.

천구족은 칠선해 서쪽 바다 전역을 통치하는 초거대 종족
으로 그들 때문에 몇만 년 전 거령대륙과 칠선해의 교류가
완전히 끊겼다.

지금은 그 바람에 오히려 전에는 교류가 거의 없던 녹원대
륙 쪽에서만 칠선해 안으로 들어올 수 있었다.

다만, 천구족은 천(千)이란 종족 명칭에서 알 수 있듯 수천
개에 달하는 다양한 구족(龜族)으로 이루어져 있었다.

그 때문에 자기들끼리 전쟁하느라 바빠, 칠선해나, 그 반
대편에 있는 거령대륙 쪽으로 세력을 확대할 여유를 갖지 못
했다.

만약, 그렇지 않았다면 칠선해는 물론이거니와 녹원대륙

조차도 천구족의 침입에 몸살을 앓을 가능성이 아주 컸다.

유건이 거령대륙이 아니라, 청림해로 넘어가려는 이유 또한 천구족이 그사이에 껴있어 도무지 방법이 없기 때문이었다.

천구족이 지금처럼 번성하기 전까지 거령대륙과 교류를 활발히 이어가던 복심회는 그쪽 대륙 수사들에게 배운 기선술로 칠선해나, 녹원대륙에선 보기 힘든 기선을 제작해 왔다.

유건은 얼마 후, 초령도 낭선 출신으로 채워진 만충당(滿忠黨)이란 부대에 들어가 근처 섬에 있는 발령지로 향했다.

선가도에 딸린 작은 부속 섬인 그곳에서는 만충당 수사 200명이 지하에 있는 개인 석실에 들어가 수련하다가 임무가 떨어지면 출동했다.

곤라산은 유건과 같은 낭선 출신 문도들이 전투 중에 배신하는 일이 없도록 영단에 들어가는 재료 몇 가지와 3년 치 녹봉에 해당하는 오행석을 미리 주었다.

인심을 얻는 조치는 그뿐만이 아니었다.

만충당을 지휘하는 장선 초기 당주(黨主) 나흠(羅欽)은 이튿날, 만충당 수사 200명을 한자리에 모았다.

그러고 나서는 이번 전투에서 어떤 식으로든 공을 세운다면 수련 재료가 풍부한 곤라산 본문에서 수련할 기회를 준다고 발표했다.

만충당 수사들은 당연히 크게 환호했다.

곤라산 본문에서 수련하게 해 준다는 말은 핵심 문도 지위를 준단 말과 같았다.

즉, 위험한 싸움터를 전전하기보다는 안전한 본문에 머물며 곤라산의 미래를 위한 핵심 전력으로 키워짐을 뜻했다.

그때, 옆에 있던 얼굴 까만 청년이 코웃음을 쳤다.

"흥, 언제나 말은 그럴듯하지."

유건은 그를 힐끗 보고 나서 물었다.

"수사는 저 말을 믿지 않소?"

"반은 믿소."

"그럼 반은 믿지 않는 이유가 무엇이오?"

얼굴 까만 청년이 팔짱을 끼며 코웃음을 쳤다.

"낭선 출신 문도의 사기를 끌어 올리기 위해서라도 이번 전투에서 활약한 문도 몇 명에게는 본문에 들어가 수련할 기회가 주어질 거요. 이를테면 한번 뱉은 말은 반드시 지킨단 사실을 낭선 출신 문도에게 보여 주기 위한 요식행위인 셈이지. 하지만 그다음부턴 기회가 없을 거요. 아마 전쟁이 끝날 때까지 싸움터마다 불려 다니다가 결국 목숨을 잃겠지."

유건도 얼굴 까만 청년과 생각이 비슷했다.

그러나 곤라쌍도에 갈 수 있는 거의 유일한 기회를 놓칠 생각은 더더욱 없었다.

대륭해를 벗어나려면 반드시 곤라쌍도에 가야 했다.

숙소로 돌아가려는데 얼굴 까만 청년이 갑자기 물었다.

"난 구현동(九玄童)인데 그쪽은 이름이 뭐요?"

"난 경제경이오."

"어쨌든 한배를 탄 셈이니 잘 부탁하오."

"나야말로."

그로부터 며칠 후, 만충당은 독수리 모양의 비행 전함을 타고 선가도를 출발해 적이 교두보로 쓰는 무인도를 급습했다.

만충당이 무인도를 급습했을 때, 적이 동원한 진법 수사들은 무인도 지상에 전송진과 방어 진법을 한창 설치 중이었다.

당연히 소슬령 연합 세력도 진법 수사를 보호하기 위해 적지 않은 수사를 무인도에 파견한 상태였다.

곧 무인도 상공에서 만충당과 적 수사 200명 간의 치열한 전투가 벌어졌다.

유건은 구현동 등과 무인도 왼쪽을 맡았다.

유건과 같은 공선 중기 수사인 구현동은 부적술에 능한 듯 노란 부적 열 장을 허공에 뿌렸다.

그 즉시, 부적은 화염이 이글거리는 노란 장창 열 개로 변해 앞을 막아서는 적 수사를 찔러 갔다.

사방에서 쉴 새 없이 덮쳐 오는 화염 창에 당황한 적은 손발이 점점 어지러워지다가 결국, 창에 단전이 뚫려 떨어졌다.

한편, 유건은 초령도 독청봉을 빠져나갈 때 사용한 적 있는 은폭쌍검(銀瀑雙劍) 두 자루와 단성표(丹星鏢) 10여 개를 이용해 혼자 공선 중기 수사 두 명을 여유롭게 몰아붙였다.

유건이 양손에 쥔 은색 장검을 휘두를 때마다 거대한 은빛 파도가 폭포수처럼 쏟아져 내려 적에게 방어를 강요했다.

또, 뇌력으로 조종하는 단성표 10여 자루는 상대가 방어에 파탄을 드러낼 때마다 붉은 유성으로 변해 쏘아져 들어갔다.

은폭쌍검과 단성표 둘 다 은월자의 법보낭에 있던 법보로 공선 중기가 쓰기엔 과한 면이 있었다.

그러나 이합술 때문에 그동안 모은 법보를 거의 다 소모해 다른 방법이 없었다.

정신없이 몰리던 적들은 결국 단성표가 변한 붉은 유성에 단전을 찔려 차례로 즉사했다.

물론, 원신도 같이 즉사해 허공에 남아 있는 거라고는 혼백이 떠난 싸늘한 시신뿐이었다.

그들의 법보낭을 챙긴 유건은 다른 적을 상대 중인 구현동 쪽으로 날아가 동료를 도와주었다.

강한 상대에게 둘러싸인 적은 결국, 자폭 비술을 펼쳐 원신만 가까스로 도망쳤다.

유건이 전력을 다하면 원신을 잡는 게 그리 어려운 일은 아니었다.

그러나 지금은 실력을 숨기는 게 훨씬 더 중요했다.

유건의 활약을 옆에서 지켜본 구현동은 살짝 당황한 듯했다.

그러나 냉소적인 성격은 어디 가지 않아 약간 비꼬듯이 말했다.

"이럴 줄 알았으면 경 수사 꽁무니나 졸졸 따라다닐 걸 그랬소."

"그만하고 동료들이나 도웁시다. 어쨌든 여기서 살아남아야 그동안의 고행이 물거품으로 돌아가는 참사를 막지 않겠소?"

"그건 맞는 말이오."

고개를 끄덕인 구현동은 부적 100여 장을 꺼내 허공에 뿌렸다.

그 순간, 작은 불새 100여 마리가 부적을 찢고 튀어나와 동료를 공격하는 적 수사들을 덮쳐 갔다.

유건도 은폭쌍검과 단성표로 적을 공격해 무인도 왼쪽에 통로를 뚫었다.

잠시 후, 유건과 구현동 주위에 50명이 넘는 만충당 수사들이 집결했다.

대부분 공선 중기, 초기였으나 그들보다 숫자가 많은 적을 분쇄했기 때문인지 사기는 아주 높은 편이었다.

"갑시다!"

유건은 왼쪽에 뚫어 둔 구멍으로 날아갔다.

다들 말은 안 해도 속으론 유건의 실력을 인정했기 때문에 그의 지휘를 순순히 따랐다.

자존심 강한 구현동도 말없이 유건의 뒤를 쫓았다.

그때, 지상을 방어하던 오선 초기 수사가 그들에게 날아왔다.

유건은 여기서 오선 초기 수사에게 발목이 잡히면 전황이 어렵게 돌아간단 사실을 알았기 때문에 법력을 더 끌어 올렸다.

곧 양손에 쥔 은폭쌍검이 10장 크기의 은빛 폭포로 변해 오선 초기 수사에게 쏟아졌다.

유건을 얕보던 오선 초기 수사는 은빛 폭포가 해일처럼 쏟아지는 모습을 보고 급히 방어막을 여러 겹 두른 후에 검은색 낫을 꺼내 크게 휘둘렀다.

곧 검은색 낫이 변한 초승달 형태의 빛무리가 은빛 폭포 중간을 단숨에 잘라 냈다.

그때, 유건이 던진 단성표가 유성처럼 꼬리를 늘어트리며 날아가 오선 초기 수사의 방어막을 공격했다. 물결치듯 흔들리던 방어막은 결국 찢겨 나갔다.

유건이 거의 혼자서 오선 초기 수사를 상대하는 동안, 구현동 등 그를 따라온 수사들이 사방으로 흩어져 협공을 가했다.

맹공을 견디다 못한 오선 초기 수사는 결국 중상을 당한 상태에서 급히 비행 법보를 불러 타고 도망쳤다.

유건은 그 틈에 무인도 지상으로 내려가 소슬령 연합 세력이 만들어 둔 전송진과 방어 진법을 파괴했다.

소슬령 연합 세력이 파견한 진법 수사들은 전투 시작 전에 죄다 도망쳐 보이지 않았다.

"적 본대의 뒤를 칩시다!"

다시 소리친 유건은 하늘로 올라가 만충당 주력을 상대하던 소슬령 연합 세력을 기습했다.

결국, 유건과 그의 동료들의 활약 덕분에 소슬령 세력 수사들은 거의 150구가 넘는 시신을 무인도 남겨 두고 서둘러 마혈군도로 도망쳐야 했다.

만충당 당주 나흠은 곧장 부하들에게 적이 무인도를 다시 사용하지 못하도록 섬을 철저히 파괴해 두란 명령을 내렸다.

잠시 후, 허공에서 날아든 다양한 색의 빛기둥 수백 개가 무인도에 작렬해 그리 크지 않은 섬을 지상에서 지워 버렸다.

전투가 끝나고 얼마 지나지 않아 유건은 나흠에게 불려 갔다.

나흠은 적의 수장으로 보이는 장선 초기 수사에게 전투 내내 붙들려 있었다.

그러나 그 와중에도 전선을 파악할 여유는 있었는지 유건의 활약에 꽤 깊은 인상을 받은 모습이었다.

"실력이 아주 출중하더구나. 이름이 무엇이냐?"

"경제경이라 합니다."

"이대로 계속 활약하면 곤라쌍도에서 수련할 수 있게 해 주겠다."

"말씀만으로도 감사할 따름입니다. 당주님의 기대에 어긋나지 않도록 앞으로도 곤라산을 위해 목숨 바쳐 싸우겠습니다."

만충당 수사들은 곤라산 본문 장로에게 직접 칭찬받은 유건에게 부러움이 담긴 눈빛을 보냈다.

그러나 질시하는 눈빛은 그렇게 많지 않았다.

유건의 활약이 없었다면 오늘 전투가 쉽지 않았을 거라는 사실을 그들도 잘 알기 때문이었다.

유건은 그 후로도 만충당 임무에서 활약을 계속 이어 나가 나흠의 눈도장을 확실히 받았다.

그는 장로 눈에 들어 곤라쌍도로 갈 기회를 엿본단 계획이 성공한 듯해 기분이 좋았다.

그러나 좋았던 기분은 얼마 못 가 바닥까지 가라앉았다.

선가도의 3대 종문 연합 세력이 마혈군도에 있는 소슬령 연합 세력을 몰아내고 섬을 차지한 지 얼마 지나지 않았을 때였다.

소슬령 연합 세력은 이 해역 사수에 이번 전쟁의 사활이 걸려 있는 것처럼 엄청난 수의 수사를 새로 파견했다.

심지어 장선 후기 수사 여럿을 파견한단 소문까지 들려올 정도였다.

적은 마혈군도에서 북동쪽으로 500리 떨어진 장판도(長

196

版島)에 강력한 진법을 펼쳐 두고 그들을 맞을 준비를 하고 있었다.

그렇게 보름이 더 흘렀을 무렵엔 소슬령 수사 7만에 팔화련과 귀음도 수사 5만이 추가로 합류해 12만 명을 상회했다.

장판도에 소슬령 연합 세력의 대군이 속속 합류한단 소식을 접한 3대 종문 연합 세력도 서둘러 마혈군도로 집결했다.

곧 3대 종문 연합 세력 수사 15만 명이 마혈군도를 뒤덮었다.

전투의 규모가 커질수록 살아날 확률도 줄어들기 때문에 유건은 점점 늘어나는 적의 숫자를 보며 마음이 무거워졌다.

이는 만충당 소속 다른 수사들도 마찬가지였다.

적의 엄청난 규모를 보고 놀란 수사들은 긴장한 표정을 숨기지 못했다.

비록 동원한 수사의 숫자는 아군이 더 많지만, 그들에게는 3대 종문의 승리보다 전투에서 살아남는 일이 더 중요했다.

유건이 만충당이 사용하는 전각 대청에 앉아 깊은 생각에 잠겨 있을 때, 구현동이 그 앞에 있는 빈 의자에 허락도 없이 앉았다.

그의 손에는 독한 선주가 담긴 술병이 들려 있었다.

"쳇, 경 형도 전투가 두려운 거요?"

유건과 구현동은 몇 차례 전투를 치르는 동안, 사이가 꽤 가까워져 지금은 거의 친구처럼 지내는 중이었다.

구현동은 성격이 냉소적이어서 가끔 거슬리는 소릴 한단
단점만 제외하면 부적술이 뛰어나고 머리도 잘 돌아가 마음
에 들었다.

유건은 팔짱을 끼며 담담하게 물었다.

"구 형은 두렵지 않소?"

"난 어차피 곤라산 모집소의 문을 두드릴 때부터 이런 날
이 올 줄 알았기 때문에 두렵지 않소. 다만, 4대 종문이 대륙
해를 차지하려는 이 거지 발싸개 같은 싸움에 우리 같은 낭
선이 소모품처럼 쓰이는 지금 상황에 넌더리가 날 뿐이지."

구현동은 독한 선주를 병째 마시며 4대 종문을 계속 비난
했다.

그러나 구현동의 푸념은 오래가지 못했다.

만충당에 출동 명령이 떨어졌기 때문이었다.

3대 종문 연합 세력은 적이 녹원대륙에서 더 많은 수사를
불러오기 전에 승부를 보려는지 약간 서두르는 면이 있었다.

그날 저녁, 만충당 당주 나흠은 그사이 200명에서 3000명
으로 급격히 불어난 만충당 수사들을 이끌고 마혈군도를 떠
났다.

이번 작전에는 만충당만 참여하는 건 아닌지, 마혈군도 곳
곳에서 수사들이 날아올라 거의 3만에 달하는 대규모 부대
를 형성했다.

심지어 그중에는 장선 후기 수사가 셋이나 있었다.

유건은 늘어나는 수사들을 보며 미간을 찌푸렸다.

결전을 앞둔 상황에서 3만 명이 넘는 수사가 마혈군도를 떠난다는 말은 그들의 임무가 몹시 위험할 소지가 많다는 뜻이었다.

그들은 독수리 형태의 비행 전함과 날개 달린 대형 비행 영수를 타고 남동쪽으로 날아가다가 북쪽으로 크게 선회했다.

그때, 장판도 남쪽을 순찰하던 소슬령 연합 세력 수사들이 그들을 발견하고 뿔피리를 불었다.

곧 2만 5천 명이 넘는 수사들이 장판도 곳곳에서 벌떼처럼 튀어나와 앞을 막아섰다.

그다음은 지독한 혼전으로 이어졌다.

3대 종문 연합 세력 비행 전함 수십 대가 즉시 굵은 광선을 발사했고 날개 달린 대형 비행 영수들은 물기둥을 뿜어냈다.

그러나 적도 이미 준비를 마친 상태였다.

적은 선박 형태의 비행 전함 수십 척으로 닻 형태의 광선을 쏘며 반격해 왔다.

콰콰콰콰쾅!

유건은 양측이 동원한 비행 전함과 영수들이 적을 향해 쉴 새 없이 광선과 물기둥을 뿜어대는 장관을 지켜보며 감탄했다.

오색찬란한 빛기둥 수천 개가 서로 교차하며 지나갈 때마다 마치 파도치는 바다 위에 오색 불탑을 쌓아 올리는 듯했다.

쿠우웅!

그때, 나무 속성 기운이 짙게 느껴지는 갈색 광선이 유건이 탄 독수리 모양의 비행 전함 머리를 강타했다.

그러나 비행 전함에는 방어 진법이 펼쳐져 있었다.

녹색 광채가 번득이는 순간, 찌그러진 전함 머리가 곧 원래 상태로 돌아왔다.

그러나 두 번째 광선과 세 번째 광선이 동시에 날아드는 순간, 비행 전함 머리가 폭발하며 불길과 연기가 치솟았다.

비행 전함 함교를 지키던 나흠은 침착한 목소리로 명령했다.

"만충당 수사들은 모두 퇴함하여 적을 공격하라!"

만충당 수사들은 벌들이 벌집에서 빠져나오는 것처럼 수많은 빗줄기에 휩싸여 침몰하는 비행 전함 밖으로 몸을 날렸다.

그러나 만충당 수사 중 일부는 운이 좋지 못했다.

그들은 나오자마자 적 비행 전함이 쏜 광선에 맞아 먼지로 흩어졌다.

침몰한 비행 전함은 수백 장 밑에 있는 파도에 부딪히고 나서 수천 조각으로 흩어져 가라앉았다.

전광석화를 펼쳐 노란 빛기둥을 피한 유건은 밑에 있는 바다를 내려다보았다.

침몰한 비행 전함 잔해가 파도가 넘실댈 때마다 솟구쳤다가 무게를 이기지 못하고 검은 바닷속으로 서서히 가라앉았다.

그때였다.

콰르릉!

하늘에서 뇌전을 동반한 폭우가 쏟아졌다.

범인 간의 전쟁이라면 당장 후퇴해야 할 정도로 긴급한 상황이지만 수사 간의 전쟁에서는 그리 큰 장애물이 아니었다.

시야를 가릴 정도로 쏟아지는 폭우조차 비행 전함이 발사하는 광선에 닿으면 어느새 하얀 수증기로 변해 사라졌다.

폭우와 뇌전이 쉴 새 없이 몰아치는 가운데 집채만 한 비행 전함과 날개 달린 어류 영수가 굉음을 내며 속속 추락했다.

잠시 여유가 생긴 유건은 주위를 둘러보았다.

3만 명이 훌쩍 넘는 3대 종문 연합 세력 수사들은 적 비행 전함이 퍼붓는 거센 공격을 뚫고 적진을 향해 돌격 중이었다.

먹구름이 잔뜩 낀 하늘은 칠흑처럼 어두웠다.

그런 곳에서 비행 법보와 비행술이 발하는 각양각색의 불빛을 보노라면 밤하늘의 별이 바다 쪽으로 쏟아지는 듯한 느낌을 받았다.

그때, 나흠이 큰소리로 외치며 용기 있게 앞장섰다.

"만충당은 나를 따르라!"

나흠은 초대형 방패를 앞에 세우고 그대로 돌진했다.

그때, 비행 전함이 발사한 광선이 방패를 때렸다.

그러나 방패는 마치 빛을 반사하는 유리처럼 광선을 양옆으로 튕겨 냈다.

환호성을 지른 만충당 수사들은 나흠 뒤에 숨어 적 비행 전함의 광선을 피했다.

수사에게 100리 거리는 그야말로 눈 깜짝할 사이에 도달할 수 있는 거리였다.

유건이 숨을 한 번 크게 들이마셨을 땐 이미 적 비행 전함이 코앞에 있었다.

만충당 수사들은 각자 자신 있는 수법으로 공격을 퍼부어 적 비행 전함을 파괴했다.

곧 추락하는 적 비행 전함에서 소슬령 연합 세력 수사들이 수백씩 튀어나와 그들을 공격했다.

이런 일이 전투가 벌어지는 해역 전역에서 일어났다.

곧 양측 수사들은 자신에 맞는 상대를 골라 전투를 벌였다.

장선은 장선끼리, 오선은 오선끼리, 공선은 공선끼리 맞붙었다.

먼저 양측 수뇌부에 해당하는 장선 후기 수사들이 까마득한 점으로 보일 때까지 상승하고 나서 대결에 들어갔다.

수사 간의 전투는 어느 종파가 장선을 더 많이 동원했는가에 갈리는 게 보통이었다.

한데 이번에는 소슬령 연합 세력의 장선 후기가 한 명 더 많았다.

그 한 명은 곧 동료를 도와 3대 종문 연합 세력 장선 후기 수사 한 명을 협공했다.

다행히 장선 중기, 초기 수사는 3대 종문 연합 세력 쪽이 더 많았다.

장선 중기 최고봉 수사 세 명이 협공당하는 아군의 장선 후기 수사를 급히 지원해 가까스로 균형을 맞추었다.

그러나 장선 중기와 후기는 수준 차이가 심했다.

아무리 장선 중기가 여럿 지원한다고 해도 적의 장선 후기 둘을 오래 상대하긴 힘들어 반드시 다른 돌파구가 필요했다.

장선 간의 대결은 확실히 3대 종문 연합 세력이 훨씬 불리했다.

그러나 오선, 공선 간의 전투는 숫자가 많은 3대 종문 연합 세력이 우세했다.

특히, 공선 간의 전투는 차이가 현격했다.

물론, 그 주역은 유건이 이끄는 만충당의 공선 수사들이었다.

유건은 개죽음당하지 않기 위해 실력을 좀 더 드러낼 수밖에 없었다.

그는 은폭쌍검, 단성표 외에도 봉미쌍마륜(鳳尾雙魔輪), 사일낙월궁(射日落月弓)을 추가로 꺼내 공격했다.

천조역정망을 통과한 뇌령은수를 잔뜩 흡수한 후로 뇌력

이 몰라보게 늘어난 유건은 각기 다른 법보 네 가지를 수족처럼 운용해 적이 동원한 공선 수사를 볏짚처럼 베어 갔다.

유건이 전장에 피어난 화려한 꽃처럼 적의 시선을 잔뜩 끌어 주는 동안, 구현동을 포함한 만충당의 공선 수사들은 서너 명씩 조를 이루어 꽃이 끌어들인 적들을 차근차근 제거했다.

전체 전황에서 보자면 유건과 만충당 공선 수사들의 활약이 엄청나다고 말할 수는 없었다.

그러나 시간이 지날수록 그 여파는 점점 커져 양측 오선의 싸움에까지 영향을 미쳤다.

여유가 생긴 만충당 공선 수사들이 아군 오선을 측면에서 지원해 주는 순간, 오선 간의 대결에서까지 3대 종문 연합 세력이 확실한 우위를 점했다.

그리고 그렇게 차지한 우위는 장선 간의 대결에 서서히 영향을 미쳐 반나절이 지났을 땐 그 여파가 무려 장선 후기 최강자 간의 대결에까지 미쳤다.

승부의 추가 3대 종문 연합 세력으로 완전히 기운 셈이었다.

패배를 직감한 적은 천천히 물러서다가 갑자기 흩어져 달아났다.

신이 난 3대 종문 연합 세력은 그들을 쫓아 장판도까지 일제히 진격했다.

장판도에 도착한 유건은 깜짝 놀랐다.

장판도의 상황은 지옥을 방불케 할 정도로 처참하기 짝이 없었다.

지상과 공중을 가리지 않고 수만 명에 달하는 수사들이 엉겨 붙어 혈전을 거듭하고 있었는데 그들이 도착하는 순간에도 양측에서 수백 명이 비명을 지르며 추락했다.

유건은 고개를 내려 장판도 지상을 확인했다.

복심회가 투입한 수천 구의 거인 기선이 장판도를 보호하는 진법과 금제를 돌파해 가며 거의 중심부까지 진입해 있었다.

황금빛 거인 기선이 병사들처럼 줄을 맞춰 행진할 때마다 황금빛 섬광이 피어오르며 장판도에 남은 마지막 방어 진법이 흔들렸다.

또, 바로 그 위에선 곤라산이 투입한 각종 대형 영수들이 기선을 도와 마지막 방어 진법을 마구 공격했다.

그러나 소슬령 연합 세력의 마지막 방어 진법도 만만치 않았다.

방어 진법 안에서 초승달 형태의 검은 화살이 날아오를 때마다 거인 기선과 대형 영수들이 두부처럼 잘려 나갔다.

그중 일부는 기선과 영수 사이를 통과해 공중에서 교전을 펼치는 3대 종문 연합 세력의 수사들을 가루로 만들어 버렸다.

그러나 수사들의 전투는 확실히 3대 종문 연합 세력이 소슬령 연합 세력을 압도하고 있었다.

전투에 합류한 유건은 귀음도 수사만 집중적으로 공격해 영주를 몇 개 더 얻었다.

독고일괴가 준 것처럼 장선 영주는 아니지만 공선 중기나, 초기 영주일지라도 일단 최대한 많이 모아 놓을 생각이었다.

근처에 귀선이 없는 모습을 확인한 유건은 하늘을 올려다보았다.

까마득히 높은 고공에서는 양 세력 최강자들이 대결을 벌이는 듯 벼락이 치고 균열이 생기고 섬광이 구름처럼 피어올랐다.

마치 하늘이 무너져 땅으로 쏟아지는 듯했다.

그때, 멀리 떨어진 곳에서도 느낄 수 있는 강한 열기가 하늘을 뒤덮었다.

깜짝 놀란 유건은 급히 안력을 더 높였다.

곧 주홍색 용암이 파도처럼 천천히 퍼져 가는 모습이 보였다.

유건이 느낀 강한 열기의 정체는 바로 이곡도 부도주 광세록이 펼친 그의 독문 공법 용해극양강인(鎔海克陽綱印)이 만들어 낸 결과였다.

불 속성 공법에서는 서남에서 그를 따를 자가 없을 거란 독고일괴의 말처럼 그가 용해극양강인을 펼치는 순간, 주변

10리 전체가 용암의 바다로 변했다.

구릿빛 근육을 쇳틀에 부어 만든 것 같은 인상의 광세록은 약간 창백해진 얼굴로 용해극양강인이 만든 용암의 바다를 쓱 둘러보았다.

이런 열기 속에서 살아남을 수 있는 생명체는 존재하지 않을 듯했다.

광세록도 오랜만에 전력을 다해 펼친 본인의 작품을 보며 만족스러운 표정을 지었다.

그러나 어디든 예외가 존재하기 마련이었다.

하늘조차 녹여 버릴 것 같은 용암의 바다도 녹이지 못하는 것이 하나 있었다.

그건 바로 하얀 광채에 휩싸여 저항하는 중년 수사였다.

창백한 얼굴의 중년 수사는 연신 수결을 맺은 손으로 법결을 날려 하얀 광채에 법력을 불어넣었다.

중년 수사는 외모가 특이했다.

피부색은 짙은 잿빛을 띠었고 귀가 있어야 할 자리에는 물고기의 아가미가 달려 있었다.

중년 수사는 바로 곤라산 산주(山主)인 공수전(孔修典)이었다.

공수전은 원래 곤라산붕(崑羅山鵬)이라는 영수를 잘 부렸는데 광세록이 자랑하는 법보인 열황창(熱凰槍)에 양쪽 날개가 모두 찢겨 영수낭에서 급히 상처를 치료 중이었다.

열황창도 곤라산붕의 발톱에 세 동강으로 부러지긴 했지만 광세록에게는 용해극양강인이라는 절세의 공법이 있었다.

"흥."

콧방귀를 뀐 광세록은 수결을 맺은 손으로 용암을 가리켰다.

그 순간, 바닷속의 용암이 용과 봉황의 형태를 이루며 솟아올라 공수전이 만든 하얀 방어막을 통째로 태우려 들었다.

공수전은 얼마 남지 않은 법력으로 방어막을 강화했다.

그는 광세록이 불 속성 공법을 이 정도 경지까지 연성했으리라고는 생각지 못했기 때문에 얼굴에 당황한 기색이 역력했다.

광세록은 용암으로 만든 용과 봉황을 조종해 공수전의 방어막에 생채기를 깊게 남기며 특유의 거친 말투로 협박했다.

"공수전, 훔쳐 간 나녀혈침반을 빨리 내놓아라!"

공수전은 광세록을 쏘아보며 소리쳤다.

"좀 전에도 말했지만, 우리에겐 나녀혈침반이 없소!"

광세록은 더 성을 내며 소리쳤다.

"우리는 나녀혈침반이 네놈의 손에 있다는 확실한 증거를 가지고 있다! 거짓말을 할수록 네놈만 더 고달파질 뿐이다!"

광세록이 자신의 말을 믿지 않는단 사실을 깨달은 공수전은 속으로 한숨을 내쉬며 주변을 재빨리 둘러보았다.

오른쪽으로 수백 리 떨어진 곳에서 창룡방 방주 임천패

(任天敗)가 팔화련 일심관 관주 용풍에게 시종일관 밀리는 중이었다.

또, 왼쪽에선 복심회 회주 포공진(抛空進)이 삼녀궁 부궁주 경요와 일진일퇴의 공방을 주고받고 있었다.

그들 외에도 10여 명의 3대 종문 연합 세력 장선 후기 강자들이 소슬령 령주 차냉심(次冷心)을 비롯한 상대방의 장선 후기 강자들과 붙고 있었다.

그러나 다들 힘에 겨워하는 모습이었다.

공수전은 자신이 어떻게든 하지 않으면 대륭해가 녹원대륙 수사들의 손에 넘어갈 거란 예감이 들었다.

그는 결국, 상어 머리 손잡이가 달린 회색 단도 아홉 자루를 불러냈다.

회색 단도 아홉 자루에 달린 상어 머리는 마치 피를 갈구하는 악수처럼 날카로운 이빨이 달린 턱을 계속 딱딱 부딪쳤다.

공수전이 알아들을 수 없는 말로 뭐라 소리치는 순간, 회색 단도 아홉 자루에 달린 상어 머리가 공수전의 몸을 날카로운 이빨로 깨물었다.

그러나 공수전은 태연한 표정으로 수결을 맺은 양손을 가슴 앞으로 끌어당기며 진언을 외웠다.

그 즉시, 공수전의 얼굴이 일그러지다가 상어와 비슷한 형태로 변했다.

또, 등과 옆구리에는 회색 지느러미가 자라났다.

마지막으로 양손을 펼치는 순간, 오른손엔 상어 머리가 달린 장창이, 왼손엔 돌고래를 양각한 고대 철 방패가 나타났다.

괴이한 반인족의 모습으로 변신한 공수전은 스스로 하얀 보호막을 갈라 버리고 나서 회색 빛줄기로 변해 광세록 쪽으로 짓쳐 갔다.

상대의 공법이 심상치 않다고 판단한 광세록은 급히 용암의 바다를 움직여 공수전의 접근을 차단했다.

곧 솟구친 용암이 철벽을 만들어 공수전을 저지했다.

그러나 공수전이 철 방패를 휘두를 때마다, 물 속성 기운을 짙게 풍기는 회색 돌고래 수십 마리가 수면을 스치듯이 공중을 가르며 나타나 용암으로 만들어진 철벽의 온도를 떨어뜨렸다.

용암은 곧 현무암처럼 구멍이 숭숭 뚫린 돌로 변했다.

깜짝 놀란 광세록은 다급히 법보 수십 개를 꺼내 공수전의 진격을 저지했다.

그리고 그 틈에 용암을 머리가 아홉 개 달린 거대한 극락조(極樂鳥)로 만들어 공수전을 덮쳐 갔다.

소용돌이처럼 회전하며 솟구친 공수전은 방패 법보로 만든 회색 돌고래 수백 마리로 광세록이 꺼낸 법보를 요격했다.

돌고래와 광세록의 법보가 서로 충돌하며 회색과 붉은 섬

광 수십 개가 연달아 피어올라 주변을 죽음의 지대로 만들었다.

그때, 죽음의 지대를 과감히 가로지른 공수전이 오른손의 상어 머리 장창으로 광세록이 용암으로 만든 극락조를 찔렀다.

광세록도 지지 않고 바다를 이루던 용암 전부를 머리 아홉 개 달린 극락조 몸에 흡수시켜 그 크기를 몇 배 더 키웠다.

쿠아아아앙!

세상이 멸망하는 것 같은 굉음이 울려 퍼지는 가운데 장창이 만들어 낸 허상 수만 개가 용암으로 이루어진 극락조 머리 다섯 개를 관통하더니 그대로 광세록에게 날아들었다.

6장. 번져 가는 불길

"이런 염병할!"

욕설을 내뱉은 광세록은 화염이 이글거리는 두꺼운 보호막으로 몸을 급히 보호했다.

한데 그때, 갑자기 팔이 여섯 개 달린 영귀가 반대편에서 튀어나와 공수전의 등을 기습했다.

"교활한 놈 같으니라고!"

공수전은 급히 돌아서서 철 방패로 영귀를 후려갈겼다.

영귀는 철 방패가 쏟아 낸 돌고래들을 피해 멀찍이 달아났다.

그러나 그 바람에 공수전도 상어 머리 장창에 전력을 쏟지 못했다.

곧 장창 허상 수천 개가 광세록을 두른 화염 보호막을 강
타했다.

그러나 광세록은 가슴과 팔에만 상처를 입었을 뿐, 다른
곳은 멀쩡했다.

그는 영귀가 제때 기습해 준 덕에 목이 달아날 뻔한 위기
상황에서 간신히 목숨을 건졌다.

물론, 영귀로 공수전을 기습해 광세록의 목숨을 구한 수사
는 교활하기로 유명한 귀음도의 도주 안교진인이었다.

그때부터 광세록, 안교진인 두 형제는 공수전을 에워싼 상
태에서 맹공을 퍼부어 상대가 먼저 지쳐 나가떨어지게 유도
했다.

이전 대결에서 법력을 거의 다 소진한 공수전은 급기야 금
지된 비술까지 펼치는 바람에 원기마저 크게 상했다.

결국, 그는 두 형제의 공격에 맥을 추지 못하다가 중상을
입었다.

그때, 순간 이동하듯 접근한 안교진인의 영귀가 팔 여섯
개를 집게처럼 변형시켜 공수전의 머리와 팔, 다리 네 개를
단단히 틀어쥐었다.

소스라치게 놀란 공수전은 급히 법력을 끌어올려 도망치
려 했으나 영귀의 팔은 꿈쩍하지 않았다.

기습에 성공한 안교진인은 득의양양한 표정으로 말했다.

"공 산주(孔山主), 900년의 고행을 물거품으로 만들 생각이 아니라면 지금 당장 본도의 보물인 나녀혈침반을 돌려주시오."

내상을 크게 입은 공수전은 피를 흘리며 소리쳤다.

"네놈들은 우리에게 나녀혈침반이 없다는 말을 왜 믿지 않는 것이냐? 너희에겐 대단한 보물일지 몰라도 우리에겐 길가에 굴러다니는 쓸모없는 쓰레기나 매한가지일 뿐이란 말이다!"

안교진인의 음침한 얼굴에 잔인한 미소가 떠올랐다.

"흐흐, 내 영귀는 장선 수사가 배양한 혼백을 아주 좋아하지. 물론, 공 산주도 영귀에게 혼백이 먹히면 영원히 윤회하지 못하고 영귀의 일부분으로 살아야 한단 사실을 잘 알 거요."

안교진인의 눈짓을 받은 영귀가 구더기가 기어 다니는 입을 쩍 벌려 공수전을 통째로 잡아먹으려는 듯한 자세를 취했다.

물론, 나녀혈침반의 소재를 알아내기 전에는 공수전을 어떻게 할 마음이 없었으므로 혼백을 진짜로 잡아먹진 않았다.

그러나 공수전은 끝까지 나녀혈침반을 모른다고 잡아뗐다.

화가 잔뜩 난 안교진인은 영귀에게 공수전의 사지를 몸통에서 천천히 뽑아내란 명령을 내렸다.

공수전은 일문의 종사답게 지독한 고통을 받으면서도 신음 한 번 지르지 않았다.

광세록은 재밌다는 듯 팔짱을 낀 자세로 그 광경을 구경했다.

한데 그때, 소슬령 령주 차냉심의 다급한 뇌음이 들렸다.

"광 부도주, 공 산주를 절대 해쳐선 안 됩니다!"

그러나 광세록은 차냉심의 뇌음을 의도적으로 무시했다.

아니, 무시하는 수준을 넘어 안교진인의 행동을 계속 부추겼다.

"동생아, 그렇게 해서 천한 공가 놈이 우리 형제의 말을 제대로 알아듣겠느냐? 차라리 원신만 뽑아내거라. 그럼 내가 통혼침(通魂針)으로 고문해 나녀혈침반의 소재를 알아내마."

"아주 훌륭한 생각이십니다, 형님."

대답한 안교진인은 영귀에게 공수전의 원신을 뽑아내게 하였다.

그때, 공수전이 원독에 찬 눈빛으로 광세록형제를 쏘아보았다.

"광세록, 안교진인! 네놈들은 결코 편하게 죽지 못할 것이다!"

흠칫한 광세록이 서둘러 공수전을 제압하려는 순간, 공수전의 본신이 공처럼 둥글게 부풀어 오르다가 펑 하고 터졌

218

다.

광세록은 원래 나녀혈침반의 행방을 알아내기 위해 위협만 할 생각이었다.

한데 자존심 강한 공수전이 형제의 조롱을 견디다 못해 자폭을 선택하리라고는 전혀 예상치 못했다.

고명한 자폭 비술을 펼쳐 원신을 100리 밖으로 이동시킨 공수전은 광세록형제를 죽일 듯이 노려보다가 비술을 펼쳐 달아났다.

광세록형제가 뒤늦게 쫓아갔을 때는 이미 공수전의 원신이 하늘 끝에서 회색 점으로 변해 사라진 후였다.

3대 종문 연합 세력의 수장 중 하나인 공수전이 본신을 잃고 원신으로 도망치는 순간, 전투는 사실상 끝난 거와 같았다.

유건은 후퇴하란 상부의 명령을 듣고 만충당 수사들과 합류해 마혈군도로 달아났다.

그러나 적은 그냥 보내줄 마음이 없다는 듯 그들을 집요하게 추격해와 만충당도 상당한 손해를 입었다.

아마 3대 종문 연합 세력 전체로 따지면 이번 추격전에서만 적어도 1만 명 이상의 수사가 죽었을 듯했다.

마혈군도의 분위기는 초상집과 다름없었다.

특히, 산주가 적에게 패해 본신을 잃은 곤라산 수사들은 사기가 바닥까지 가라앉아 전쟁을 지속하는 일이 불가능해 보일 지경이었다.

그래도 나흠은 약속을 지켰다.

이번 전투에서도 큰 공을 세운 유건은 나흠의 추천을 받아 곤라쌍도에 가서 수련할 자격을 얻었다.

며칠 후, 구현동처럼 정이 든 만충당 수사들과 작별한 유건은 전송진을 두 번 갈아타고 곤라산의 본문이 있는 곤라쌍도에 도착했다.

한데 이번 전투를 대승으로 이끈 소슬령 연합 세력 또한 분위기가 좋지 않긴 마찬가지였다.

전투가 끝나기 무섭게 광세록형제를 찾아온 소슬령 령주 차냉심은 불같이 화를 냈다.

"본녀가 공 산주를 해치지 말라고 한 말을 듣지 못한 건가요?"

광세록은 차냉심이 불같이 화를 내는 이유는 몰랐다.

그러나 차냉심이 그를 무시한단 느낌이 들어 같이 화를 냈다.

"그 일은 어쩔 수 없는 일이었소! 공가 놈이 끝까지 입을 열지 않으려 해서 약간 겁을 주었을 뿐인데 멍청한 놈이 자폭 비술까지 펼쳐 자기 고행을 까먹을 줄 누가 알았겠소?"

차냉심은 화가 가시지 않는다는 듯 계속 씩씩거렸다.

"지금까지 팔화련과 귀음도가 해 오는 온갖 억지 요구들을 들어주면서까지 연합을 유지했던 이유는 이번 전쟁의 지휘를 본녀에게 맡기겠다는 당신들의 약속을 믿었기 때문이에요. 한데 가장 중요한 시기에 일부 수사들이 본녀의 지시를 따르지 않고 제멋대로 행동해 지금까지의 성과를 모두 망쳤을 뿐만 아니라, 우리 소슬령을 위험에 처하게 했어요. 이제 그 나녀혈침반인지 뭔지 하는 법보는 당신들이 알아서 회수하세요. 우리 소슬령은 이곳에서 손을 떼겠어요."

안교진인은 그 새를 못 참고 또 빈정거렸다.

"차 령주(次鈴主)는 그 공수전이란 놈을 왜 그렇게 싸고도는 겁니까? 혹시 공수전이란 놈에게 연정이라도 품은 겁니까?"

차냉심의 눈썹이 찢어질 것처럼 치켜 올라갔다.

"어쭙잖은 실력을 믿고 감히 본녀의 명예를 모욕하는 것이냐?"

안교진인의 예의 없는 말에 소슬령의 다른 장로들도 분개했다.

그중 몇 명은 당장이라도 손을 쓸 것처럼 살기를 발했다.

이에 질세라 팔화련과 귀음도에서 나온 장로 수십 명도 즉시 손을 쓸 준비에 들어갔다.

그 바람에 너른 대청 안에는 살짝만 건드려도 폭발할 것 같은 팽팽한 긴장감이 감돌았다.

그때, 청수한 인상의 중년 수사가 손에 쥔 섭선을 탁 소리나게 접었다.

한데 마치 그 소리에 항거할 수 없는 기운이 담겨 있는 것처럼 양측이 내뿜는 살기가 눈 녹듯이 사라졌다.

광세록 형제와 차냉심은 중년 수사의 고명한 한 수에 놀란 듯 신음을 내뱉으며 잔뜩 끌어올린 법력을 천천히 흩어 버렸다.

만약, 그렇게 하지 않고 그 소리에 저항했다면 내상을 입어 다른 수사들이 보는 앞에서 체면을 구겼을 수 있었다.

그중 광세록은 특히 더 놀랐다.

그의 주홍색 눈동자에 분노와 질투가 섞인 복잡한 감정이 잠시 떠올랐다가 곧 사라졌다.

중년 수사는 바로 일심관의 당대 관주 융풍이었다.

융풍은 부드러운 목소리로 차냉심에게 먼저 사과했다.

"차 령주, 내가 광 부도주 형제를 대신해 그들의 결례를 사과하겠소.

부디 팔화련 련주님과 불초의 체면을 봐서 이번 일을 너그러이 용서해 줄 수 없겠소? 용서해 준다면 앞으론 이런 일이 절대 없을 거라 이 융풍의 이름을 걸고 약속하겠소."

차냉심도 융풍의 정중한 사과에 화가 약간 풀린 듯했다.

"융 관주의 체면을 봐서 이번 일은 넘어가 드리죠. 하지만 이번 일로 나녀혈침반을 돌려받는 일은 더 어려워질 거예요."

"차령주가 그렇게 말씀하시는 이유는 혹시 곤라산의 공수전 산주가 청림해의 교인족(蛟人族)과 연관이 있기 때문이오?"

차냉심은 약간 의외란 표정으로 대답했다.

"융 관주는 저들 형제와 달리 명석하시군요."

차냉심이 말한 저들 형제는 광세록과 안교진인을 의미했다.

즉시 얼굴이 붉으락푸르락해진 두 형제는 차냉심을 쏘아보며 뭔가 소리치려 했다.

그러나 융풍이 매서운 눈으로 쏘아보는 바람에 형제는 불만스러운 표정으로 입을 다물었다.

어쨌든 팔화련 련주의 대리인은 그들이 아니라, 융풍이었다.

형제를 보며 코웃음 친 차냉심이 설명했다.

"융 관주가 본 바대로 공 산주는 청림해 5대 종족 중 하나인 교인족 왕가의 직계 혈통을 물려받았어요. 물론, 그렇게 된 데에는 칠선해 수사도 잘 알지 못하는 사정이 하나 있지요."

"어떤 사정이오?"

"원래 대륙해 곤라산과 청림해 교인족은 서로 국경을 마주보고 있어 대대로 다툼이 심했어요. 한데 지금으로부터 약 1만 년쯤 전에 곤라산 산주와 교인족 왕이 양 종문의 명운을 걸고 한 달에 걸쳐 생사대전을 벌였다가 결국, 무승부로 끝난 일이 있었죠. 그때, 서로의 실력과 인품에 반한 산주와 왕은 의형제를 맺고 그들이 아끼는 손자와 손녀를 혼인시켰어요.

그래서 그때부터 곤라산 산주의 피에는 교인족 피가 섞이기 시작한 거예요. 물론, 지금은 세월이 많이 흐른 탓에 곤라산 산주의 혈통에 섞인 교인족 피가 희미해지긴 했지만 좀 전처럼 비술을 펼치면 끌어낼 수는 있어요."

융풍은 미간을 약간 찌푸리며 물었다.

"그럼 차 령주의 말은 어떤 경우에든 곤라산 산주를 해치면 교인족이 그 복수를 위해 공격해 올 가능성이 크다는 뜻이오?"

차냉심은 착잡한 표정으로 고개를 저었다.

"가능성이 큰 정도가 아니라, 그들은 확실히 공격해 올 거예요."

"그건 어떤 이유에서 그렇소?"

"곤라산은 세월이 흐를수록 세력이 점점 쇠퇴했어요. 하지만 청림해의 교인족은 오히려 세력이 더 강성해져 지금은 청림해 5대 종족이 모여 결성한 청림원(靑林院) 수장을 맡고 있어요. 한데 청림해 다른 종족들은 수천 년 전부터 대륙해를 정복하고 싶어 했어요. 그들의 세력이 대륙해보다 더 강하니까요. 하지만 청림원 수장인 교인족은 선대왕의 유언을 핑계 삼아 그들의 청을 계속 거절해 오는 중이에요."

융풍은 접은 섭선으로 자기 손바닥을 치며 고개를 끄덕였다.

"혹시 그 선대왕이 남겼단 유언이 곤라산에 교인족의 혈통이 내려오는 한, 절대 대륙해를 넘봐선 안 된단 유언이오?"

차냉심은 약간 감탄한 표정으로 고개를 끄덕였다.

"정확해요."

"흠, 그래서 차령주는 광 부도주 형제에게 공 산주를 해치
지 말라는 뇌음을 급히 보낸 거였구려. 곤라산에 교인족의 혈
통을 지닌 수사가 한 명도 남지 않으면 청림해가 쳐들어오는
것은 시간문제니까 말이오. 혹시 공 산주에게 후손이 있소?"

차냉심은 고개를 저었다.

"공 산주는 후손을 여럿 보았지만, 교인족의 혈통을 물려
받은 후손은 없는 것으로 알아요. 그가 사실상 마지막 후예
죠."

융풍은 걱정스럽다는 표정으로 고개를 가로저었다.

"이거 차 령주의 말대로 일이 정말 어렵게 되었소."

"이제 어쩌실 거죠?"

"광 부도주 형제가 손을 함부로 쓰긴 했지만, 다행히 원신
까지 상하게 하진 않았소. 곤라산 같은 종문에서 산주가 쓸
튼튼한 본신 하나 구하는 건 그리 어려운 일은 아닐 테니 그
교인족의 선대왕이 남겼다는 유언은 아직 유효한 셈이오."

그 말에 광세록 형제가 희색을 드러냈다.

그 말은 융풍이 나녀혈침반의 회수를 계속 추진하겠다는
뜻이기 때문이었다.

이미 무규신갑은 형제의 손을 떠난 것과 마찬가지였다.

그러나 빙혼정은 어떻게든 회수해야 했다.

만약, 안교진인이 빙혼정을 회수해 완벽히 연성하는 데까지 성공한다면 꿈에 그리던 장선 후기도 더는 꿈이 아니었다.

그렇다면 귀음도의 지원을 받아 융풍을 죽이고 팔화련 련주를 차지한다는 광세록의 야망은 아직 실현 가능성이 있었다.

그러나 융풍의 다음 말은 그들에게 찬물을 끼얹었다.

"그러나 청림해가 본격적으로 개입할지도 모르는 상황에서 섣불리 곤라산을 칠 순 없는 일이오. 일단, 련주께 이 일을 소상히 아뢰고 나서 소슬령이 있는 해금도의 방어를 굳건히 한 다음, 일의 추이를 봐가며 대처하는 것이 맞을 듯하오."

차냉심은 냉큼 고개를 끄덕였다.

"본녀도 융 관주와 같은 생각이에요."

융풍은 차냉심과 상의해 해금도로 돌아갈 채비를 서둘렀다.

그날 저녁, 안교진인이 광세록의 처소를 은밀히 찾았다.

"그 암캐 같은 년이 쓸데없는 말을 주절대는 바람에 일이 어렵게 되었습니다, 형님. 한데 융풍 그놈 말대로 하실 겁니까?"

초조하긴 마찬가진 듯 처소를 서성이던 광세록이 불쑥 물었다.

"우선 먼저 확인해야 할 일이 있다. 그 가짜 나녀혈침반에 여전히 진짜 나녀혈침반이 곤라산 방향에 있다고 나오느냐?"

"전투 전에 확인했을 때는 마혈군도에 있는 것으로 나왔습니다."

광세록은 성을 내며 동생을 꾸짖었다.

"그럼 그 이후에는 확인을 안 했단 말이냐?"

"그게 뭐 어려운 거라고 성을 내십니까? 바로 확인하면 되지요."

안교진인은 귀음도의 상지량(商智良)이란 장로를 불렀다.

원래 가짜 나녀혈침반은 육형자 손에 있었다.

한데 육형자, 한수백으로 이루어진 추적부대가 진짜 나녀혈침반을 찾아 초령도로 가다가 창룡방 수사들과 시비가 붙었을 때 중상을 입는 바람에 육형자는 지금 귀음도에서 요양 중이었다.

그런 이유로 가짜 나녀혈침반은 현재 안교진인이 수족처럼 부리는 상지량이란 장로가 지니고 있었다.

곧 귀가 어깨에 닿을 정도로 늘어진 작달막한 사내가 들어와 인사했다.

"찾으셨습니까, 도주님?"

안교진인은 인사도 받지 않고 다짜고짜 물었다.

"진짜 나녀혈침반은 지금 어디 있느냐?"

227

상지량은 가짜 나녀혈침반을 꺼내 정혈을 떨어트렸다.

정석대로라면 가짜 나녀혈침반처럼 중요한 물건은 도주인 안교진인 본인이 맡아 지켜야 했다.

그러나 안교진인은 진짜 나녀혈침반의 위치를 찾을 때마다 정혈을 사용해야 하는 상황이 짜증 나서 가짜 나녀혈침반을 부하에게 넘겨 버렸다.

상지량은 진짜 나녀혈침반의 위치를 찾을 때마다 정혈을 계속 소비한 탓에 핏기가 거의 없는 창백한 얼굴로 보고했다.

"지금은 곤라산 본문이 있는 곤라쌍도 근처로 나오고 있습니다."

그 말에 안교진인이 그럼 그렇지 하는 표정을 지었다.

"그거 보십시오, 형님. 그 공가 놈이 나녀혈침반을 가지고 있는 게 틀림없다니까요. 얼마 전까지 마혈군도에 있던 나녀혈침반이 공가가 꽁지를 말고 도망치기 무섭게 그놈들의 본문이 있는 곤라쌍도에 다시 모습을 드러내지 않았습니까?"

"동생의 말이 맞는 듯하구나. 하지만 융풍의 말처럼 교인족이 공가의 복수를 하겠다고 덤비면 일이 재미없지 않겠느냐?"

상지량을 내보낸 안교진인이 음흉한 눈빛으로 물었다.

"형님은 우리가 무규신갑을 찾아내면 팔화련 수사들이 공동으로 연구하게 해 준단 자의노조(紫衣老祖)의 말을 믿습니까?"

자의노조는 팔화런 련주의 도명이었다.

광세록은 펄쩍 뛰며 화를 냈다.

"내가 미쳤다고 자의 늙은이가 하는 말을 믿겠느냐? 아마 말만 그럴싸하게 해 놓고 일심관 놈들이 독차지하려는 거겠지."

"그럼 방법이 전혀 없는 건 아닙니다."

"오, 그래? 대체 어떤 방법이냐?"

안교진인은 쥐를 닮은 교활한 눈을 반짝이며 방법을 설명했다.

◆ ◆ ◆

안교진인은 설명에 앞서 서남의 한 유력 종문부터 언급했다.

"형님도 만궁원을 둘러싼 소문에 대해 당연히 들어 보셨겠지요?"

광세록은 동생을 타박하며 되물었다.

"서남의 수사치고 봉아 북십자성이 서남에 진출하기 위해 만든 교두보가 만궁원이란 사실을 모르는 이가 어디 있더냐?"

안교진인은 형의 타박에도 개의치 않는 모습이었다.

"하지만 무규신갑의 공식적인 첫 주인이라 할 수 있는 전대 봉아 제일 수사 노오신니가 중상을 입고 도주하다가 북십자성에서 입적했다는 사실을 아는 이는 많지 않을 것입니다."

광세록은 그제야 흥미롭단 반응을 드러냈다.

"그래서?"

"그 후에 북십자성은 그들만이 노오신니가 남긴 유언을 계승한 진정한 후계자이기 때문에 노오신니가 생전에 소유한 무규신갑 또한 당연히 북십자성으로 돌아와야 한다고 주장했습니다. 이는 무규신갑의 소유자가 누구든 북십자성의 추적을 받고 싶지 않으면 알아서 바치란 협박이나 다름없지요."

광세록은 쇠꼬챙이처럼 튼튼한 손가락으로 탁자를 두들겼다.

"이제야 뭔가 감이 좀 잡히는구나."

"바로 그겁니다. 형님도 생각해 보십시오. 자의노조가 무규신갑을 융풍에게 주면 형님이 그를 이길 수 있다고 장담할 수 있겠습니까? 그렇지 않아도 만만치 않은 상대인 융풍이 무규신갑까지 가지면 호랑이에게 날개를 달아준 셈과 같을 텐데요. 제 말은 그럴 바에야 무규신갑을 북십자성에 바쳐 자의노조나, 융풍의 손에 들어가지 못하게 막자는 겁니다."

광세록은 미간을 찌푸리며 물었다.

"한데 북십자성 수사들에게 어디까지 말할 셈이냐?"

"당연히 있는 그대로 다 말해야지요."

광세록은 마음에 안 든단 표정을 지었다.

"그러면 북십자성 수사들이 빙혼정에도 욕심을 내려들 텐데."

안교진인은 어이없단 표정으로 광세록을 바라보았다.

"형님은 꿈도 야무지십니다. 북십자성이 어떤 자들인데 속 겠습니까? 아마 우리가 속였단 사실을 알면 그 즉시, 엄청난 강자를 서남으로 보내 우리 형제부터 작살내려 들 겁니다."

"그건 그렇다 치고 그다음에는 어찌할 셈이냐?"

"무규신갑과 빙혼정을 내주는 대가로 우리가 일심관을 밟고 일어설 수 있도록 지원해 달라 부탁하는 거지요. 그러면 내 예상에 넉넉잡고 30년이면 형님은 련주에 오르실 겁니다."

광세록은 그래도 안심이 안 되는 듯했다.

"북십자성은 일심관과는 차원이 다른 초대종문이다. 늑대를 쫓아내려다가 호랑이에게 통째로 서남을 바치는 수가 있어."

안교진인은 혀를 끌끌 차며 반박했다.

"그건 하나만 알고 둘은 모르기 때문에 하는 말입니다."

"어째서?"

"8천 년 전에 봉선방과 북십자성이 육산에 각각 진출했다가 시비가 붙어 큰 전쟁이 벌어졌단 사실을 형님도 아실 겁니다."

"들은 적이 있다."

"그때, 봉선방이 북십자성에 간발의 차이로 승리를 거두긴 했습니다만 이긴 봉선방도 원기가 크게 상한 탓에 북십자성을 멸문시키기 어렵단 판단을 내리고 결전을 준비하던 북십자성 수뇌를 위협해 봉아지약(鳳牙之約)이란 걸 맺었습니다."

"봉아지약의 내용도 알고 있느냐?"

안교진인은 당연히 알고 있다는 듯 바로 대답했다.

"간단히 말해 앞으로 1만 년 동안은 봉선방, 북십자성 두 종문 다 봉아를 제외한 녹원대륙 다른 지역에 진출하지 않는다는 약조였지요. 한데 그 조약의 기한이 이제 2천 년밖에 남지 않은 겁니다. 북십자성은 그런 이유로 만궁원과 사돈을 맺고 미리 서남에 교두보를 마련해 두려는 것이고요. 봉아지약이 끝나자마자 서남부터 빨리 차지하려는 속셈에서요."

광세록은 이제야 알겠다는 듯 고개를 주억거렸다.

"네 말이 맞는다면 앞으로 2천 년 동안은 북십자성도 봉아지약 때문에 우리 서남에 대놓고 개입하지 못할 거란 뜻이구나."

"물론, 음으로 양으로 간섭이야 하겠지만 형님이 후기 최고봉에만 오르면 그들도 팔화련을 집어삼키는 쪽보다는 우호적인 관계를 맺는 방향이 더 낫다는 결론을 내릴 것입니다."

광세록은 결심한 듯 눈을 반짝이며 물었다.

"만궁원을 이용해서 북십자성에 우리 제안을 전달할 생각이냐?"

"그래야겠지요."

"그렇다면 서둘러야겠다. 융풍의 보고를 받은 자의노조가 폐관을 깨고 우리 도주나, 삼녀궁 궁주를 데리고 나오면 우린 망하는 거다. 폐관에 들어간 노괴들은 구구말겁을 벗어날 유일한 희망일지도 모르는 무규신갑을 절대 포기하지 않을 테니까. 어떻게든 그 전에 북십자성을 끌어들여야 한다."

"그렇지 않아도 바로 부하를 보낼 생각이었습니다."

안교진인은 팔화련이 소슬령 몰래 만들어 둔 비밀 전송진을 이용해 만궁원에 그들의 제안을 전달할 부하를 파견했다.

한편, 유건은 그 시각에 곤라쌍도를 둘러보는 중이었다.

곤라쌍도는 쌍도란 이름처럼 비슷하게 생긴 두 개의 섬이 20리가 약간 넘는 해협을 사이에 두고 사이좋게 자리해 있었다.

유건은 쌍둥이 섬 중에 오른쪽에 있는 곤라우도(崑羅右島)로 안내받아 공선 중기가 사용하는 거처를 하나 배정받았다.

거처는 지하 10장 깊이에 건설한 동부였는데 유건이 알기로 그 주변에만 그와 비슷한 동부가 적어도 3만 개는 넘었다.

모르는 사람이 곤라우도 상공에서 그 지역을 내려다보면 마치 거대한 벌집을 지하에 심어 둔 것 같다고 생각할 듯했다.

동부는 의외로 내부가 꽤 넓었다.

침실, 연공실, 연단실, 제련실, 영초밭 등이 자로 잰 것처럼 반듯하게 구획되어 있었다.

그러나 유건은 동부에 짐을 풀지 않았다.

그의 최종 목적지는 곤라쌍도가 아니라, 그 북쪽의 청림해이기 때문이었다.

나흘 동안 동부 안에서 두문불출하며 계획을 세운 유건은 그리 멀지 않은 장소에 자리한 선점가(仙店街)를 방문했다.

선점가는 수사들이 이용하는 상점가였다.

곤라쌍도는 평소에 상주하는 수사만도 수만 명이기 때문에 그들을 위한 선점가가 따로 있었다.

유건은 선점가에 있는 상점 10여 곳을 부지런히 돌아다니며 영약 연단과 법보 제련에 필요한 재료들을 조달했다.

물론, 한 상점에서 재료를 대량으로 사들여 다른 수사의 관심을 끄는 행동은 삼갔다.

그러나 유건이 선점가를 찾은 진짜 이유는 따로 있었다.

바로 필요한 정보를 구하기 위해서였다.

유건은 곤라쌍도에 아는 수사가 없었기 때문에 선점가를 돌아다니며 정보를 모았다.

다행히 그리 오래 걸리지 않아 그가 필요로 하는 정보를 모두 모았다.

그는 미행하는 수사가 있는지 철저하게 조사하고 나서 그의 동부로 돌아갔다.

동부에 도착한 유건은 연공실에 금제를 겹겹이 펼쳐 두고 나서 모아온 정보를 세심히 분석했다.

우선 청림해와 국경을 이루는 운사해(雲沙海)까지 한 번에 가는 대형 전송진이 곤라쌍도에 있다는 점은 무척이나 다행스러운 일이었다.

그러나 그 전송진이 곤라좌도(崑羅左島)에만 있단 점은 그로선 불행한 일이었다.

더욱이 곤라우도에서 곤라좌도로 넘어가는 일조차 쉽지 않았다.

곤라산은 별로 중요하지 않은 문도들, 이를테면 경지가 낮거나, 입문한 지 얼마 되지 않아 적의 첩자일지도 모르는 문도들을 곤라우도에 모아 놓았다.

반대로 곤라좌도에는 경지가 최소 오선 이상이거나, 아니면 반드시 보호할 필요가 있는 핵심 문도들이 주로 거주했다.

즉, 곤라우도에서 변고가 발생하더라도 곤라좌도에는 영향이 미치지 않아 핵심 전력이 화를 당할 일이 없다는 뜻이었다.

물론, 곤라좌도와 곤라우도 사이가 완전히 막혀 있진 않았다.

쌍곤해협(雙崑海峽)이라 불리는 양 섬 사이의 해협에 설치한 공중 통로를 이용하면 오갈 수 있었다.

한데 문제는 특별한 일이 아니면 공중 통로를 개방하지 않는단 점이었다.

그 특별한 일이란 적이 대규모로 쳐들어올 때나, 곤라산의 도통(道統)을 후계자에게 계승하는 의식과 같은 큰일을 뜻했다.

도통을 후계자에게 넘기는 의식은 보통 곤라좌도에 있는 종문 중앙 광장에서 행해지기 때문에 그때는 곤라우도에 사는 수사들도 곤라좌도로 넘어가 의식에 참여할 수 있었다.

그렇다면 유건으로서는 소슬령 연합 세력이 곤라쌍도로 쳐들어오길 바라거나, 아니면 본신을 상실한 공수전이 요상을 위해서 산주 자리를 그의 아들에게 물려주길 바라야 했다.

그러나 유건은 실망하지 않았다.

곤라우도 전체로 보면 그렇지만 개인의 경우에는 몇 가지 예외가 있었다.

첫 번째는 큰 공을 세워 산주가 곤라좌도로 불러 상을 내리는 경우였다.

그리고 두 번째는 청림해와의 국경이 있는 운사해의 수비 부대에 차출 가는 경우였다.

'의심을 받지 않고 운사해까지 가는 가장 좋은 방법은 국경 수비 부대로 차출되는 거겠지. 수사 중에도 세속적인 자가 있기 마련이니 뇌물을 쓰든가 해서 방법을 찾아봐야겠군.'

운사해 수비 부대 차출은 곤라산 수사들이라면 너 나 할 거 없이 꺼리는 임무이기 때문에 잘만하면 금방 성공할 듯했다.

그때, 동부 천장에 달린 정문 쪽에서 비검전서가 날아들었다.

'누구지?'

유건은 즉시 손을 뻗어 비검전서에 달린 녹색 옥편을 떼어냈다.

옥편이 비검에서 떨어지는 순간, 비검은 살아 있는 생명체처럼 알아서 천장 밖으로 빠져나가 주인에게 돌아갔다.

옥편에는 여인의 솜씨로 보이는 단아한 글씨가 적혀 있었다.

바로 옆 동부에 기거하는 관승(寬承)이라 하는데 놀러 가도 괜찮을까요? 저도 경 수사처럼 마혈군도 장로님의 추천을 받아 얼마 전에 곤라쌍도에 왔는데 이곳에 아는 수사가 한 명도 없거든요. 같은 처지의 수사끼리 친하게 지내두면 어려운 일이 생겼을 때 서로 의지할 수 있어 좋지 않겠어요?

잠시 고민하던 유건은 옥편 반대편에 뇌력으로 글자를 새겼다.

저도 곤라쌍도에 아는 수사가 없어 답답하던 참인데 잘 되었습니다. 아직 짐을 풀지 않아 관 수사(寬修士)께 보여 드리기 창피하지만 오신다면 기꺼이 선차를 대접해 드리겠습니다.

유건은 다 적은 옥편을 비검에 묶어 동부 밖으로 날려 보냈다.

잠시 후, 비검이 돌아오고 나서 얼마 지나지 않아 미모가 뛰어난 선자 한 명이 그의 동부를 방문했다.

바로 관승이었다.

관승은 그와 같은 공선 중기의 최고봉 수사였는데 물 속성 공법을 익혔는지 짙은 물 속성 기운이 언뜻언뜻 드러났다.

"누추하지만 안으로 들어오시지요."

유건은 동부 안으로 들어오는 그녀의 자태를 슬쩍 훔쳐보았다.

청초한 분위기가 물씬 풍기는 관승은 주황빛이 도는 머리카락을 붉은 비녀로 틀어 올린 데다, 몸매가 훤히 드러나는 하늘색 치마를 입어 말 그대로 하늘에서 내려온 선녀 같았다.

물론, 유건은 백진, 선혜수, 소언처럼 인세에 다시 보기 힘든 미녀들을 줄곧 봐왔던지라, 그녀의 미모에 별 감흥이 없었다.

관승은 방긋 웃으며 먼저 인사를 건넸다.

"관승이에요."

"경제경이오."

"이건 첫 방문을 기념하는 의미에서 가져온 약소한 선물이에요."

관승은 정교한 조각이 새겨진 청옥 자기병을 꺼내 건넸다.

유건은 병에 새긴 용의 형상을 살펴보며 물었다.

"무엇이오?"

"열어 보세요."

유건은 시키는 대로 자기 병을 열어 보았다.

병 안에는 쌉싸름하면서도 그 안에 달콤한 향기가 짙게 배어 있는 손가락 마디 굵기의 파란 찻잎이 100개쯤 들어 있었다.

한데 볶은 찻잎의 모양새가 마치 용을 닮아 신기하단 생각이 들었다.

이름은 모르지만 분명 꽤 귀한 찻잎일 듯했다.

"아주 질이 좋은 선차인 것 같소."

"침룡차(針龍茶)란 거예요. 수사가 장복하면 정혈의 노폐물을 없애 주기 때문에 공선 경지의 수사에게 큰 도움이 되지요."

"잘 마시겠소."

유건은 답례로 금강석으로 조각한 정교한 나비 비녀를 건넸다.

"이건 우연히 구한 비녀인데 사내인 내가 쓸 일이 없다 보니 지금까지 보관만 하고 있었소. 관 수사가 가져온 침룡차에 비할 바는 아니지만 그래도 내 성의를 봐서 받아 주시구려."

관승은 비녀를 살펴보다가 환한 미소를 지었다.

"아주 마음에 들어요."

"마음에 드신다니 다행이오."

유건은 관승을 동부 거실로 안내해 선차를 대접하며 물었다.

"관 수사도 마혈군도의 전투에 참여했던 거요?"

관승이 선차를 한 모금 마시고 나서 고개를 끄덕였다.

"전 곤라산 본대와 선가도를 출발해 마혈군도로 곧장 갔었죠."

유건은 관승과 마혈군도 전투, 곤라쌍도의 상황 등에 대해 꽤 오랫동안 얘기를 나누었다.

관승은 사람이 진실해 보이긴 했지만, 그의 상황이 상황인지라, 그에 대해 질문할 때마다 적당히 넘겼다.

관승은 반나절 가까이 머물다가 돌아갔다.

한편, 본인 동부로 돌아온 관승은 설치해 둔 진법을 다시 발동시키고 나서 조심스러운 손길로 검은색 거울 법보를 꺼냈다.

고풍스러운 느낌을 주는 검은색 거울을 내려다보던 관승

은 혀끝을 깨물어 피를 뿌렸다.

그 순간, 거울 표면에 암호화한 선문이 떠올랐다.

관승은 선문을 두 번에 걸쳐 자세히 읽고 나서 이번엔 반대로 거울에 암호화한 선문을 적었다.

곤라쌍도와 얼마 떨어지지 않은 곳에 자리한 암초 지하 동굴에 관승의 거울과 똑같이 생긴 거울을 든 수사가 앉아 있었다.

그는 바로 오성도 도주의 사제인 택손이었다.

그 옆에서는 몽견, 청삼랑을 포함한 거의 100여 명에 달하는 오성도 수사들이 관심 어린 눈으로 택손 쪽을 주시했다.

관승이 거울에 적은 선문을 재빨리 훑어본 택손은 한쪽에 홀로 앉아 있는 백발노인에게 돌아서서 공손하게 보고했다.

"관승이 계획대로 경제경이란 놈에게 접근하여 진짜 나녀혈침반이 있는지 확인하려 했으나 놈의 경계심이 워낙 강해 성과를 거두지 못했다고 합니다. 심지어 관승의 미색에도 별 반응이 없단 점을 봐선 알아내기가 쉽지 않을 듯합니다."

얼굴이 말상인 백발노인은 고개를 홱 돌려 청삼랑에게 물었다.

"너는 아직도 곤라우도에 기거하는 그 경제경이란 공선 중기 아이가 진짜 나녀혈침반의 현재 주인일 거라 확신하느냐?"

"확신합니다, 태상장로님."

대답하는 청삼랑의 눈빛은 아주 단호했다.

◆ ◈ ◆

이곡도와 귀음도 수사들이 진짜 나녀혈침반을 지닌 수사를 찾아 대륙해로 들어갈 때, 오성도 추적부대도 그들의 뒤를 은밀히 쫓았다.

한데 도중에 이곡도와 귀음도가 대륙해 창룡방 수사들과 얽히는 바람에 계획에 수정이 불가피했다.

상황은 그때부터 걷잡을 수 없이 흘러갔다.

창룡방 수사와의 대결에서 대패한 이곡도와 귀음도 수사들이 서남으로 귀환해 팔화련에 지원을 요청했기 때문이었다.

그다음은 익히 아는 대로였다.

팔화련, 귀음도가 소슬령에 접근해 소슬령 연합 세력을 형성하더니 곤라산, 복심회, 창룡방이 연합한 3대 종문 연합 세력과 대대적인 전투를 벌였다.

50명에 달하는 오성도 추적부대를 이끌던 택손은 그들의 싸움에 휘말려 들어가지 않게 조심하면서 청삼랑의 조언에 따라 귀음도 소속 장선들의 행적을 집중적으로 감시했다.

그 결과, 귀음도와 팔화련 장선 여럿이 초령도 북쪽 지역을 세심하게 수색하는 모습을 여러 차례 관찰했다.

택손, 몽견, 청삼랑 세 수사는 논의를 통해 팔화련과 귀음도의 장선이 진짜 나녀혈침반을 지닌 수사를 찾고 있음을 확신했다.

그들은 그 근처에 매복해 팔화련과 귀음도 장선이 진짜 나녀혈침반을 지닌 수사를 찾아내길 기다렸다.

매복해 있다가 그들을 죽이고 진짜 나녀혈침반을 몰래 빼앗을 심산이었다.

그러나 팔화련과 귀음도 장선은 진짜 나녀혈침반을 지닌 수사를 찾아내는 데 끝내 실패했다.

모두 실망감을 감추지 못할 때, 청삼랑이 누구도 생각하지 못한 의견을 내놓았다.

"진짜 나녀혈침반을 지닌 수사가 꼭 차군상을 죽일 수 있을 정도의 강자여야 한단 법은 없지요. 다른 수사가 차군상의 사체에서 진짜 나녀혈침반을 찾아냈을 수도 있고 아니면 차군상을 죽인 강자가 진짜 나녀혈침반을 다른 수사에게 주었을 수도 있으니까요. 제가 볼 땐 팔화련과 귀음도가 진짜 나녀혈침반을 지닌 수사를 찾는 데 실패한 원인은 그들이 차군상을 죽인 강자가 진짜 나녀혈침반을 지니고 있을 거란 선입견에 너무 사로잡혀 있기 때문이라 봅니다."

택손은 일리가 있다 여겨 급히 물었다.

"그럼 청 장로의 말은 경지가 그렇게 높지 않은 수사가 진짜 나녀혈침반을 가지고 있을 가능성이 얼마든지 있단 거요?"

"그렇습니다."

그때부터 오성도 추적부대는 팔화련과 귀음도 장선이 수색하는 범위에 있는 모든 수사를 감시했다.

그 결과, 입옥진을 걸쳐 대륭해로 들어온 경제경이란 수사가 감시망에 걸렸다.

팔화련과 귀음도 장선이 몇 주에 걸쳐 초령도 북쪽을 수색하는 동안, 매번 그 근처에 경제경이 숨어 있었기 때문이었다.

초령도 북쪽 해안에 도착한 경제경은 곤라산 모집소에 들러 선가도란 섬으로 이동했다.

택손은 곤라산 품에 숨은 경제경을 계속 추적하기 위해 미색과 재능이 출중한 공선 중기 여수사 관승에게 곤라산에 입문해 경제경을 뒤쫓게 하였다.

택손의 지시를 받고 선가도로 이동한 관승은 경제경의 일거수일투족을 조사해 택손이 준 검은 거울 법보로 보고했다.

한데 경제경이 선가도로 이동한 지 얼마 지나지 않아 소슬령 연합 세력이 갑자기 거의 전 수사를 마혈군도에 투입했다.

관승의 보고를 받은 청삼랑은 고개를 끄덕였다.

"소슬령 연합 세력은 진짜 나녀혈침반이 선가도에 있단 사실을 알고 급히 전 수사를 마혈군도에 투입한 게 틀림없습니다."

택손은 그 말이 옳다 여겨 마혈군도 전투가 끝나고 나서 경제경이 곤라쌍도에 입성했을 때, 같이 이동해 이곳 암초 밑의 지하 동굴에 임시 지휘소를 차려 놓고 계속 감시했다.

그때, 몸이 단 오성도 도주가 태상장로 중 하나인 좌근(座根)과 장선 다섯을 포함한 수사 50여 명을 추가로 파견했다.

좌근은 장선 후기 최고봉을 불과 한 발자국 남겨 놓은 강자로 오성도 수사 중에서 넉넉히 열 손가락에 꼽히는 수사였다.

좌근은 다시 한번 청삼랑에게 확인했다.

"정말 확신하느냐?"

"제 목을 걸겠습니다."

고개를 끄덕인 좌근은 택손을 바라보며 지시했다.

"좋다. 관승에게 경제경이란 놈을 계속 감시하다가 적당한 시기에 손을 쓰라고 전해라. 그녀가 성공적으로 일을 마무리 지으면 우리가 들어가 그녀를 직접 빼내야 할 테지만 본 장로가 직접 나서면 곤라산 수사도 어쩌지 못할 것이다."

택손은 바로 머리를 숙였다.

"예, 태상장로님."

그때, 청삼랑이 고개를 저었다.

"관승 수사가 젊은 축에서는 대단히 촉망받는 수사라 들었습니다. 그러나 상대의 실력을 정확히 알지 못하는 상황에서 섣불리 건드렸다가 상대의 경계심만 키울 우려가 있습니다."

잠시 고민하던 좌근이 물었다.

"그럼 자넨 우리가 어찌했으면 좋겠는가?"

"놈이 곤라쌍도 밖으로 나왔을 때를 노려 장로들이 가서 직접 잡아야 합니다. 그렇지 않으면 실패할 가능성이 있습니다."

좌근은 미간을 찌푸리며 물었다.

"고작 공선 중기 하나 잡는 일에 장로들이 직접 나설 필요 있겠는가? 그보다 우리 장로들은 곤라산이나, 팔화련, 귀음도에서 나온 장선의 접근을 차단하는 쪽이 더 좋지 않겠는가?"

갑자기 옛일이 떠오른 청삼랑은 씁쓸한 음색으로 대답했다.

"저도 예전에 목표물의 경지가 낮단 점에 마음을 놓고 부하들만 임무에 투입한 적이 있습니다. 한데 상대가 제 예상보다 훨씬 강한 탓에 정말 뼈아픈 실패를 경험했었지요. 이런 말씀 드리기 송구스러우나 이번 일처럼 얽히고설킨 복잡한 상황에서는 조금의 방심도 허용되지 않을 것입니다."

좌근은 청삼랑의 청수한 얼굴에 분노와 수치심 같은 복잡한 감정이 언뜻 떠올랐다가 금세 사라지는 광경을 목격했다.

일월교의 지낭이라 불릴 정도로 대단한 지략을 갖춘 사내가 저런 표정을 지을 정도면 그의 말처럼 뼈아픈 실패였음이 분명했다.

그러나 좌근은 굳이 캐물어서 상대의 아픈 부분을 찌르지 않기로 마음먹었다.

아직은 청삼랑이 필요했다.

"알겠네. 자네 말대로 하지. 한데 놈이 곤라쌍도를 나와야 우리가 나서든가 할 게 아닌가. 그 문제는 어찌 처리할 셈인가?"

"이곡도 부도주 광세록과 그의 동생인 귀음도의 안교진인은 지닌 실력에 비해 욕심이 과하게 앞서는 자들입니다. 아마 다른 수를 짜내 반드시 곤라쌍도로 쳐들어갈 것입니다. 그때, 우리 오성도는 놈이 나오길 기다렸다가 순식간에 처리하고 나서 미리 설치해 둔 전송진으로 빨리 이동해야 합니다."

그때, 택손이 슬쩍 끼어들었다.

"청 장로는 그럼 광세록과 안교진인이 어떤 수를 쓸 것 같소?"

좌근도 궁금한지 청삼랑을 보며 호기심을 드러냈다.

청삼랑은 잠시 주저하다가 한숨을 내쉬며 대답했다.

"지금부터는 순전히 제 추측일 뿐인데 그래도 괜찮겠습니까?"

좌근은 손짓했다.

"괜찮으니 말해 보게."

"광세록은 팔화련 전체를 끌어들일 때부터 무규신갑이 장차 팔화련 련주 자의노조의 손에 들어가리라 예상했을 것입니다. 그렇다면 팔화련 련주 자리에 욕심이 있는 광세록이 할 수 있는 일은 뻔합니다. 자의노조와 그의 제자인 융풍의 손에 무규신갑이 절대 들어가지 못하게 막는 것이지요."

몽견이 손에 쥔 섭선을 소리 나게 탁 접으며 감탄했다.

"그럼 광세록은 무규신갑을 자의노조나, 용풍이 아닌 제삼자의 손에 넘기기 위해 다른 종문을 끌어들일 거라는 뜻이오?"

청삼랑은 몽견을 보며 고개를 끄덕였다.

"그렇습니다. 그리고 그 세력은 북십자성일 가능성이 큽니다."

청삼랑은 만궁원, 북십자성, 노오신니에 관해 짧게 설명했다.

좌근은 이미 그 비사를 알고 있다는 듯 고개를 살짝 끄덕였다.

"북십자성이 개입하면 우리 일도 어려워지지 않겠는가?"

청삼랑은 고개를 저었다.

"아닙니다. 오히려 반대로 더 쉬워질 것입니다."

"어찌 그런가?"

"광세록 형제는 여전히 가짜 나녀혈침반으로 진짜 나녀혈침반을 찾고 있을 텐데 오히려 그 정보를 너무 과신한 나머지 진짜 나녀혈침반이 여전히 곤라산 산주 공수전과 같은 강자 손에 있을 거라 믿는 우를 범할 가능성이 큽니다. 북십자성도 결국에는 광세록 형제의 정보에 의존하여 움직일 수밖에 없을 테니 곤라산 수뇌를 치는 일에 집중할 테지요. 우리 오성도는 그 틈에 경제경을 몰래 낚아채는 것입니다."

좌근은 청삼랑의 추측이 이치에 맞는다고 느낀 듯 이번 추적부대의 지휘를 청삼랑에게 맡기는 통 큰 결단을 내렸다.

택손과 몽견도 지략에서는 청삼랑의 상대가 아님을 깨달았기 때문에 좌근의 이러한 결정에 전혀 반기를 들지 않았다.

계획을 정리하느라 일행과 떨어진 청삼랑은 속으로 생각했다.

'난 경제경 네놈이 유건이란 사실을 이미 알고 있느니라. 아마 전처럼 헌월선사의 복신술을 써서 신분을 감춘 거겠지. 하지만 내 눈은 절대 속이지 못하느니라. 비록 진짜 나녀혈침반이 어떻게 해서 네 손에 들어갔는진 모르겠으나 네놈에게 무규신갑, 빙혼정, 진짜 나녀혈침반이 있는 것은 틀림없을 것이다. 기다려라. 곧 이전의 모욕을 갚아 줄 것이니.'

오성도 수사들이 암초 지하 동굴에서 작전을 세우고 있을 무렵, 까마득히 멀리 떨어진 곳에서는 만궁원 원주가 초대형 전송진을 몇 개 갈아타고 막 북십자성 본성에 도착했다.

북십자성은 수백만 리에 달하는 거대한 분지 안에 세워진 초거대 성채로 북쪽에서 남쪽으로 길게 뻗은 흑성(黑城)과 서쪽에서 동쪽으로 뻗은 백성(白城)으로 이루어져 있었다.

위에서 보면 흑성과 백성이 교차하며 정북을 기준으로 정확히 십자(十字) 형태를 이루기 때문에 북십자성이라 불렸다.

흑성과 백성이 교차하는 정중앙에는 100층으로 이루어진 주성(主城)이 넓은 해자를 끼고 자리해 있었는데 그 주성에 서도 가장 높은 곳인 100층에서 두 수사가 대화 중이었다.

한 명은 머리에 금색 영웅건을 쓴 아주 영준한 젊은이였고 다른 한 명은 얼굴에 주름이 너무 많아 급기야 얼굴 전체가 밑으로 흘러내리는 것처럼 보이는 추레한 백발노인이었다.

한데 오히려 백발노인이 조심스러운 표정으로 청년에게 물었다.

"성주님, 만궁원 원주가 가져온 제안을 어찌 처리하시겠습니까?"

청년은 보던 책을 내리며 가볍게 대꾸했다.

"일단 가볍게 시작하세. 무규신갑을 찾으면 그것대로 좋고 또, 찾지 못한다고 해도 광세록 형제를 이용해 서남을 빠르게 차지할 수 있을 테니. 실력이 좋은 수사를 추려 파견하게."

"알겠습니다, 성주님."

청년과 백발노인이 대화하는 북십자성에서 남쪽으로 수천만 리 떨어진 곳에는 당장이라도 신선이 걸어 나올 것처럼 생긴 선경(仙境)이 있었다.

야트막한 계곡 사이에 자리한 수십 개의 크고 작은 폭포와 시내, 연못에선 은방울처럼 생긴 맑은 물줄기가 심신이 상쾌해지는 소리를 내며 흘렀다.

또, 계곡 정상에 자리한 들판에서는 수만 그루의 기화요초

(琪花瑤草)와 신기한 모양의 과일이 달린 과일나무 수천 그루가 바람이 불어올 때마다 기이한 향기를 계곡에 퍼트렸다.

계곡 곳곳에는 학, 거북이, 사슴 등이 사람을 무서워하지 않고 물을 마시거나, 나무에서 떨어진 과일을 주워 먹었다.

계곡 끝에는 완만한 언덕이 하나 있었는데 화려한 날개를 지닌 신령스러운 새들이 떼를 지어 날아다니며 울어 대는 통에 마치 선녀와 악사들이 하늘에서 내려와 악기를 연주하고 춤을 추는 듯했다.

또, 언덕 정상에는 녹색 안개가 용이 똬리를 튼 것 같은 형태로 천천히 회전해 감탄을 자아냈다.

언덕 정상 가운데에 놓인 청옥 바둑판 앞에선 남녀 두 명이 한창 대국 중이었는데 백돌을 쥔 여인은 눈썹과 머리카락이 짙은 황금색인 엄청난 미녀였고 흑돌을 쥔 사내는 눈동자가 보이지 않을 만큼 눈매가 가늘게 찢어진 데다, 들창코와 메기 주둥이 같은 두툼한 입을 지녀 추하기 짝이 없었다.

그때, 엄청난 미녀가 백돌을 바둑판 옆에 놓으며 항복했다.

"또 졌군요. 본녀는 언제 서방님을 이겨 볼까요?"

추남은 돌을 바둑통에 집어넣으며 껄껄 웃었다.

"하하, 나도 숙매(淑妹)에게 자랑할 일이 하나 정돈 있어야지."

숙매라 불린 미녀가 추남을 슬쩍 흘겨보았다.

그러나 그 눈빛에는 뭐든 자신에게 양보해 주면서도 바둑에서만큼은 기어코 그녀를 이기려 애쓰는 남편에 대한 사랑이 묻어 나왔다.

바둑돌을 다 치운 추남이 손을 뒤집었다가 펴는 순간, 바둑판 위에 용머리가 달린 찻주전자와 찻잔 두 개가 나타났다.

추남은 우린 차를 찻잔에 따라 미녀에게 주며 물었다.

"그보다 만궁원 원주가 북십자성을 방문했단 소식은 들었소?"

미녀가 차를 한 모금 마시며 고개를 끄덕였다.

"들었어요."

"그동안 우리가 두려워 죽어지내던 만궁원 원주가 우리 신경을 건드리면서까지 북십자성을 방문한 이유가 뭘 거 같소?"

추남은 이미 그 연유를 알고 있었다.

그러나 그는 항상 미녀의 의견을 물은 다음에 행동에 나섰다.

미녀가 대꾸했다.

"요즘 팔화련과 귀음도가 대륙해에 들어가 말썽을 피운다고 들었어요. 아마 그 일 때문에 북십자성을 방문한 걸 거예요."

"나도 숙매와 같은 생각이오."

미녀가 곰곰이 생각하다가 입을 열었다.

"북십자성이 봉아지약을 2천 년이나 남겨 두었음에도 움직인단 말은 뭔가 중요한 일이 그쪽에서 벌어진단 뜻이겠지요."

"그럼 우리도 사람을 보내 알아보는 게 어떻겠소?"

"그게 좋겠어요."

차를 다 마신 남녀는 다시 바둑을 두기 시작했다.

추남은 바로 녹원대륙 제일 수사인 봉선방 방주 구문위철(九門衛鐵)이었고 미녀는 그의 반려인 상이옥(商利玉)이었다.

구문위철은 녹원대륙의 알려진 수사 중에서는 유일하게 구구말겁을 통과한 장선 후기 최고봉의 수사로 비선에 가장 근접한 수사였다.

또, 그의 반려인 상이옥은 장선 후기 최고봉의 수사로 남편 구문위철의 지도와 도움을 받아 앞으로 50년 후에 닥칠 예정인 구구말겁을 철저히 대비 중이었다.

한편, 그 시각 대룡해의 곤라좌도는 분위기가 심해처럼 무겁게 가라앉아 있어 문도들은 숨조차 제대로 내쉬지 못했다.

특히, 곤라좌도 중앙에 우뚝 솟은 곤붕궁(崑鵬宮)은 초상집과 다름없었다.

곤라산 산주이며 곤붕궁의 궁주인 공수전이 적에게 패해 본신을 잃고 원신만 돌아왔기 때문이었다.

그런 곤붕궁 깊은 곳에서는 공수전의 원신이 강신술(降身術)로 수뇌부가 준비한 새 본신에 깃들 준비에 여념이 없었다.

7장. 동상다몽(同床多夢)

7장. 동상다몽(同床多夢)

강신술은 본신을 잃은 수사의 원신을 새 본신에 깃들게 하는 술법이었다.

과정이 복잡하지 않아서 보혼로(保魂爐)에 들어가 정양하던 공수전도 별로 걱정하는 기색이 아니었다.

금제로 꼼꼼히 밀봉한 원형 석실의 중앙 연단 위에는 20대 초반으로 보이는 젊은 청년이 눈을 뜬 자세로 누워 있었다.

청년은 무척 영준하게 생겼다.

그러나 혼백이 없는 사람처럼 핏기가 없고 눈동자가 퀭한 탓에 약간 섬뜩한 느낌을 주었다.

보혼로를 공중에 띄운 상태에서 청년을 꼼꼼하게 점검한

공수전은 고개를 돌려 지팡이를 쥔 노파에게 고개를 끄덕였다.

"새 본신을 준비하느라, 함 장로(函長老)가 애를 많이 썼겠소."

함 장로라 불린 노파가 공손하게 머리를 숙였다.

"산주님의 기대에 미치지 못해 그저 송구스러울 따름입니다. 시간이 좀 더 있었다면 천령근은 어렵더라도 보령근이나, 수령근, 상령근을 지닌 본신을 구할 수 있었을 것입니다."

공수전을 어린아이로 축소한 것처럼 생긴 공수전의 회색 원신은 자책하지 말라는 듯 그녀에게 고개를 가로저어 보였다.

"공령근(空靈根)도 나로선 감지덕지할 따름이오."

잠시 후, 함 장로가 연단 주위에 강신술 진법을 설치하며 물었다.

"한데 청교령(靑蛟令)으로 교인족의 힘을 빌리실 생각입니까?"

공수전은 원독에 찬 눈빛으로 한 자 한 자 씹어뱉듯 대답했다.

"그럴 생각이오. 수천 년 동안 내려온 청교령을 내 대에서 소진하는 일이 아깝기는 해도 광세록, 안교진인 그 두 개자식이 살아서 이 대륙해를 빠져나가는 꼴은 절대 볼 수 없소."

청교령은 교인족의 왕녀가 곤라산 산주 후계자에게 시집올 때 가져온 가장 중요한 혼수품으로 청교령을 발동하면 교인족은 그 즉시 곤라산의 부탁 한 가지를 들어줘야 했다.

물론, 곤라산 쪽에서도 혼수 답례품으로 그와 똑같은 효과를 지니는 적곤령(赤崑令)을 만들어 교인족 왕가에 선물했다.

한데 3천 년 전, 곤라산 성세가 거의 절정에 달했을 무렵, 청림해 4대 종족의 협공을 받아 위기에 처한 교인족 왕가가 적곤령을 발동해 곤라산 수뇌부에 구원 요청을 보냈다.

곤라산은 그 즉시 장선 후기 다섯 명으로 이루어진 대규모 부대를 파견하여 위기에 처한 교인족 왕가를 도와주었다.

한데 곤라산은 교인족 왕가가 준 청교령을 아끼고 아껴 지금까지 사용을 자제해 왔다.

한데 복수심에 눈이 먼 공수전이 그 청교령을 발동해 광세록과 안교진인을 죽이려 들었다.

반 각이 지났을 때, 마침내 강신술 준비가 모두 끝났다.

공수전은 그 즉시 보혼로를 나와 청년 머리 쪽에 가부좌를 틀었다.

멀찍이 물러난 함 장로는 공수전의 호법을 담당했다.

수결을 맺은 양손을 단전 앞에 모은 공수전은 눈을 감은 상태에서 작게 중얼거리며 진언을 외우다가 눈을 번쩍 떴다.

쉬이익!

그 순간, 연단 주위의 진법에서 눈을 찌를 듯한 밝은 빛이 쏟아져 나와 연단에 누워 있는 청년의 천령개로 쏘아져 갔다.

그때, 빛에 구멍이 뚫린 청년의 천령개에서 청년을 꼭 닮은 뽀얀 원신이 강제로 끌려 나왔다.

그 모습을 본 공수전은 바로 수결을 맺은 양손을 원신 쪽으로 뻗으며 힘껏 외쳤다.

"와라!"

잠시 반항하던 원신은 공수전의 양손이 끌어당기는 힘을 이기지 못하고 속절없이 끌려왔다.

공수전은 침착한 표정으로 수결을 맺은 양손을 움직여 원신을 다시 똑바로 세웠다.

자신에게 닥쳐올 일을 직감한 원신은 겁에 잔뜩 질린 표정으로 애달프게 울어 댔다.

그러나 공수전의 표정에는 죄책감이나, 일말의 동정심 따위는 전혀 보이지 않았다.

그저 입을 크게 벌려 회색 빛줄기를 원신 쪽으로 쏘아 낼 뿐이었다.

회색 빛줄기는 청년의 원신 곳곳에 스며들어 투명한 관으로 변했다.

공수전이 다시 수결 맺은 양손으로 복잡한 도형을 그리는 순간, 청년의 원신과 이어진 투명한 관에 뿌연 액체가 가득

차올라 공수전의 입으로 서서히 흘러 들어갔다.

뿌연 액체가 관을 통해 공수전의 입으로 사라질수록 원신은 눈가루가 바람에 휘날리는 것처럼 먼지로 변해 흩어졌다.

마침내 청년의 원신을 다 흡수한 공수전은 괴로운 듯 표정을 잔뜩 일그러트리고 있다가 청년의 천령개로 날아들었다.

잠시 후, 청년의 흐리멍덩하던 눈에 생기가 돌았다.

공수전이 강신술로 청년의 본신을 빼앗는 데 성공했단 증거였다.

천천히 일어나 주변을 한차례 둘러본 공수전은 자신의 새로운 몸에 적응하는 중인 듯 팔과 다리를 몇 번 움직여 보았다.

다행히 강신술의 부작용이 별로 없는지 공수전의 입가에 미소가 맺혔다.

다른 수사의 본신을 빼앗는 행동은 자연이 만든 섭리를 어기는 행동이어서 부작용이 많은 편이었다.

그런 이유로 강신술은 성공해도 빼앗은 본신의 거부 반응 때문에 실패하는 경우가 종종 있었다.

그러나 함 장로가 공수전에게 딱 맞는 본신을 구해 준 덕에 부작용이 거의 없었다.

한데 그때였다.

치익!

공수전의 단전에서 갑자기 검은 연기가 뭉게뭉게 피어올

랐다.

깜짝 놀란 공수전은 급히 가부좌한 상태에서 몸을 점검했다.

푹푹푹!

그 순간, 공수전의 단전 안쪽에서 눈알이 여섯 개 달린 검은 뱀의 머리가 살을 찢고 튀어나와 그의 본신을 뜯어 먹었다.

"이, 이건 육안마도사(六眼魔屠蛇)!"

소스라치게 놀란 공수전은 법술을 펼쳐 육안마도사를 단전 안에서 뽑아내려 들었다.

그러나 육안마도사는 명성대로 지독하기 짝이 없어 공수전의 법술이 전혀 통하지 않았다.

고개를 홱 돌린 공수전이 함 장로를 죽일 것처럼 노려보았다.

"함 장로, 감히 본 산주를 배반한 것이냐!"

함 장로는 공수전의 공격에 대비하며 담담하게 대답했다.

"배신한 게 아니지요."

"그럼 이게 배신이 아니란 말이냐?"

"저는 태어나서 지금까지 저를 곤라산 수사라고 여긴 적이 단 한 번도 없습니다. 그러니 산주를 배신한 것이 아니지요."

육안마도사에 몸이 먹혀 가던 공수전은 비명을 지르며 물었다.

"그, 그럼 설마 교인족 수사란 말이더냐?"

"그렇습니다. 곤라산 수사는 비록 아니지만 그래도 산주와 몇백 년을 동고동락한 정이 있으니 제 실체를 보여 드리지요."

대답한 함 장로는 구부정한 허리를 쭉 펴더니 귀가 있던 자리에 아가미가 생기고 양팔 뒤에는 작은 회색 지느러미가 꿈틀거리며 서서히 자라났다.

완벽히 교인족의 모습이었다.

공수전은 절망에 찬 목소리로 물었다.

"대, 대체 교인족이 갑자기 이러는 이유가 무엇이냐?"

"산주가 죽어야 교인족이 대륭해로 진출할 수 있기 때문입니다."

"그, 그럼 설마 청림원 원주인 교인족이 나머지 4대 종족의 야심을 억누르고 있다는 소문은 사실이 아니었단 말인가?"

"그렇지요. 오히려 야심은 교인족이 제일 강하니까요."

"그, 그 오랜 세월을 어떻게 감쪽같이 모두를 속인 것이냐? 나는 교인족의 첩자를 찾기 위해 내 가족까지 검사했었다."

"위신술(僞身術)이란 고대 비술을 익힌 덕분이지요. 물론, 엄청난 고통을 감내해야 한단 단점이 있긴 하나 오늘 같은 결과를 생각하면 그리 힘든 세월은 아니었던 것 같습니다."

거의 머리만 남은 공수전이 한숨을 내쉬었다.

"내가 죽으면 청림해는 대륭해를 차지할 셈인가?"

"저야 하수인일 뿐이니 그 후의 계획까진 알지 못합니다. 그러나 청림해가 그동안 비축해 둔 저력을 생각하면 이곳 대륙해뿐만 아니라, 녹원대륙 본도도 차지할 수 있을 테지요."

공수전은 육안마도사에 머리가 뜯어 먹히기 직전에 중얼거렸다.

"녹원대륙을 우습게 보고 덤볐다가는 칠선해도 끝장일……."

공수전의 본신과 원신을 뜯어 먹은 육안마도사를 회수한 함 장로는 주변을 적당히 꾸며 놓고 나서 장로 회의를 소집했다.

"공 산주께선 강신술에 실패해 유명을 달리하셨소."

함 장로의 발표에 곤라산 장로들이 당황해 크게 웅성거렸다.

개중 성질 급한 몇 명은 이 일에 음모가 숨겨져 있을 거라며 철저한 조사를 통해 흉수를 찾아내야 한다고 강변했다.

그러나 누구도 함 장로를 의심하지 않았다.

함 장로는 수백 년 동안, 공수전에게 극진한 충성을 바쳐 온 충복으로 배신할 리 절대 없다고 믿었기 때문이다.

공수전이 강신술처럼 극도의 보안이 필요한 작업에 함 장로만 데려간 이유도 그가 함 장로를 절대적으로 신뢰했기 때문이었다.

손을 들어 장로들의 입을 다물게 한 함 장로가 엄숙하게 말했다.

"물론, 산주님의 죽음과 관련해서는 이 함영소(函英素)를 포함해 이번 일과 관련 있는 모든 수사가 철저한 조사를 받게 될 거요. 그러나 그보다 더 큰 문제가 있소. 바로 소슬령 연합 세력의 침입이오. 놈들이 지금까지 보여 온 행보를 볼 때, 그 나녀혈침반인가를 찾기 위해 반드시 곤라쌍도로 쳐들어올 것이오. 물론, 이번에는 우리 곤라산의 본산을 노리는 것인 만큼, 소슬령뿐만 아니라, 팔화련과 귀음도도 전력을 다할 것 이 분명하오. 그렇다면 우리도 창룡방, 복심회만 데리고서는 그들을 막아 낼 수 없다는 결론이 나오오."

함영소 바로 왼쪽에 앉은 대머리 중년 수사가 물었다.

"설마 함 장로는 청림해의 교인족에게 도움을 청할 생각이 오?"

그 말에 장로들이 다시 웅성거렸다.

함영소가 다시 손을 들어 올려 장로들이 입을 다물게 하였 다.

"교인족의 마지막 혈통인 공 산주님이 조금 전 유명을 달 리하셨기 때문에 이제 우리와 교인족 사이의 평화 협정은 깨 진 셈이오. 그리고 다들 교인족을 제외한 청림해 4대 종족이 그동안 곤라산을 호시탐탐 노려 왔단 사실을 잘 알 것이오."

교인족을 제외한 4대 종족이 그동안 곤라산을 거쳐 대륙해 로 진출할 기회를 호시탐탐 노리고 있단 사실을 다른 장로들도 잘 알았다.

그리고 그런 4대 종족의 야심을 청림원 원주인 교인족이 홀로 억누르고 있다는 사실 또한 잘 알았다.

장로들은 무거운 표정으로 고개를 끄덕였다.

함영소가 그 틈에 얼른 준비한 말을 꺼냈다.

"그런 마당에 소슬령 연합 세력이 쳐들어온다면 우리 곤라산은 청림해와 소슬령 연합 세력 사이에 껴서 멸문할 수밖에 없소. 그렇다면 아예 교인족을 먼저 끌어들여 그들과 함께 소슬령 연합 세력을 상대하는 것만이 유일한 살길일 것이오."

장로 몇 명이 소극적으로 반대하긴 했지만 다른 방법이 없었다.

결국, 함영소의 의견대로 청교령을 이용해서 교인족 왕가에 도움을 청하잔 쪽으로 결론을 내렸다. 그로부터 얼마 후, 공수전의 죽음이 알려지지 않은 상태에서 피풍의로 얼굴을 가린 수사들이 곤라좌도 초대형 전송진에 속속 나타났다. 한편, 그동안 유건은 운사해 수비 부대로 발령받기 위해 인사를 담당하는 수사의 조카라는 공선 중기 수사에게 공을 들이는 중이었다.

다행히 법보와 영초 몇 개로 그의 환심을 사는 데 성공해 수비 부대로 발령받기 일보 직전에 이르렀다.

그 공선 중기 수사는 우석(雨石)이라는 자였다.

한데 어느 날, 우석이 유건을 찾아와 침울한 표정으로 말했다.

"미안하게 되었소, 경 형."

"갑자기 왜 그러시오?"

"숙부에게 경 형의 일을 말씀드렸소. 한데 숙부의 말씀에 따르면 이제 곤라산이 운사해에 수비 부대를 파견할 필요가 없다지 뭐요. 그래서 수비 부대에 있던 자들도 귀환 중이랍니다."

유건은 애써 웃으며 대답했다.

"비록 결과가 아쉽기는 하지만 그래도 우 형이 그동안 나를 위해 애써 준 일은 절대 잊지 않을 것이오. 그리고 내가 그동안 건네준 영초와 법보는 친한 친구에게 준 선물로 치겠소."

유건이 영초와 법보를 돌려 달라 할까 봐 마음 졸이던 우석은 무척 기뻐하며 돌아갔다.

한편, 동부에 혼자 남은 그는 곤라산이 운사해 수비 부대를 해체한 이유에 대해 생각했다.

'결론은 하나밖에 없다. 곤라산이 교인족과 동맹을 맺었거나, 아니면 교인족이 곤라산을 수중에 넣어서 두 종문의 국경을 지키는 수비 부대가 더는 존재할 이유가 없단 뜻이겠지.'

유건은 동부 안을 서성이며 생각을 계속 확장해 나갔다.

'그렇다면 곤라산이 교인족을 서둘러 끌어들인 이유는 대체 무엇일까? 소슬령 연합 세력의 곤라산 공격이 임박했기 때문일까? 그들 3대 종문 연합 세력만으론 소슬령 연합 세력

을 막아 낼 자신이 없어 교인족을 서둘러 끌어들인 것일까?'

뭔갈 생각하던 유건은 눈을 가늘게 뜨며 고개를 저었다.

'차라리 잘되었다. 어차피 내 목적은 이곳을 떠나 청림해로 가는 거였으니까. 아마 교인족 수사들이 대거 넘어올 테니 복신술을 써서 위장하면 오히려 일이 더 쉬워질지도 모른다.'

유건의 생각은 적중했다.

그로부터 열흘쯤 지났을 무렵, 교인족 수사로 보이는 자들이 곤라우도에 넘어와 곳곳에 그들 식의 방어 진법을 설치했다.

당연히 그에 관련한 소문도 같이 들려왔다.

곤라산 수뇌부와 동맹을 맺은 교인족의 수사 수만 명이 이미 곤라쌍도에 들어와 적의 침입에 대비 중이란 소문이었다.

유건은 무광무영복과 건마종으로 은신한 상태에서 곤라우도에 들어온 교인족 수사들의 뒤를 따르며 은밀히 염탐했다.

곤라산의 방어는 대부분 곤라좌도에 집중되었기 때문에 곤라우도에 들어온 교인족 수사들은 경지가 그렇게 높지 않았다.

곤라우도를 찾은 교인족 수사 대부분은 진법, 결계, 금제를 설치하는 진법 수사들이었다.

또, 일부는 성벽, 망루, 병기 등 적의 공격을 막는 시설을 건설하는 기술 수사들이었다.

유건은 교인족 기술 수사의 뒤를 쫓았다.

기술 수사는 보통 공선 중기나, 초기에서 더는 진척이 없는 수사들이 맡았기 때문에 진법 수사보다는 훨씬 안전했다.

차분하게 기회를 엿보던 유건은 마침내 목표물을 발견했다.

공선 중기 기술 수사였는데 곤라우도 동쪽 산맥에 있는 험한 산 정상에 광선을 발사하는 병기를 설치하고 있었다.

유건은 근처에 아무도 없을 때, 은밀히 접근해 기습했다.

공선 중기 기술 수사는 안전한 장소라 안심했는지 방비를 전혀 하지 않았다.

그는 결국, 유건의 독수를 빠져나가지 못했다.

유건은 재빨리 복신술을 펼쳐 교인족 공선 중기 기술 수사로 변신했다.

곧 귀가 있던 자리에 아가미가 생기고 등과 다리에는 회색 지느러미가 자랐다.

반인족은 원래 선도의 경지가 높아질수록 인간과 비슷해지긴 하지만 그가 복신술을 펼친 공선 중기 기술 수사는 아직 경지가 낮은 탓에 교족(蛟族)의 흔적이 인간의 모습보다 더 많이 남아 있었다.

공선 중기 기술 수사는 이름이 율천남(律天南)이었고 교인족 건구대(建具隊)라는 곳에서 병기 설치를 담당하고 있었다.

유건은 흡수한 율천남의 기억을 이용해 건구대의 업무를
자세히 파악했다.

다행히 그리 어렵지 않아 몇 시간이 채 지나기 전에 율천
남보다 업무를 더 잘 처리할 자신이 생겼다.

율천남으로 변신한 유건은 그날부터 상부의 지시에 따라
곤라우도 전역에 방어 병기를 설치하며 때가 오기를 기다렸
다.

다행히 오래 기다릴 필요는 없었다.

그로부터 한 달이 지났을 때, 마침내 소슬령 연합 세력이
곤라산이 자리한 곤라쌍도를 기습해 대대적인 전투가 벌어
졌다.

유건은 거울에 얼굴을 비춰 보며 다시 한번 감탄했다.

헌월선사의 복신술은 인족뿐만 아니라, 반인족에도 완벽
히 통했다.

'다른 종족에도 통할진 더 두고 봐야겠지만 지금까진 완벽
하군.'

유건이 복신술을 써서 율천남으로 활동하는 바람에 그의
동부는 현재 비어 있었다.

아마 그리 오래지 않아 동부에서 감쪽같이 사라진 그를 추적하란 명령이 떨어질 게 분명했다.

지금 같은 위험한 상황에서 수사가 갑자기 모습을 감춘단 뜻은 그가 적이 들여보낸 첩자일 가능성이 크기 때문이었다.

그러나 지금은 공선 중기 수사를 찾는 데 힘을 낭비하기보다 곧 닥쳐올 확실한 위협에 대비하는 것이 훨씬 효율적이었다.

실제로 열흘이 지나면서부터는 더는 그를 찾지 않았다.

유건은 교인족 건구대 수뇌부가 내리는 임무를 성실히 수행하며 기회가 오길 기다렸다.

그리고 마침내 그때가 도래했다.

잠시 후에 벌어질 살육을 의미하는 것처럼 핏빛을 휘감은 붉은 태양이 동쪽 하늘 저편에서 서서히 떠오를 무렵, 곤라쌍도 고공을 순찰하던 수사들이 앞다투어 경고를 쏟아 냈다.

그로부터 얼마 후, 곤라쌍도 서남쪽에 비행 전함 수백 대에 나눠 탄 소슬령 연합 세력 수사 수만 명이 모습을 드러냈다.

3대 종문 연합 세력도 지지 않고 곤라쌍도에서는 비행 영수에 올라탄 곤라산 수사들이, 곤라쌍도 오른쪽 염귀도(鹽貴島)에서는 비행 전함을 탄 창룡방 수사들이, 왼쪽에 있는 북경도(北鯨島)에서는 기선 대군을 이끄는 복심회 수사 수만 명이 날아올라 학이 날개를 펼친 것처럼 진형을 잡았다.

유건은 그가 맡은 곤라우도 북쪽 협곡 사이에 숨어 건구대에서 나온 다른 수사 100명과 출동할 준비를 완벽히 마쳤다.

유건의 임무는 협곡 사이에 설치한 병기를 적이 공격하면 병기를 수리해 가며 버틸 수 있는 시점까지 버티는 것이었다.

유건은 협곡 안에 숨겨 둔 병기 쪽으로 시선을 돌렸다.

교인족 건구대가 북쪽 협곡에 설치한 10여 개의 병기 중 하나인 이 자모원앙포(子母鴛鴦砲)는 반경이 300장이 넘는 복잡한 원형 진법의 물샐틈없는 보호를 받는 중이었다.

새의 주둥이를 닮은 자모원앙포 자체에도 교인족 선문이 적힌 진법이 새겨져 있었는데 진법을 이루는 108개의 진핵(陣核)에는 6품 이상의 값비싼 오행석 수천 개가 박혀 있었다.

자모원앙포를 맡은 수사가 법결을 날리는 즉시, 질 좋은 오행석 수천 개가 지닌 짙은 영기가 자모원앙포 안으로 쏟아져 들어가 녹색 빛을 뿜어내는 굵직한 광선을 쏘아 올릴 터였다.

유건은 고개를 돌려 곤라우도 전경을 바라보았다.

곤라우도에 살던 범인 수천만 명은 이미 안전한 장소로 이동한 후여서 이곳에서 무슨 일이 벌어지든 죽은 것은 수사뿐이었다.

수사는 웬만해선 범인을 건들지 않았다.

이는 일종의 금기였다.

수사들은 정확한 이유는 모르지만, 손에 범인의 피를 묻히면 나중에 대도를 이루는 데 큰 걸림돌이 될 수도 있다고 믿었다.

보통은 수사 중 선택받은 극소수만이 대도를 이루지만 어쨌든 한계에 봉착하기 전까지는 대도를 이룰 수 있다는 소망을 지니고 사는 게 수사였으므로 어쩌면 당연한 일이었다.

물론, 금기를 지키지 않는 수사들도 많았다.

그들은 진작에 한계에 부딪혀 대도를 이룰 가능성이 없는 수사들이었다.

범인이 떠난 곤라우도 곳곳에는 곤라산과 교인족이 설치한 방어 진법과 방어 시설이 가득했다. 방어 진법이 펼쳐진 장소에는 각양각색의 빛이 흐르는 반구형 보호막이 솟아 있었다.

마치 거대한 봉분(封墳) 수백 개가 곤라우도를 뒤덮은 듯했다.

물론, 가장 큰 봉분은 곤라우도의 곤라산 영역을 뒤덮은 초록빛 보호막이었다.

보호막은 높이만 수만 장에 달했고 반경은 작은 나라 하나를 통째로 뒤덮을 정도로 넓게 뻗어 있었다.

유건이 곤라우도의 방어 준비를 살펴보고 있을 때, 곤라우도 서남쪽 고공에서 대치 중이던 두 세력이 마침내 움직였다.

곧 양쪽에서 다양한 복색을 걸친 수사 100여 명이 앞으로 나왔다.

그들이 뿜어내는 기세는 멀리 떨어진 북쪽 협곡에서도 느낄 수 있을 정도로 대단했다.

장선들이 틀림없었다.

장선들은 상대를 향해 묻고 답하기를 얼마쯤 하였다.

그러나 이견이 좁혀지지 않는지, 결국, 더 높은 곳으로 솟구쳤다.

마침내 결전의 순간이 도래했다.

거대한 빛줄기에 휩싸인 장선들이 사방으로 흩어져 상대를 탐색할 때, 낮은 쪽에 있는 양측 수사들이 공격을 개시했다.

양측의 비행 전함과 대형 비행 영수, 대형 거인 기선이 빠르게 거리를 좁히며 불과 얼음, 물, 빛, 흙, 금속 등 다양한 속성의 공격을 상대편에 쏟아부었다.

그야말로 입이 떡 벌어질 만한 장관이었다.

유건은 물론이거니와 그 옆에 있던 건구대의 교인족 수사들도 벌어진 입을 쉽게 다물지 못했다.

그들이 살면서 언제 이런 엄청난 광경을 또 보겠는가.

그사이, 양측 수사들은 서남 상공에 넓게 산개한 상태에서 적의 비행 전함이나, 비행 영수를 요격하기 위해 진격했다.

수만 명의 수사가 다채로운 빛줄기에 휩싸여 허공을 날아다녔다.

또, 곳곳에서 빛줄기와 빛줄기가 충돌할 때마다 폭죽놀이를 보는 것 같은 화려한 섬광이 피어올랐다가 사라졌다.

유건은 그 모습을 보며 죽음, 허무 같은 어쭙잖은 감상에 빠지지 않았다.

그는 그 모습을 보며 오직 한 가지 감정만 가졌다.

바로 생존 욕구였다.

선도에서는 오욕칠정에서 벗어나기 위해 수백 년의 고행을 참는 게 아니었다.

오욕칠정을 거리낌 없이 드러내기 위해 고행을 계속하는 것이었다.

삼월천에서 본인이 느끼는 오욕칠정을 다른 수사들 앞에서 과감하게 드러낼 수 있는 수사는 단 한 명밖에 없었다.

바로 삼월천 제일 수사였다.

삼월천의 모든 수사는 그 제일 수사의 자리를 차지하기 위해 수련하고 다른 수사를 죽였다.

삼월천 제일 수사가 오욕칠정을 다른 수사 앞에서 과감하게 드러낼 수 있는 이유는 그는 그래도 상관없기 때문이었다.

즉, 오직 그만이 생존에 대한 완벽한 보장을 받을 수 있으며 그를 제외한 모든 수사는 언제든 죽임을 당할 수 있었다.

그때, 전황에 변화가 생겼다.

소슬령 연합 세력은 이번에야말로 승부를 보겠다는 듯 전력을 다했다.

심지어 팔화련에서 폐관 중이던 늙은 괴물들까지 전부 불러들였는지 장선 간의 대결에서 상대를 압도했다.

결국, 초전에서 밀린 3대 종문 연합 세력은 곤라쌍도 쪽으로 퇴각해 전열을 가다듬기로 하였다.

3대 종문 연합 세력이 쫓기면서 곤라쌍도에 내려서는 순간, 바로 명령이 떨어졌다.

"방어 병기를 발동하라!"

그 순간, 준비하고 있던 진법 법사들이 법결을 날려 자모원앙포를 발사했다.

법결을 맞은 자모원앙포는 다리 쪽에서부터 진법을 이루는 선을 따라 강렬한 녹색 빛을 뿜어냈다.

마치 빈 혈관에 뜨거운 피가 갑자기 도는 것 같았다.

녹색 빛이 진핵에 꽂힌 오행석 다발을 통과할 때마다 빛이 전보다 몇 배는 더 강해졌다.

그야말로 눈 깜짝할 사이에 자모원앙포의 다리에서부터 포구 끝까지 이어진 진법의 선이 강렬한 녹색 빛을 발산하며 발동 준비를 모두 마쳤다.

진법이 숨을 쉬는 것처럼 녹색 빛을 강렬하게 뿜어낼 때마다 자모원앙포가 진동하며 어른 허리 굵기의 녹색 광선을 발사했다.

3장 길이의 녹색 광선이 곤라우도 상공에 도착하는 순간, 대나무가 쪼개지는 것처럼 수백 개의 작은 광선으로 쪼개져 상공을 뒤덮은 적 수사의 몸뚱이를 관통했다.

이런 일이 곤라쌍도 전역에서 벌어졌다.

그러나 적도 물러설 생각이 전혀 없었다.

소슬령 연합 세력은 수사들에게 검은 공처럼 생긴 법보를 들려 곤라쌍도로 내려보냈다.

수사들은 곤라쌍도의 방어 병기에 당하면서도 악착같이 검은 공을 진법 쪽으로 던졌다.

검은 공은 위력이 대단했다.

검은 공은 절대 평범한 법보가 아니었다.

그 안에는 진법을 무력화시키는 기이한 기운이 들어 있어 아무리 강한 진법이라도 검은 공이 폭발하면 물결처럼 흔들리다가 이내 찢어졌다.

그리고 그 찢어진 틈으로 각양각색의 빛줄기에 휩싸인 소슬령 연합 세력 수사들이 들어와 공격을 마구 퍼부었다.

소슬령 연합 세력 수사들이 가장 먼저 공격한 것은 당연히 방어 병기였다.

유건이 담당하는 자모원앙포도 같은 운명에 처했다.

자모원앙포를 지키는 진법에 불 구슬과 얼음 창과 금속 비검과 빛으로 만들어진 화살이 소나기처럼 쏟아졌다.

자모원앙포를 지키는 진법은 미친 듯이 흔들리다가 찢어졌다.

아니면 섬광을 토해 내며 폭발해 커다란 구멍이 뚫렸다.

진법 수사들은 진핵 위에서 고장 난 진법을 계속 수리했다.

그러나 소슬령 연합 세력 수사들이 검은 공을 투척하는 순간, 진법 수사들의 노력에도 불구하고 완전히 깨져 버렸다.

소슬령 연합 세력은 바로 그들의 동료를 무참히 살해한 자모원앙포에 공격을 퍼부었다.

그러나 3대 종문 연합 세력도 자모원앙포가 상대의 손에 무참히 당하도록 놔두지 않았다.

곧 곳곳에서 자모원앙포를 지키기 위해 나온 수사들이 솟구쳐 소슬령 연합 세력의 공격을 저지했다.

그리고 그 틈에 안전한 장소에 숨어 있던 유건 등은 급히 자모원앙포로 달려가 부서진 부분을 수리하고 고장 난 부품을 새로 교체했다.

유건은 자모원앙포의 박살 난 진핵을 수리하며 주변을 살폈다.

'교인족 고계 수사들은 언제까지 기다릴 셈이지?'

그러나 교인족 고계 수사들은 나타날 기미가 보이지 않았다.

결국, 3대 종문 연합 세력은 곤라쌍도의 방어 진법과 방어 설비 상당 부분을 상실했다.

아마 곤라쌍도의 곤라산 영역을 3대 종문 연합 세력이 죽음을 불사하고 지켜 내지 않았다면 그곳 역시 소슬령 연합 세력의 공격에 파괴되었을지 몰랐다.

유건은 가까스로 살아남은 동료 수사 100여 명과 함께 적의 집요한 추격을 따돌리며 곤라우도의 곤라산 영역으로 달아났다.

그러나 그들이 막 도착했을 때는 마침내 곤라우도를 방어하던 방어 진법마저 뚫려 도망칠 장소가 사라져 버렸다.

유건은 주변을 급히 둘러보았다.

그와 같은 처지에 놓인 수사들이 최소 3천 명이 넘었다.

유건은 곤라우도와 곤라좌도를 연결하는 공중 통로로 도망쳤다.

겁에 질려 있던 수사들이 급히 유건의 뒤를 쫓아왔다.

공중 통로는 당연히 막혀 있었다.

그러나 유건은 미리 받은 통행패로 공중 통로를 차단한 방어 진법을 돌파했다.

곤라우도를 공격하던 적들은 살아남은 수사들이 곤라좌도로 도망치지 못하도록 집요하게 공격해 왔다.

살아남은 3천 명의 수사 중 상당수가 공중 통로 근처에서 목숨을 잃었다.

유건이 공중 통로를 거의 다 통과했을 때, 적들이 급기야 공중 통로 쪽으로 검은 공을 던졌다.

검은 공은 굉음을 내며 연달아 폭발해 공중 통로 중앙을 허물었다.

콰콰콰쾅!

지진이 난 것 같은 진동이 울리더니 중앙이 무너진 공중 통로가 동강 나서 거친 물살이 흐르는 쌍곤해협으로 추락했다.

유건은 전력으로 이동해 추락하는 공중 통로 잔해 속에서 가까스로 빠져나올 수 있었다.

그러나 다른 수사들은 운이 좋지 못했다.

살아남은 수사는 100여 명에 불과할 뿐이었다.

이제 3대 종문 연합 세력 생존자들은 최후의 보루나 마찬가지인 곤라좌도 곤라산 영역에 집결해 결사 항전을 준비했다.

소슬령 연합 세력은 곤라좌도의 곤라산 영역을 두텁게 포위하고 나서 저항하는 3대 종문 연합 세력을 뿌리 뽑으려 들었다.

이미 승리한 것이나 마찬가지였기 때문에 그들은 사기가 하늘을 찧을 것 같았고 동작에는 기쁨과 자신감이 넘쳐흘렀다.

한편, 유건은 처음 와보는 곤라좌도의 지리를 재빨리 익히며 그가 가려는 초대형 전송진이 어디 있는지 확인했다.

전송진은 곤라좌도 북쪽에 완만하게 늘어선 산맥 한가운데 있었다.

유건은 다른 수사들의 눈치를 살피며 그쪽으로 향했다.

한데 그때, 마침내 기다리던 교인족 고계 수사 수천 명이 모습을 드러냈다.

그들은 소슬령 연합 세력이 곤라좌도 깊숙한 위치까지 들어오길 기다렸다가 재빨리 퇴로를 차단했다.

그제야 함정에 빠졌음을 직감한 소슬령 연합 세력은 퇴로를 열기 위해 교인족 고계 수사들을 덮쳐 갔다.

그러나 교인족 고계 수사 중에도 장선 후기 최고봉의 수사들이 있었다.

아니, 숫자만 보면 오히려 더 많아 상황이 크게 바뀌었다.

장선 간의 대결에서 승리한 교인족 고계 수사들이 적을 매섭게 몰아붙였다.

이에 기쁨의 환호성을 지른 3대 종문 연합 세력이 벌떼처럼 날아올라 패주하는 적을 앞뒤에서 협공했다.

이번엔 소슬령 연합 세력이 달아나고 3대 종문 연합 세력과 교인족 수사가 뒤를 쫓았다.

좀 전과는 반대의 상황이었다.

유건은 크게 다쳐 쓰러진 교인족 수사 하나를 들쳐 메고 전송진으로 날아갔다.

곧 반경 1000장에 달하는 초대형 전송진이 그 앞에 나타났다.

만든 지 얼마 되지 않은 듯 전송진을 만드는 데 쓴 100가지 재료가 모두 새것처럼 말짱했다.

특히, 전송진을 발동하는 데 쓴 오행석은 다른 장소에서는 보기 힘든 4품 오행석이었다.

교인족은 이번에는 반드시 대륙해를 차지하고 말겠다는 듯 이 초대형 전송진을 새로 설치하면서 극히 귀한 4품 오행석을 미친 듯이 쏟아부었다.

전송진 안에는 중상을 입은 교인족 수사와 그들을 호송하기 위해 따라온 교인족 수사로 발 디딜 틈이 없을 지경이었다.

유건은 자연스럽게 그들과 합류해 전송진이 발동되길 기다렸다.

복신술이 완벽한 덕분에 그를 의심하는 수사는 없었다.

약간 초조해진 유건은 전송진 발동을 맡은 진법 수사들을 쳐다보았다.

그러나 그들은 전송진이 가득 차기 전에는 막대한 양의 4품 오행석을 쏟아부어 건설한 초대형 전송진을 발동할 생각이 전혀 없다는 듯 어떤 움직임도 보이지 않았다.

유건은 하는 수 없이 침착하려 애쓰며 전황을 관찰했다.

마지막으로 확인했을 때와 마찬가지로 성난 3대 종문 연합 세력과 교인족 수사가 도망치는 적을 마구 학살하는 중이었다.

그때, 무언가 변화가 생겼다.

전장과 그리 멀리 떨어지지 않은 곳에서 검은 장포를 걸친 수사 수백 명이 등장해 3대 종문 연합 세력과 교인족 수사들을 급습했다.

깜짝 놀란 유건은 안력을 좀 더 높여보았다.

금룡 덕분에 안력이 월등히 좋아진 유건은 그 덕에 새로 나타난 세력의 정체를 확인할 수 있었다.

그들은 오른쪽 가슴에 열십자 모양의 문양을 수놓은 검은 장포를 입었다.

소스라치게 놀란 유건이 몸을 흠칫했을 때였다.

옆에 있던 교인족 수사가 경악해 소리쳤다.

"맙소사, 저건 녹원대륙 봉아의 북십자성이 아닌가."

그의 말대로였다.

새로 나타난 수사들은 바로 녹원대륙 봉아 북십자성의 고계 수사들이었다.

그들이 소슬령 연합 세력을 도와 아군을 공격하는 바람에 전황은 전혀 예측할 수 없는 방향으로 흘렀다.

그때, 북십자성의 등장에 놀란 진법 수사가 전송진을 발동시켰다.

유건은 그 즉시, 속이 미친 듯이 울렁거리고 머리와 팔다리가 사방으로 찢겨 나가는 듯한 고통을 겪어야 했다.

영원히 끝나지 않을 듯한 고통이 사라지는 순간, 앞이 환해지며 잎이 푸른색인 나무가 가득한 울창한 숲에 도착했다.

마침내 목적지인 청림해에 도착한 것이다.

유건이 듣기로 청림해는 30개 안팎의 섬으로 이루어져 있었다.

대륙해 사람조차 대륙해에 얼마나 많은 섬이 있는지 알지 못한다는 점에서 보면 청림해는 지형이 그리 복잡하지 않았다.

그러나 그 30개 섬 대부분은 전부 초령도 정도의 크기였다.

해역의 규모로 보면 청림해가 대륙해보다 몇 배 더 컸다.

유건이 초대형 전송진을 타고 도착한 섬은 해수도(海樹島)란 섬이었다.

해수도는 교인족이 장악한 일곱 개의 섬 중에 대륙해와 가장 가까운 섬이었다.

즉, 일종의 국경 도시였다.

유건은 초대형 전송진을 관리하는 장선 수사의 지시에 따라 해수도 북쪽에 있는 선의원(仙醫院)으로 부상자를 호송했다.

선의원은 말 그대로 수사들을 치료하는 의원이었다.

물론, 수사는 자기 부상을 치료할 능력이 있었다.

그러나 좀 더 확실하고 빠른 치료를 위해선 선의원을 이용하는 편이 나았다.

물론, 유건은 선의원까지 갈 생각이 전혀 없었다.

호송부대가 도중에 잠깐 휴식을 취했을 때, 유건은 무광무영복과 건마종을 이용해 재빨리 은신했다.

다행히 상황이 다급한 탓에 그가 사라졌다는 사실을 눈치챈 수사는 없었다.

율천남의 기억에 따르면 해수도 서쪽 해안에 유료 전송진이 있었다.

유건은 불안한 마음으로 서쪽 해안을 찾았다.

전에는 교인족이면 누구나 이용 가능한 유료 전송진일지라도 상황이 상황이니만큼, 교인족이 통제할 가능성이 존재했다.

다행히 아직은 통제 중이 아니었다.

유건은 소형 전송진을 담당하는 건물을 방문해 그곳을 관리하는 수사에게 그가 전송진을 이용하려는 이유를 설명했다.

유건이 댄 이유는 다른 섬에 설치한 방어 설비의 점검이었다.

전송진을 관리하는 수사들도 해수도와 가까운 대륙해 곤라쌍도에서 엄청난 전투가 벌어졌단 소식을 접했기 때문에 별 의심 없이 오행석 300개를 받고 전송진 통행패를 건넸다.

전투에서 승리를 거둔 적이 청림해 본토로 쳐들어온다면 그 전에 방어 설비를 미리 점검해 둘 필요가 있기 때문이었다.

유건은 통행패를 들고 제한 인원이 3명인 소형 전송진으로 서둘러 걸어갔다.

다행히 오래 기다리진 않았다.

그가 전송진에 오르고 나서 얼마 지나지 않아 공선 후기 수사 두 명이 그가 있는 전송진에 합류해 제한 인원을 금세 채웠다.

통행패의 진위를 확인한 진법 수사는 즉시 전송진에 법결을 던져 넣었다.

곤라좌도에서 해수도로 올 때 사용한 초대형 전송진처럼 속이 울렁거리거나, 사지가 찢겨 나가는 것 같은 고통은 없었다.

그저 윙 거리는 공명음만 들릴 뿐이었다.

전송진이 있는 문장도(文長島)에 도착한 유건은 다시 섬의 서쪽 해안으로 날아갔다.

문장도도 해수도와 마찬가지로 서쪽 해안에 다른 섬으로 넘어가는 유료 전송진이 있었다.

한데 막 통행패를 사서 비어 있는 전송진으로 걸어가는데 뒤에서 누가 그를 부르는 소리가 들렸다.

유건은 경계하며 고개를 돌렸다.

해수도에서 문장도로 이동하는 전송진을 같이 이용한 공선 후기 수사 두 명이 그를 손짓해 불렀다.

왼쪽에 있는 사내는 중년의 외모에 키가 크고 얼굴이 길쭉했다.

그리고 오른쪽에 있는 젊은 청년은 교족의 흔적이 많이 남아 있어 뒷머리와 등에 회색 지느러미가 달려 있었다.

유건은 최대한 공손한 어조로 물었다.

"무슨 일이신지요?"

키가 크고 얼굴이 길쭉한 중년 사내가 대꾸했다.

"난 제등(制等)이고 옆에 이 친구는 찬두중(燦頭衆)이라 하네."

"아, 제 선배님과 찬 선배님이셨군요. 저는 율천남이라고 합니다."

제등은 유건의 깍듯한 대접에 흐뭇한 미소를 지으며 물었다.

"그래, 자네는 어디까지 가는가?"

"극극도(極極島)까지 갑니다."

물론, 거짓말이었다.

유건은 극극도 북서쪽의 무인지대(無人地帶)로 가는 중이었다.

그는 오늘 처음 본 수사에게 목적지를 가르쳐 줄 만큼 순진하지 않았다.

선도에선 모든 수사를 의심해 봐야 했다.

제등은 껄껄 웃으며 유건의 어깨를 툭 쳤다.

"오, 마침 잘되었구먼. 우리도 극극도로 가는 중일세."

그때, 찬두중이 끼어들었다.

"이왕 이렇게 된 거 우리랑 같이 극극도로 가는 게 어떻겠나?"

"좋습니다."

흔쾌히 승낙한 유건은 제등, 찬두중 일행과 합류해 극극도로 향했다.

극극도는 청림해 남서쪽 끝자락에 있는 섬으로 그곳에서 한 달 정도 더 날아가면 천구족 세력 범위가 나왔다.

전송진을 세 번 더 갈아탄 일행은 마침내 극극도에 도착했다.

극극도도 청림해 다른 섬들처럼 청림해 수사가 청고선목(靑古仙木)이라 부르는 나무가 울창한 숲을 이룬 섬이었다.

그러나 섬 전체가 그렇진 않았다.

특히, 섬 북서쪽은 황량한 들판과 기암괴석, 거대한 협곡이 끊임없이 이어져 교인족은 물론이거니와 교인족 수사들도 잘 찾지 않는 장소였다.

교인족이 살기에는 너무 척박했고 수사들이 거처로 삼기에는 영기가 너무 부족한 탓이었다.

유건은 전송진을 나오며 제등에게 물었다.

"후배는 북서쪽에 볼일이 있는데 두 분은 어떻게 하시겠습니까?"

제등은 신이 나서 대답했다.

"허허, 이렇게 공교로울 수가 있나. 우리도 마침 극극도 북서쪽의 거족애(巨足崖)에 볼일이 있다네. 거기까지 같이 가세. 아, 우리가 불편하다면 이곳에서 따로 가도 전혀 상관없네."

유건은 손사래를 치며 웃었다.

"오히려 제가 먼저 부탁드리고 싶던 일입니다. 이렇게 든든한 선배님들과 같이 갈 수 있다면 그보다 더한 행운은 없지요."

유건의 말에 기분이 좋아진 제등과 찬두중은 자신들이 극극도의 지리를 잘 안다면서 앞장섰다.

그들은 극극도의 초거대 도시와 중대형 도시 몇 개를 통과해 거족애로 이동했다.

비록 보름 넘게 걸리는 일정이었지만 제등과 찬두중은 아는 것이 많고 입담도 좋아 가는 길이 전혀 지루하지 않았다.

거족애는 100장 높이의 벼랑으로 둘러싸여 있었다.

한데 그 모습이 꽤 특이했다.

키가 만장(萬丈)쯤 되는 거인이 바위산에 발자국을 남긴 것 같은 모양으로 움푹 들어가 있었다.

제등은 발자국 모양으로 움푹 파인 벼랑을 가리키며 설명했다.

"상고시대 전설에 따르면 칠선해는 원래 한 대륙이었다고 하네. 한데 당시 대륙에 살던 체구가 엄청나게 큰 초인족(超人族)과 바다에 살던 마경족(魔鯨族) 사이에 큰 전쟁이 벌어져 그 충격으로 대륙이 수십 개의 조각으로 쪼개졌는데 그 조각이 지금의 칠선해를 이루는 섬들이라는 전설이지."

유건은 흥미롭단 표정으로 대답했다.

"재밌는 전설이군요."

"난 저 발자국만 보면 전설이 아닐지도 모른단 생각이 든다네."

"선배님의 설명을 듣고 보니 그런 것도 같습니다."

그때, 발자국을 쳐다보던 제등이 고개를 돌리며 활짝 웃었다.

"자네도 저 발자국처럼 이곳에 영원히 지워지지 않을 흔적을 남길 수 있다네. 말 그대로 자연의 한 부분이 되는 거지."

"어떻게 말입니까?"

그때, 뒤쪽에 있던 찬두중이 싸늘하게 외쳤다.

"자네를 죽인 후에 그 재를 이곳에 뿌려 주겠네!"

말을 마친 찬두중은 오른손을 꼬챙이처럼 날카롭게 만들어 유건의 등을 찔렀다.

거리가 워낙 가까운 데다가, 기습하는 시점 역시 허를 찔렀기 때문에 피하기가 어려워 보였다.

유건은 실제로 피하지 못했다.

타앙!

그때, 유건의 몸에 장엄한 불광이 어리더니 찬두중의 오른 손이 금속과 부딪친 듯한 소리를 내며 튕겨 나갔다.

그가 이미 기습을 예상하고 금강부동공을 펼쳐 두었기 때문이었다.

유건은 여전히 제등을 바라보며 고개를 절레 저었다.

"그냥 포기했으면 살려 둘 수도 있었는데 아쉽게 되었습니다."

제등은 미간을 살짝 찌푸렸다.

"공선 중기가 공선 후기 두 명을 상대하면서 그렇게 여유를 부려도 되는 건가? 난 자네의 허세가 마음에 별로 안 드는군."

"허센지, 아닌지는 직접 판단해 보시지요."

유건은 자하제룡검에 정혈을 재빨리 주입했다.

그 즉시, 손목에 감겨 있던 팔찌가 자하와 금룡으로 변해 제등을 덮쳐 갔다.

자하와 금룡을 본 제등은 깜짝 놀라 급히 물러섰다.

"역시 자신만만한 이유가 있었구나!"

소리친 제등은 자기 뒤통수를 후려쳐 회색 비검 다섯 자루를 꺼냈다.

기습에 실패한 찬두중도 교족의 정혈을 폭발시켜 몸을 10장까지 키운 후에 거대한 회색 상어로 변신했다.

유건은 찬두중 쪽으로 오른손을 뿌렸다.

그 순간, 청랑을 탄 규옥이 튀어나와 찬두중을 기습했다.

규옥은 흙 속성 법술로 만든 창으로 찬두중이 변한 거대 회색 상어를 찔렀다.

그리고 청랑은 화륜차의 불꽃을 키운 상태에서 찬두중 주위를 어지럽게 돌며 발톱으로 할퀴었다.

파파파팟!

찬두중은 날카로운 이빨을 암기처럼 발사해 규옥이 쏘아 보낸 흙 창을 막아 내고 꼬리로는 청랑을 후려치려고 하였다.

유건은 규옥과 청랑 둘이서 찬두중을 상대할 수 있을 거라 판단했지만, 혹시 몰라 목정검과 홍쇄검을 보내 지원했다.

규옥과 청랑은 유건이 뇌력으로 조종하는 목정검, 홍쇄검의 지원을 받아 둘 중 좀 더 약한 상대인 찬두중을 몰아붙였다.

유건은 그사이, 둘 중 좀 더 강한 상대인 제등을 상대했다.

금룡은 벼락을 발출해 제등이 조종하는 비검을 공격했다.

제등의 비검은 금룡의 벼락에 맞을 때마다 감전당한 것처럼 검신을 부르르 떨며 주인의 조종대로 움직이길 거부했다.

"빌어먹을!"

욕을 한 제등은 손목을 갈라 뽑아낸 정혈을 비검에 뿌렸다.

그 순간, 한차례 꿈틀한 회색 비검 다섯 자루가 그 자리에서 유령처럼 자취를 감췄다가 다시 제등 앞에 나타났다.

그때, 허공을 유영하던 자하가 갑자기 달려들어 보라색 독연으로 회색 비검을 녹였다.

회색 비검은 제등이 수백 년 동안 배양한 독문 법보였다.

그러나 자하의 독연에 든 지독한 독기는 그보다 훨씬 더 대단해 검신이 빠르게 녹아내렸다.

자하는 밀림에 있던 도화장독을 전부 흡수한 데다, 산악흑시웅의 내단까지 복용해 전보다 한 단계 더 성장한 상태였다.

제등은 녹아내리는 비검을 구하기 위해 그가 아는 모든 수단을 동원했다.

그러나 소용없었다.

회색 비검 다섯 자루는 결국 회색빛의 걸쭉한 액체로 녹아 자하의 먹잇감이 되었다.

당황한 제등은 삼지창과 향로 법보를 꺼내 금룡과 자하를 각각 상대했다.

한데 그때, 은은한 향기가 배어 있는 아름다운 연꽃이 발밑에서부터 피어올라 순식간에 온몸을 뒤덮었다.

겁을 먹은 제등은 미친 사람처럼 발버둥 치며 몸을 덮은 연꽃을 떼어 내려 들었다.

그러나 연녹색 연꽃은 마치 그의 뼈에 붙어 있는 살처럼 떨어질 기미가 전혀 보이지 않았다.

연꽃은 바로 구련보등이었다.

그러나 제등도 공선 후기 수사였다.

급히 비술을 펼쳐 연녹색 연꽃이 더 피어나지 못하게 막았다.

유건은 양 손바닥을 곧게 펴 합장하며 구결을 암송했다.

그 순간, 그의 머리 위에 황금빛 불광이 찬란하게 피어올랐다.

황금빛 불광이 영기가 충만한 금색 광선으로 구련보등 연꽃을 비추는 순간, 연꽃이 몇 배로 커지며 꽃가루를 뱉어 냈다.

"으아아악!"

저항하던 제등은 결국, 고통스러운 비명을 지르며 녹아내렸다.

그때, 찬두중의 비명이 연달아 들려왔다.

찬두중은 규옥, 청랑, 목정검, 홍쇄검의 공격을 정신없이 받아 내다가 결국, 중상을 입은 상태에서 포선대에 포획되었다.

유건은 찬두중의 본신을 없애고 나서 원신을 고문해 정보를 알아냈다.

제등과 찬두중은 대릉해와 교인족의 분쟁을 피해 도망친 수사였다.

그들은 원래 조용한 곳을 찾아 수련에만 집중할 계획이었다.

한데 혼자인 유건이 싸지 않은 전송진 비용을 고민 없이 내는 모습을 보고 욕심이 생겼다.

　한데 결국, 욕심이 화를 자초하고 말았다.

　유건은 쓴웃음을 지었다.

　'욕심이 화를 자초한 건 나도 마찬가지지. 애초에 도천현무패에 욕심내지 않았으면 지금처럼 쫓기는 일도 없었을 테니까.'

　그러나 어차피 벌어진 일이었다.

　지금은 아무도 찾지 않는 은밀한 장소에서 수련에 매진해 거의 한 걸음만 남은 공선 후기 진입을 시도해야 할 때였다.

　율천남의 기억에 따르면 극극도 북서쪽에는 교인족 수사들이 절대 발을 들여놓지 않는 금지가 있었다.

　유건은 금지에 도착하면 적당한 장소를 물색해 동부를 세울 계획이었다.

　그러나 방심하진 않았다.

　금지로 불리는 데는 그만한 이유가 있을 것이기 때문이었다.

　유건은 극극도 해안을 출발해 북서쪽 해역으로 날아갔다.

　다행히 근처에 해양 악수는 없었다.

　그러나 그는 긴장을 풀지 않고 무광무영복과 건마종으로 은신한 상태에서 천천히 움직였다.

　금지에 도착할 때까지 방심은 절대 금물이었다.

그렇게 보름을 더 가는 동안, 그 흔한 암초 하나 없이 푸른 파도가 넘실거리는 망망대해만 끝없이 이어졌다.

유건은 금지가 혹시 바닷속에 있나 싶어 바닷속을 탐색해 보았다.

그러나 바닷속도 깨끗하긴 마찬가지였다.

심지어 물고기조차 보이지 않았다.

그저 10장까지 자란 버섯 모양의 커다란 청록색 해초만이 바람에 흔들리는 갈대처럼 물속을 이리저리 부유할 뿐이었다.

유건은 이 방향으로 열흘만 더 가 보고 그래도 금지가 나타나지 않으면 극극도로 돌아가야겠다고 마음먹었다.

한데 그로부터 딱 아흐레째가 되는 날, 마침내 금지가 나타났다.

금지의 정체는 바로 붉은 자갈이 깔린 거대한 모래사장 한가운데 하늘을 뚫을 것처럼 우뚝 솟은 검은 산맥이었다.

지금은 검은 산맥 주위에 푸른 안개가 짙게 껴 있어 정확히 어떤 형태인지 알아보기 힘들었다.

한데 검은 산맥을 형성하는 봉우리들이 왠지 인간을 닮은 것처럼 보여 소름이 돋았다.

망망대해 한가운데 엄청난 높이로 솟은 봉우리가 인간의 형상과 닮았다면 누구라도 소름이 돋을 수밖에 없을 것이다.

'어쨌든 여기까지 왔으니 그냥 돌아갈 순 없지.'

유건은 주변을 경계하며 금지 쪽으로 천천히 날아갔다.

한데 그때였다.

극극도 방향에서 빛줄기 몇 개가 반짝거리며 나타났다.

유건이 깜짝 놀라 고개를 뒤로 돌리는 순간, 빛줄기는 마치 허공을 일자로 관통하듯 날아와 어느새 그 앞까지 도달했다.

유건은 급히 전광석화를 펼쳐 금지 방향으로 달아났다.

"이놈, 어딜 도망가려느냐!"

그때, 가장 앞선 빛줄기 속에서 장선 중기 수사 하나가 벼락같이 튀어나와 손에 쥔 섭선을 던졌다.

갑자기 나타나 유건을 공격한 장선 중기 수사의 정체는 바로 오성도 몽견이었다.

8장. 칠선해의 금지

유건은 그 순간, 죽음을 떠올렸다.

몽견의 공격은 그가 지금까지 살아오면서 경험한 그 어떤 공격보다 위협적이었다.

심지어 절망감마저 들 지경이었다.

몽견이 던진 섭선은 머리가 세 개 달린 거대한 선학(仙鶴)으로 변신하더니 엄청난 압력을 쏟아 내 유건을 찍어 눌렀다.

유건은 그 앞에서 극심한 무력감을 느꼈다.

장선 중기와 공선 중기는 차이가 너무 컸다.

살아날 구멍이 보이지 않았다.

그저 지금 죽나, 조금 늦게 죽냐의 차이였다.

몽견의 갑작스러운 등장과 공격은 유건이 지닌 가장 근원적인 공포를 건드렸다.

바로 언제든, 어느 곳에서든 그가 어찌해 볼 수 없는 강자가 나타나 그를 죽일지 모른다는 공포였다.

그때, 정신이 아찔해질 정도의 거대한 분노가 그를 덮쳐왔다.

한데 그가 지금 느끼는 분노는 그를 다짜고짜 죽이려 드는 적에 대한 증오심에서 나온 분노가 절대 아니었다.

그보다는 자존심이 몹시 상한 데서 오는 분노였다.

마치 입선 초기 수사가 그를 죽이려들 때 느끼는 분노에 더 가까웠다.

유건은 그가 분노하는 이유가 이해 가지 않았다.

적은 평소에 그가 감히 쳐다볼 수조차 없는 경지인 장선 중기 수사였다.

한데 왜 공선 중기인 그가 장선 중기 수사의 공격을 받으면서 자존심이 상하는지 이해하기 어려웠다.

그러나 어쨌든 가슴 밑바닥에서 차오른 거센 분노의 불길은 몸과 마음을 지배하던 두려움과 무력감을 단숨에 집어삼켰다.

그다음은 그저 본능이 시키는 대로 움직일 뿐이었다.

가장 먼저 목정검이 거대한 숲으로 변해 머리 세 개 달린 삼두선학(三頭仙鶴) 쪽으로 짙은 나무 속성 영기를 발산했다.

그러나 삼두선학이 두 날개를 접었다가 펴는 순간, 소용돌이 형태의 강풍 두 개가 칼날처럼 날아가 목정검이 변한 거대한 숲에 바람구멍 두 개를 뚫어 놓았다.

유건은 무표정한 얼굴로 목정검을 회수하고 홍쇄검 108자루를 대신 내보냈다.

홍쇄검 108자루는 곧 서로 교차하며 성긴 그물을 만들어 삼두선학을 저지했다.

그러나 삼두선학이 머리 세 개에 달린 뾰족한 주둥이로 그물을 잡아 뜯기 무섭게 그물이 찢어졌다.

유건은 홍쇄검을 회수하고 빙혼검을 방출했다.

빙혼검은 빙혼정을 비검으로 연화한 법보였다.

작은 팔뚝 길이의 빙혼검이 맹렬히 회전하는 순간, 10장 높이에 30장 지름을 지닌 푸른 빙산이 솟아올라 삼두선학을 막아 갔다.

그러나 삼두선학은 귀찮다는 듯이 좌우 날개를 크게 흔들었다.

그 순간, 삼두선학이 뽑아낸 깃털 수천 개가 풍검(風劍)으로 변해 빙산을 수만 개의 작은 조각으로 갈라 버렸다.

빙혼정까지 실패했음에도 유건은 여전히 무표정을 유지했다.

그때, 팔목에서 자하와 금룡이 튀어나와 벼락을 발출하고 자줏빛 독연을 뿜어냈다.

그러나 삼두선학은 전에 만들어 둔 풍검으로 금빛 벼락을 가두고 자줏빛 독연은 흩어 버렸다.

자하와 금룡은 화를 내며 선학에게 직접 달려들었다.

그러나 삼두선학이 날갯짓하는 순간, 투명한 빛을 발하는 거대한 소용돌이 두 개가 나타나 자하와 금룡을 그 속에 가두었다.

유건은 이어서 구련보등, 사자후를 연달아 펼쳤다.

그러나 두 공법도 삼두선학을 저지하는 데는 실패했다.

유건은 주저 없이 가장 자신 있는 공법인 천수관음검법을 펼쳤다.

곧 30장 가까이 몸을 키운 그의 어깨와 겨드랑이에서 뼈와 뼈가 부딪히는 소리가 들리다가 팔 열네 개가 살을 뚫고 튀어나와 순식간에 기존의 팔과 같은 크기로 자라났다.

기존에 있던 팔 두 개가 거기에 더해졌으므로 유건의 팔은 이제 총 열여섯 개였다.

팔의 형태도 못지않게 특이했다.

손가락이 있어야 할 곳에는 원뿔 모양의 검이 달려 있었고 팔뚝에는 불경으로 만든 선문이 황금빛을 내며 번쩍였다.

변신을 마친 유건은 팔 열여섯 개를 하나로 합쳐 거대한 칼을 만들어 냈다.

그때, 삼두선학이 뾰족한 주둥이를 앞세우고 달려들었다.

유건도 물러서지 않고 칼을 마주 찔러 갔다.

콰아아아앙!

투명한 섬광과 황금빛 섬광이 정면으로 맞부딪히는 순간, 공간 전체가 흔들리는 충격파로 인해 해저가 드러날 정도로 바닷물이 치솟고 유유히 흘러가던 구름은 거품처럼 꺼졌다.

그때, 삼두선학을 조종하던 몽견이 의외라는 표정을 지었다.

전력을 다한 삼두선학의 공격을 받고도 유건이 아직 살아 있기 때문이었다.

삼두선학이 전력을 다하면 공선 중기 수사는 고사하고 장선 초기 수사도 공격에서 살아남지 못했다.

한데 중상을 당한 듯 입에서 피를 흘리기는 했지만, 유건은 여전히 살아서 금지가 있는 방향으로 달아나는 중이었다.

심지어 유건을 공격한 삼두선학은 그사이 반격을 당했는지 왼쪽 날개가 찢어져 불안정한 자세로 하늘을 빙빙 돌았다.

몽견은 잘생긴 얼굴을 찡그린 채 서둘러 그 이유를 찾았다.

한데 그 이유를 밝혀내는 순간, 오히려 분노보다 기쁨이 앞섰다.

유건의 가슴 앞을 암녹색 뱀 머리가 달린 검은 방패 하나가 보호하고 있었다.

한데 검은 방패는 특정한 형태가 없는 생물 같았다.

끊임없이 꿈틀거리며 모습을 계속 바꾸었다.

붉은 눈과 상어 이빨을 지닌 뱀 머리만 제외하면 그가 익히 아는 어떤 보물의 모양과 흡사했다.

바로 무규신갑이었다.

몽견은 횡재했단 생각에 아끼는 법보의 손상에도 불구하고 미친 사람처럼 웃어 젖혔다.

청삼랑의 조언에 따라 진짜 나녀혈침반을 지닌 경제경이란 놈을 쫓다가 엉뚱하게도 진짜 나녀혈침반 대신에 무규신갑을 찾아낸 어이없는 상황이었다.

진짜 나녀혈침반을 찾으려는 목적이 무규신갑을 찾기 위해서였다는 점을 생각하면 횡재도 이런 횡재가 없었다.

더욱이 경제경이란 놈은 전대 봉아 제일수사 노오신니를 포함해 누구도 풀지 못했다고 알려진 무규신갑의 비밀까지 푼 듯 무규신갑 끝에 암녹색 뱀 머리가 튀어나와 있었다.

호박이 넝쿨째 굴러 들어온 것보다 더 좋은 상황이었다.

아니, 넝쿨을 끌어당겼는데 금덩이가 딸려 나온 것에 가까웠다.

삼두선학을 다시 섭선으로 변화시켜 회수한 몽견은 직접 유건 쪽으로 몸을 날렸다.

눈 깜짝할 사이에 유건 앞에 도착한 몽견은 입에서 투명한 검을 꺼내 유건의 가슴을 찔렀다.

무규신갑은 좀 전의 방어로 기력이 다했는지 몽견이 찌른 투명한 검을 잠시 막아 내다가 검은 액체로 변해 흘러내렸다.

몽견은 그때 두 가지 선택 사이에서 잠시 고민했다.

상식적으로는 유건을 완전히 끝장내는 것이 맞았다.

한데 그사이 무규신갑이 도망치면 이 모든 게 헛고생이란 생각이 들었다.

몽견은 결국, 두 가지를 한 번에 처리하기로 했다.

몽견은 오른손에 쥔 투명한 검으로 유건을 계속 찔러가고 왼손은 검은 액체로 변해 흘러내리는 무규신갑 쪽으로 뻗었다.

한데 그때, 무규신갑이 팔찌로 변해 유건의 왼쪽 발목에 착 감겼다.

몽견이 돌연한 변화에 움찔하는 사이, 투명한 검이 유건의 가슴을 찔렀다.

그러나 유건의 몸에 찬란한 불광이 피어오르는 순간, 투명한 검이 뭐에 막힌 듯 주춤거렸다.

"쳇, 정말 끈질긴 놈이군."

괜히 짜증이 치민 몽견은 투명한 검에 법력을 더 밀어 넣었다.

그 즉시, 투명한 검이 불광을 뚫고 유건의 살을 관통했다.

그러나 유건이 옷 속에 받쳐 입은 봉우포 때문에 투명한 검이 또 한 번 주춤거렸다.

코웃음을 친 몽견은 그가 자랑하는 독문 법보인 풍신백검(風神白劍)을 깊숙이 찔러 넣었다.

그 즉시, 봉우포가 찢어지며 풍신백검의 검날이 유건의 심장을 찔러 갔다.

한데 그 순간, 또 한 번 이변이 발생했다.

검은 산맥을 감싼 푸른 안개가 갑자기 10장 크기의 용과 봉황 수십 마리로 변해 사방에서 몽견을 덮쳐 왔기 때문이었다.

몽견은 그제야 유건을 쫓는 데 마음이 앞선 나머지 금지 쪽에 너무 가까이 다가갔다는 사실을 알아챘다.

그는 전력을 다해 푸른 안개가 만든 용과 봉황을 뒤로 밀어내려 하였다.

그러나 푸른 안개가 만든 용과 봉황은 생각보다 만만치 않았다.

풍신백검이 수백 개의 허상을 만들어 공격해 보았지만 마치 형체가 없는 안개처럼 허상을 그대로 통과시켜 버렸다.

그제야 아차 싶은 몽견은 비술을 펼쳐 서둘러 금지를 벗어났다.

그러나 그가 몸을 뺐을 때는 이미 유건의 모습은 온데간데없이 사라진 후였다.

그는 혹시 유건이 용과 봉황에게 잡아먹혔나 싶어 안력을 높여 주변을 샅샅이 훑었다.

그러나 그런 흔적은 보이지 않았다.

마치 유건이 그 자리에서 감쪽같이 사라진 것 같았다.

몽견이 섭선을 던지고 유건이 사라지는 데까지 걸린 시간은 그야말로 촌각에 불과해 오성도의 다른 수사들이 도착했을 땐 이미 상황이 끝난 후였다.

이미 용과 봉황도 다시 푸른 안개로 돌아가 검은 산맥 주위를 천천히 흐르고 있었다.

바람 속성 공법을 익힌 몽견은 웬만한 장선 후기보다 빨랐기 때문에 다른 수사들이 지금 도착한 게 이상한 일은 아니었다.

한데 그 바람에 오성도는 절호의 기회를 놓쳐 버렸다.

유건은 그동안 전혀 눈치채지 못했지만 사실 오성도는 곤라우도에 잠입시켜 둔 관승의 감시를 통해 유건이 복신술을 써서 교인족 수사 율천남으로 위장했단 사실을 바로 알아냈다.

오성도 태상장로 제자인 관승은 서북에서 제일 뛰어난 은신공법을 익혔다.

그 바람에 유건의 뛰어난 뇌력으로도 관승이 그를 지켜보고 있단 사실을 알아내지 못했다.

심지어 마헌걸이 그를 감시한단 사실을 바로 알아챈 자하제룡검마저도 이번에는 관승의 접근을 유건에게 경고해 주지 못했다.

관승의 보고를 받은 청삼랑은 유건이 교인족으로 위장한 이유가 청림해로 달아나려는 의도임을 눈치챘다.

그는 좌근, 택손, 몽견처럼 장선 중기 이상의 수사만으로 유건을 쫓았다.

　청림해는 대륙해와 달라서 실력이 떨어지는 수사는 오히려 짐만 될 뿐이었다.

　그들은 미리 청림해 해수도에 잠입해 유건을 기다렸다.

　그러나 유건이 계속 전송진을 이용해 움직이는 바람에 따라잡지 못하다가 간신히 기회를 포착했다.

　그들 중 가장 강자인 좌근이 그들을 감지한 극극도 도주를 꾀어내기 위해 빠지는 바람에 추적부대는 택손, 몽견, 청삼랑이 이끌었는데 몽견이 청삼랑의 조언을 무시하고 단독으로 나섰다가 유건을 바로 앞에서 놓치는 대참사가 벌어졌다.

　언제나 여유를 잃지 않던 몽견도 지금은 잔뜩 흥분해 외쳤다.

　"택 사형, 빨리 저 푸른 안개 진법을 깨부숴야 합니다! 빌어먹을, 사형도 놈이 빙혼정과 무규신갑을 가지고 있는 모습을 봤지 않습니까? 놈이 더 멀리 도망치기 전에 서두릅시다!"

　흥분해서 날뛰는 몽견을 차가운 눈빛으로 잠시 쏘아보던 택손은 그를 아예 무시하고 청삼랑 방향으로 고개를 돌렸다.

　"그 경제경이란 놈이 어떻게 진짜 나녀혈침반에다가 빙혼정과 무규신갑까지 같이 가지게 되었는지 청 장로는 아시겠소?"

　"저도 모르겠습니다. 현재로선 빙혼정과 무규신갑을 제게

빼앗아 간 수사가 경제경에게 주었을 가능성이 제일 큽니다
만."

택손은 솔직히 감탄했단 표정으로 고개를 절레절레 저었
다.

"어쨌든 경제경이란 놈에게 보물이란 보물은 다 모여드는
모습을 보면 선연은 타고난 놈인 것 같소. 우리 몽 사제가 큰
실수를 저질러 놈을 놓쳤는데 이제 어찌하는 것이 좋겠소?"

그때, 몽견이 성질을 부리며 끼어들었다.

"어쩌긴 뭘 어쩝니까? 당장 저 진법을 깨부수고 놈을 추적해
야지요! 놈은 내 풍신백검에 찔려 중상을 입었습니다! 저 진법
만 어떻게든 깨부수면 놈을 바로 잡아들일 수 있다니까요!"

택손은 몽견 쪽으로 고개를 돌리며 서늘하게 말했다.

"몽 사제, 도주께서 한 번 실수는 용서하실지 몰라도 두 번
실수는 절대 용서치 않으실 것이네. 그러니 당분간 자중하
게."

사형의 말에 뭐라 반박하려다가 택손의 서슬 퍼런 눈빛을
본 몽견은 움찔해 더는 입을 열지 못했다.

택손은 맺고 끊는 게 분명한 성격이었다.

아무리 사제라 해도 봐주지 않았다.

택손은 다시 청삼랑을 향해 물었다.

"이제 어찌하는 게 좋겠소?"

청삼랑은 신중한 표정으로 대답했다.

"극극도로 오면서 적잖은 교인족을 붙잡아 고문해 본 결과에 따르면 이곳은 평범한 금지가 아닌 것 같습니다. 만약, 우리가 여기서 진법을 깨부수겠다고 소란을 피우면 아마 모르긴 몰라도 교인족 고계 수사들이 벌떼같이 몰려올 겁니다."

택손은 불만스러운 기색을 숨기지 않으며 물었다.

"그럼 이대로 물러서잔 말이오?"

청삼랑은 엷은 미소를 지으며 대답했다.

"아닙니다. 우리가 꼭 진법을 깨트릴 필요는 없다는 뜻입니다."

택손은 눈을 번쩍 뜨며 물었다.

"그럼 우리 대신에 이 진법을 깨트릴 자가 있단 거요?"

"북십자성이 우리를 대신해 궂은일을 처리해 줄 것입니다. 북십자성은 여전히 광세록 형제가 가진 가짜 나녀혈침반으로 진짜 나녀혈침반을 지닌 경제경을 쫓고 있으므로 우리가 이 주변을 철통같이 감시하며 놈이 금지를 빠져나가지 못하게 막아만 주면 곧 북십자성이 이곳으로 밀고 들어와 금지를 공격할 것입니다. 우린 그때 기회를 봐서 움직여야 합니다. 아마 그러면 성공 확률이 전혀 없진 않을 겁니다."

오성도 추적 부대는 청삼랑의 의견대로 금지를 철저히 감시하며 북십자성이 나타나길 기다렸다.

얼마 후, 극극도 도주를 따돌리고 합류한 좌근은 택손에게 자초지종을 들은 후 몽견을 크게 나무라고 나서 청삼랑의 의견에 힘을 실어 주었다.

한편, 간신히 목숨을 건진 유건은 급히 가부좌를 튼 후에 규옥이 만든 단약을 한 움큼 집어먹고 나서 부상을 치료했다.

삼두선학이 전력을 다해 공격해 왔을 때, 다행히 도천현무패가 늦지 않게 나타나 공격을 반사할 수 있었다.

그 바람에 삼두선학은 자기가 날린 풍검에 자기 날개가 잘려나가는 상처를 입었다.

물론, 도천현무패도 삼두선학의 공격을 완벽히 막아 내지 못하는 바람에 그 역시 중상을 피하지 못했다.

화가 난 몽견이 풍신백검으로 해 온 공격을 금강부동공과 봉우포를 이용해 막아 내며 약간 시간을 벌긴 했지만 그게 다였다.

그 상황에서 그에게 남은 수단이라곤 규옥과 청랑밖에 없는데 그 둘이 풍신백검을 막아 내기에는 무리였다.

유건은 죽기 전에 마지막 발악을 해 볼 생각으로 원신, 백팔음혼마번, 백진이 화신역체대법을 수련 중인 현경도로 상대에게 맞서 보려 했다.

한데 그때 어디선가 뇌음이 들려왔다.

"즉시 뒤로 한 걸음, 왼쪽으로 두 걸음 움직이게. 그럼 목숨을 건질 수 있네. 오성도 놈은 내가 알아서 떨어트려 놓겠네."

모르는 자가 보낸 뇌음을 믿을 만큼 유건은 순진하지 않았다.

313

한데 어차피 어떤 선택을 하더라도 결국 본전이라는 생각
이 들었다.

유건은 뇌음을 보낸 자가 시킨 대로 움직여 보았다.

그 순간, 푸른 안개가 그를 홱 휘감더니 금지 안으로 끌어
당겼다.

반나절 동안 치료해 어느 정도 기력을 되찾은 유건은 일어
나서 주변을 둘러보았다.

그는 지금 원을 그리며 솟은 검은 산맥의 중앙에 있는 너
른 들판에 홀로 서 있었다.

한데 금지 밖에서 본 모습이 맞았다.

검은 산맥은 총 일곱 개의 봉우리로 이루어져 있었는데 그
봉우리 생김새가 인간의 형태와 일치했다.

유건은 엄청난 크기의 인간 형상 봉우리를 바라보며 침을
꿀꺽 삼켰다.

왠지 심상치 않은 장소에 들어왔다는 느낌을 지울 수가 없
었다.

유건은 인간의 형상을 똑 닮은 거대한 봉우리들이 자연적
으로 생겼을 리 만무하다는 생각에 좀 더 주의 깊게 살펴봤다.

검은 봉우리는 유건이 있는 너른 들판을 중심으로 정확히
원의 형태를 이루며 서 있었다.

또, 지상에서 500장까지는 평범한 돌산의 형태를 유지했
다.

즉, 바닥은 넓고 위로 갈수록 점점 좁아지는 자연에서 흔히 보는 봉우리의 형태였다.

그러나 500장부터 정상까지는 달랐다.

돌산 위에는 갖가지 자세를 취한 500장 크기의 인간 조각상이 서 있었다.

마치 거대한 조각상이 검은 봉우리를 밟고 우뚝 서 있는 듯했다.

유건은 조각상을 하나씩 살펴보았다.

첫 번째 조각상은 짧은 속옷 하나만 걸친 상태에서 창과 방패를 들고 어딘가로 달려가는 듯한 용맹한 전사의 모습이었다.

두 번째 조각상은 머리카락을 나비 날개 모양으로 틀어 올린 선녀가 비파로 보이는 악기를 연주하는 모습이었다.

세 번째 조각상은 앞발을 높이 쳐든 천마(天馬)에 위풍당당한 자세로 앉아 천하를 호령하는 신장(神將)의 모습이었다.

네 번째 조각상은 긴 머리를 풀어헤친 노인이 용의 머리를 조각한 지팡이에 의지해 하늘을 올려다보는 모습이었다.

또, 다섯 번째 조각상은 열여덟 개의 비검을 조종하는 검선의 모습이었고 여섯 번째 조각상은 가부좌한 자세에서 오른손으로 하늘을, 왼손으로 땅을 가리키는 여인의 모습이었다.

그리고 마지막 일곱 번째 조각상은 특이하게도 복잡한 문양이 새겨진 거대한 칼을 양손에 쥔 자세로 인간, 짐승, 물고기, 심지어 신수의 모습을 한 적들을 베어 가는 모습이었다.

조각상 모두 살아 있는 것처럼 생생했다.

심지어 옷자락의 주름이나, 미세한 표정까지 섬세하게 조각해 놓았을 정도였다.

일곱 개의 조각상을 돌아보며 탄성을 터트리던 유건은 이내 자신의 처지를 깨닫고 화들짝 놀라 급히 뇌력을 퍼트렸다.

그러나 검은 산맥 밖에서 그를 공격한 적들도, 그에게 뇌음을 보내 위기에서 구해 준 의문의 사내도 감지하지 못했다.

아마 밖에서 그를 공격한 수사들은 마지막에 보았던 푸른 안개 진법에 막혀 안으로 들어오지 못하는 것으로 보였다.

그렇다면 그들이 진법을 부수기 전까진 안전하단 뜻이었다.

유건은 검은 산맥 밖에서 그를 공격한 수사를 떠올려 보았다.

그러나 그가 장선 중기의 수사로 바람 속성 공법을 익혔다는 사실 외에는 정체를 알아낼 수 있는 단서가 많지 않았다.

"그자들은 대체 누굴까? 교인족 수사는 아닌 것 같으니 대륙해나, 녹원대륙 수사란 말인데 팔화련의 수사였던 것일까?"

한데 그때, 규옥이 갑자기 뇌음을 보냈다.

"공자님을 공격한 적들의 정체를 알아내셨습니까?"

유건은 고개를 저었다.

"지금은 적의 정체를 알아낼 만한 단서가 부족하구나."

"소옥은 그들이 누군지 알 것 같습니다."

"오, 그래? 어서 말해 보아라."

"소옥의 대답을 공자님께서 별로 좋아하지 않으실 것입니다."

"더 흥미가 생기는구나. 그래, 대체 누구였느냐?"

"오성도 수사들이었습니다."

유건은 예상치 못한 이름이었기 때문에 다시 물었다.

"서북의 그 오성도 말이냐?"

"그렇습니다."

"어째서 그런 생각을 한 것이냐?"

"그들 중에 일월교 청삼랑 장로가 있었습니다. 청삼랑 장로가 정보상에서 얻은 정보처럼 팔화련의 추격을 피해 상대회 교주와 오성도에 몸을 의탁했단 소문이 맞는다면 공자님을 공격한 수사도 오성도의 수사일 가능성이 아주 클 것입니다."

유건은 믿지 못하겠다는 듯 또다시 물었다.

"정말 청삼랑 장로였느냐? 칠교산맥에서 나를 죽이려 들었던?"

"틀림없습니다."

"하하하하!"

규옥은 영목낭 밖으로 고개를 내밀며 이상하다는 듯이 물었다.

"왜 웃으시는 건지요?"

"아니, 그냥 청삼랑 장로의 지략에 감탄했을 뿐이다. 그동안 나는 경제경, 율천남 등으로 신분을 여러 차례 바꾸었고 또 빙혼정과 무규신갑을 사용할 때도 조심했는데 그는 끝내 나를 찾아내 이 먼 칠선해 청림해까지 쫓아왔지 않느냐? 정말 하늘이 내린 재능이 무엇인지 이제야 감이 좀 오는구나."

규옥은 고개를 절레절레 저었다.

"청삼랑 장로는 공자님을 지금까지 벌써 네 번이나 죽이려고 했던 자입니다. 그런데도 그의 지략에 감탄이 나오십니까?"

피식 웃은 유건은 가장 가까운 산봉우리 쪽으로 몸을 날렸다.

"지금은 나에게 뇌음을 보낸 수사를 찾는 게 우선일 듯하구나."

유건은 용맹한 전사의 모습을 한 조각상의 다리 쪽으로 올라가 주변을 수색했다.

그러나 출입구처럼 보이는 곳은 없었다.

유건은 청랑을 타고 위로 올라가며 조각상을 조사했다.

그러나 지나치게 섬세하단 점을 빼면 이상한 점은 보이지 않았다.

유건은 옆에 있는 비파를 든 선녀 조각상을 조사했다.

그러나 마찬가지였다.

결국, 거의 한나절에 걸쳐 일곱 개의 조각상을 전부 조사했지만, 출입구나, 수사가 숨어 있을 법한 공간은 보이지 않았다.

그렇다면 조각상에는 없단 뜻이었다.

유건은 이어서 조각상이 서 있는 돌산뿐만 아니라, 검은 산맥 중앙에 있는 너른 들판을 이 잡듯이 샅샅이 뒤졌다.

그러나 여전히 출입구나, 숨겨진 공간 같은 것은 보이지 않았다.

그때, 규옥이 보다 못해 나섰다.

"공자님, 영선 비술 중에 비밀 공간을 찾아내는 비술이 있습니다. 제 사숙이신 황수진인의 비술이지요. 그 비술을 써서 이곳에 비밀 공간이 있는지 알아보는 것이 어떻겠습니까?"

유건은 기뻐하며 바로 허락했다.

"아주 좋은 생각이구나."

황수진인은 규옥의 선사인 공공자의 사제였다.

유건은 전에 일월교 선쟁회에서 이긴 보상으로 황수진인의 비술이 총망라되어 있는 황수를 선택해 규옥에게 익히게 한 적이 있었다.

원래 삼월천 영선은 대륙별로 분파가 나뉘어 있었다.

한데 희대의 천재라 불리던 령령자(靈靈子)가 몇천 년에 걸쳐 분파를 모두 통합하고 나서 삼월천에 존재하는 영선의 법술과 비술을 한데 모아 집대성하는 대업을 이루었다.

그러나 그 내용이 워낙 방대하여 령령자는 수제자인 공공자에게 법술을, 둘째 제자인 황수진인에게 비술을 나눠 전수했다.

그런 이유로 인해 공공자의 제자인 규옥은 선사에게 법술을 배웠지만, 황수진인이 수련한 비술은 배우지 못해 도통을 잇지 못했다.

한데 운 좋게도 일월교에서 황수진인의 비술이 담긴 황수를 얻어 장차 영선의 도통을 이을 길이 열렸다.

규옥은 그 자리에서 바로 가부좌를 틀었다.

향긋한 영초 향이 나는 구불구불한 녹색 머리카락을 다리까지 길게 기른 어린 여자아이의 모습을 한 규옥이 심각한 얼굴로 수결을 맺으며 진언을 외는 모습이 무척 기이해 보였다.

진언을 다 외운 규옥은 갑자기 물구나무를 선 상태에서 빠르게 원을 돌았다.

그렇게 10여 바퀴를 돌았을 때는 속도가 엄청나게 빨라져 녹색 그림자만 간간이 보일 따름이었다.

그렇게 108바퀴를 돈 규옥은 벌떡 일어나 춤을 추는 것처럼 어지러운 동작을 이어 가다가 입에서 녹색 연기는 뿜어냈다.

머릿속을 씻어 주는 상쾌한 향기가 천지에 진동하는 가운데 작은 실처럼 변한 녹색 연기가 들판 북서쪽으로 날아갔다.

그때, 코를 벌렁거리던 청랑이 몇 번 캉캉 짓더니 갑자기 유건을 태우고 녹색 연기의 뒤를 쫓아갔다.

그 순간, 녹색 연기는 장애물에 막힌 것처럼 더는 앞으로 나아가지 못했다.

유건은 청랑에게 물었다.

"저곳에서 수사의 냄새를 맡은 것이냐?"

그렇다는 듯 크게 캉 짖은 청랑이 입에서 푸른 불길을 뿜었다.

푸른 불길이 그 일대를 뒤덮는 순간, 전에는 보이지 않던 투명한 감옥이 드러났다.

이곳에 감옥 같은 건물이 있을 거라고 전혀 상상 못 한 유건은 눈을 크게 뜨며 어이없어했다.

이곳은 두 차례나 철저하게 확인한 장소이기 때문이었다.

그러나 놀라운 일은 그뿐만이 아니었다.

투명한 감옥 안에서 탐스러운 은발 수염을 허리까지 기른 작은 체구의 대머리 노인이 눈을 껌뻑이며 그를 보고 있었다.

유건은 손을 들어 청랑에게 그만하라 명령하고 나서 투명한 감옥 주위를 재빨리 한 바퀴 돌았다.

투명한 감옥은 한 변의 길이가 정확히 3장인 정육면체 형태였다.

한데 노인 뒤로 이동하는 순간, 기이한 광경이 그의 눈앞에 펼쳐졌다.

노인의 등에는 어두운 황금빛을 내는 거북 등딱지가 달려 있었다.

한데 놀라운 사실은 노인의 거북 등딱지가 아니었다.

거기서 불과 반 장도 떨어지지 않은 허공에 원통 형태의 작은 금속 막대가 둥둥 떠 있었다.

한데 기이한 점은 금속 막대가 노인의 등에 달린 어두운 황금빛 거북 등딱지에서 기운을 빨아들여 점점 황금빛으로 물들어 간다는 사실이었다.

그때, 황금빛 금속 막대를 발견한 도천현무패가 본신으로 돌아가려고 미친 듯이 용을 썼다.

유건은 깜짝 놀라 급히 진정시켰다.

그러나 도천현무패는 그의 말을 전혀 듣지 않았다.

유건은 왼쪽 발목이 뒤틀리는 듯한 고통에 미간을 찌푸렸다.

처음에는 도천현무패가 금속 막대를 공격하려는 줄 알았다.

한데 그렇지 않았다.

정확히 설명할 수는 없지만 마치 헤어진 가족을 오랜만에 다시 만난 느낌에 가까웠다.

그때, 이번에는 오른쪽 팔목에 찬 자하제룡검이 꿈틀거리며 본신으로 돌아오려 들었다.

그러나 도천현무패와 같은 이유는 아니었다.

자하제룡검은 확실히 금속 막대를 적으로 인식하고 있었다.

심지어 금속 막대가 도천현무패와 합류하기 전에 어떻게든 없애려는 강한 의지를 계속 발산했다.

유건은 그제야 금속 막대의 정체를 알 수 있었다.

'아, 이 금속 막대가 도천현무패의 금속성 열쇠구나!'

유건은 뒤이어 자하선부에서 보았던 도천현무패 열쇠 다섯 개 중에 금속 막대와 똑같이 생긴 열쇠가 있었단 기억을 어렵지 않게 떠올리고 본인의 추측이 옳았단 판단을 내렸다.

예상치 못한 횡재에 유건의 심장이 빠르게 뛰었다.

그토록 찾아 헤맬 때는 보이지 않던 도천현무패의 두 번째 열쇠를 적의 추적에서 벗어나기 위해 들른 금지에서 찾았다.

다만, 한 가지 의문은 아직도 해소하지 못한 상태였다.

'이렇게 가까운 장소에 도천현무패의 금속성 열쇠가 있었음에도 도천현무패와 자하제룡검은 왜 감지하지 못한 것일까?'

자하제룡검은 지금보다 훨씬 멀리 떨어진 거리에서도 나무 속성 열쇠와 도천현무패를 감지한 적이 있었다.

또, 자하제룡검과 도천현무패의 성질이 같다면 도천현무패도 열쇠가 있는 장소를 감지할 능력을 갖추고 있을 것이 틀림없었다.

한데 두 영물 다 감지에 실패했다.

유건은 곧 그 이유를 깨달았다.

노인과 금속성 열쇠가 들어 있는 이 투명한 감옥이 대단히 고명한 법술이어서 두 영물이 감지에 실패한 것이 분명했다.

그때, 노인이 약간 놀란 목소리로 뇌음을 보냈다.

"생각보다 빨리 나를 찾았구나."

원래 노인은 유건이 완전히 지쳐 나가떨어질 때까지 기다렸다가 뇌음을 보내 본인의 존재를 알릴 심산이었다.

푸른 안개 진법은 공선 중기 수사가 절대 뚫을 수 없는 고명한 진법이기 때문에 결국 노인에게 도움을 청할 수밖에 없었다.

그때, 교묘한 화술로 유건을 흔들어 자기 의도대로 계획을 진행할 심산이었다.

한데 유건이 생각보다 그를 빨리 찾아낸 탓에 노인은 계획을 처음부터 다시 검토할 필요가 있었다.

유건은 일단 노인에게 정중히 인사부터 올렸다.

"어제 저를 구해 주신 선배님입니까?"

"하하, 그 정도는 내게 식은 죽 먹기보다 더 쉬운 일이라네."

"어쨌든 구해 주셔서 고맙습니다. 선배님이 아니었으면 전 그 자리서 죽었을 것입니다. 이 은혜는 꼭 갚도록 하겠습니다."

노인은 껄껄 웃으며 가까이 오란 손짓을 하였다.

"하하, 자네가 굳이 은혜를 갚겠다면 말리지는 않겠네."

유건은 투명한 감옥 가까이 다가가며 물었다.

"후배가 도와 드릴 일이 있는지요?"

"자네도 내가 처한 상황을 봐서 잘 알 것이네. 보다시피 저 금속 막대가 내 기운을 흡수하는 바람에 곤란을 겪고 있지. 만약, 자네가 내가 가르쳐 준 법술을 써서 저 금속 막대를 나에게서 떨어트려 준다면 내 반드시 크게 사례할 것이야."

"송구하지만 어떤 사례인지 알 수 있을까요?"

"이 금지에서 나가는 방법을 알려 주지. 그리고 내가 그동안 모아온 법보가 적지 않으니 자네가 원한다면 그중 다섯 개를 골라 가질 수 있게 해 주겠네. 어떤가? 그렇게 하겠는가?"

유건은 턱을 잡고 어렵다는 듯이 고개를 흔들었다.

"투명한 감옥에 뇌력을 차단하는 비술이 걸려 있어서 선배님의 정확한 경지는 모르지만 아마 후배보단 훨씬 강하겠지요. 한데 만약, 선배님이 뜻을 이루신 후에 다른 마음을 품는다면 이 약한 후배가 어찌 그 독수에서 살아남겠습니까?"

"그럼 선약을 맺는 것이 어떤가?"

"선약도 경지가 비슷할 때나 통한다고 알고 있습니다. 그보다는 후배가 선배님께 금제를 살짝 거는 것이 어떻겠습니까? 물론, 일을 다 마치고 나서는 반드시 풀어 드릴 것입니다."

노인은 잠시 생각하다가 흔쾌히 고개를 끄덕였다.

"알겠네. 자네가 영 불안하다면 금제를 걸도록 하게."

"후배의 무리한 부탁을 들어주셔서 감사합니다."

유건은 노인의 몸에 재빨리 천농쇄박 금제를 걸었다.

노인은 천농쇄박 금제가 심상치 않단 사실을 느꼈는지 얼굴이 흙색으로 변했다가 얼른 표정을 풀며 어색한 미소를 지었다.

"자네 인제 보니 엄청나게 고명한 수사를 사부님으로 두었나 보고만. 이렇게 훌륭한 금제는 내 평생 처음 보는 것이라네."

말없이 빙긋 웃은 유건은 노인이 가르쳐 준 법술을 대충 암기하고 나서 금속 막대 쪽으로 법결을 날렸다.

한편, 노인은 눈을 반짝이며 유건이 금속 막대를 떼어 내기만을 기다렸다.

한데 그때, 법결이 채 도달하기도 전에 도천현무패가 벼락같이 튀어나와 감옥 안에 있는 금속 막대를 잽싸게 먹어 치웠다.

〈6권에 계속〉

재벌가 망나니 입니다만?

초촌 현대판타지 장편소설
MODERN FANTASY STORY

특수전사령부 소속 비밀작전팀 아시온 팀장이자
국내에 유일한 사이보그인 이준성.
열강들의 야욕을 저지하기 위해 나선 작전 도중
뜻밖의 상황을 맞이하며 자폭하기에 이르는데.

"지옥에서는 제네바 협약 따윈 안 지키는 거냐?"

눈을 뜬 그의 시야에 들어온 것은 지독한 참극.
이윽고 상황을 인지하며 한 가지 사실을 깨닫는다.
자신의 두 발이 16세기 말 임진왜란이 펼쳐지는
전란의 대지에 서 있다는 것을.

1
재벌가
망나니
입니다만?